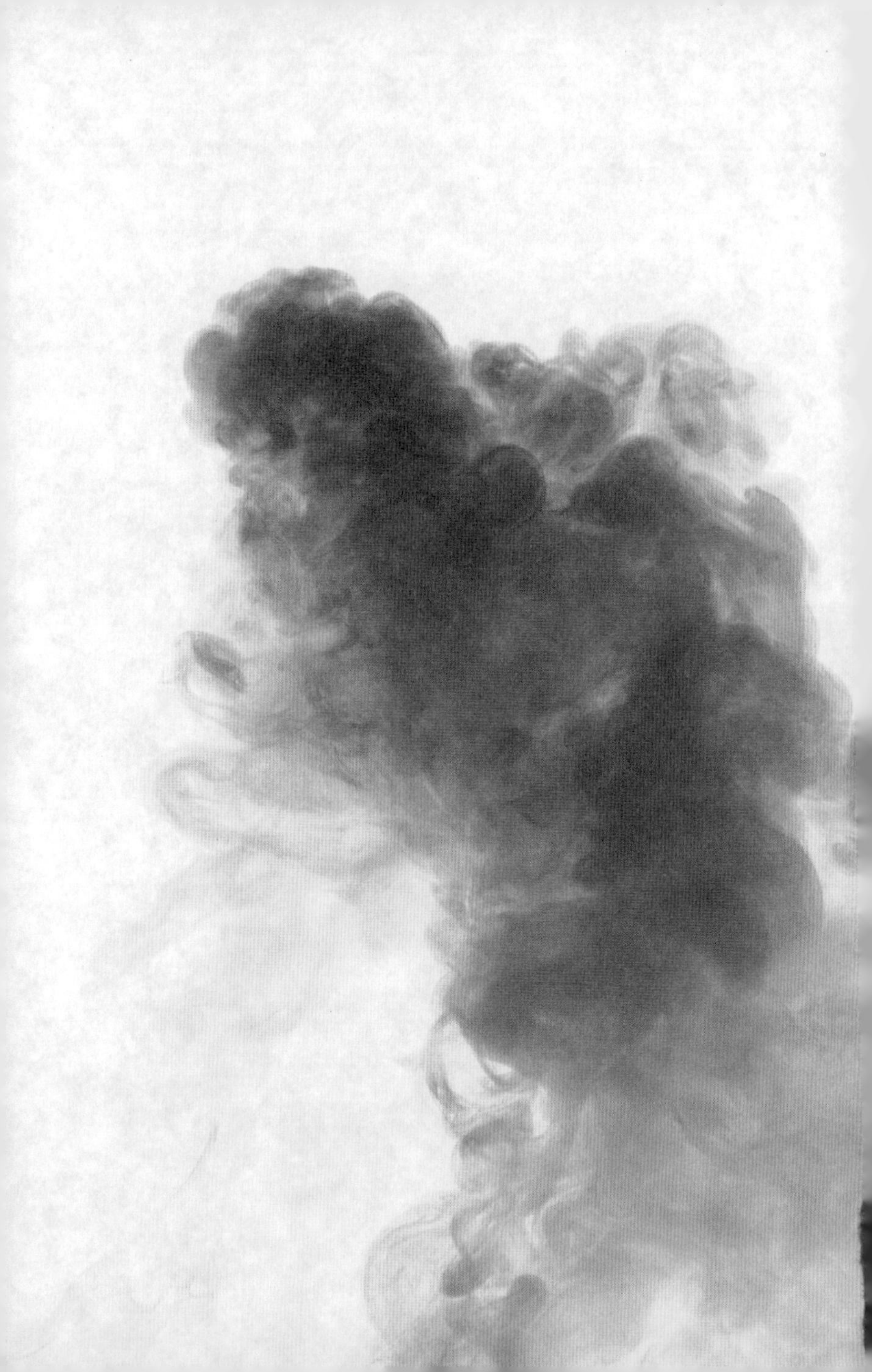

アンソーシャル ディスタンス

金原ひとみ

Unsocial Distance

Kanehara Hitomi

新潮社

目次

Coverphoto by

David Lynch, *untitled (Black and White Nude),* (undated)

「カレーうどん・麻婆豆腐」。素っ気ない手書きのメニューに、期待していたわけでもないのに落胆していた。こってり系の多い社食だけれど、時たま冷製パスタや焼き魚定食なんかもあって、そういう時は女性社員たちの間で「今日は当たり」と連絡が行き交う。今日は普通に外れだ。

「どうします？　ラ・カンティーヌでも行きます？」

不満そうに振り返って近くの人気ビストロの名前を挙げたセナちゃんに、私と吉崎《よしざき》さんは「いやいや校了」「今晩打ち合わせの松郷《まつごう》さんの新作読まないと」と首を振る。ま、いっかーあたしうどーん。セナちゃんは軽い口調で言ってカウンターに向かっていく。吉崎さんどっちですか？私もうどんかな。じゃあ私は麻婆豆腐かなー。言いながらトレーにミニサラダを載せる。

ミニサラダ、麻婆豆腐、ワカメスープ、少なめにしてくれと言ったのに普通に盛られた白米。レンゲから一口頬張った麻婆豆腐はまあレトルトよりはましだけど適当に入った中華料理屋でももうちょっと美味しいよなというレベルだった。せめてラー油や山椒で誤魔化したいところだけれど、卓上にはどっちも無い。二百九十円である以上、食べる者が文句を言えないことを見越したかのようなぴったり二百九十円クオリティだ。

「聞いてくださいよー。この間彼氏が大学時代の友達とバーベキュー行ってきたんですけど、画像見せてもらったら普通に可愛い女の子たちいっぱいいて！」

「女の子いるって聞いてなかったの？」

「聞いてたけど、それでもやっぱ可愛い女の子たちと一緒にいる彼氏見ると萎えるじゃないですかあ」

「まあ、分からなくはないけど」

「でもね、ちょっと拗ねてみたら彼、ちゃんと皆に結婚前提で付き合ってる彼女いるって報告したよって、言ってくれたんですー。ヨシヨシってほんとそうやって私の嫉妬あしらうのがうまくってー。あっそういえばミナちゃんは彼氏と最近どうなんですか？」

え私？　そう言う自分が挙動不審であることに自分でも気づいていた。マウントか？　幸福度の査定か？　反射的にそう思う。二十代前半の頃普通に楽しかったこれ系の話題にマウントを意識するようになってしまったのは、多分セナちゃんのせいではなく年齢や結婚の話に敏感になってしまった私のせいだ。

「まあ、普通に上手くやってるよ。まあもう長いし、わあって感じの盛り上がりはないけどね」

「何年でしたっけ？」

「そろそろ三年」

吉崎さんは黙々とカレーうどんを啜《すす》っている。彼女はつい三週間前に彼氏と別れたばかりなのだ。間接的に傷口に塩をごりごりすり込むセナちゃんに苦笑いしながら、向かいの吉崎さんの顔色を窺おうとするものの、彼女の視線はまっすぐカレーうどんの丼に注がれていて確認できない。

「ミナちゃんは今の彼氏と結婚するの？」

ナプキンで口を拭いながらようやく顔を上げた吉崎さんが吐いたストレートな言葉に思わず一瞬口を噤《つぐ》み、軽く噎《む》せたフリをして時間稼ぎをする。

「彼安定した職についてないし、まだ分かんないです」

「イケメンバンドマンとの結婚なんて憧れるなー。うちの彼氏なんて見た目激地味なＳＥですからねー」

「いやいや、バンドもうやってないんだって。今はただのフリーター。それにそんなイケメンじゃないよ」

うそおめちゃくちゃイケメンでしたよ前見せてくれたじゃないですか！　とセナちゃんが追い打ちをかけ、吉崎さんもうどんを啜りながらうんうんと頷く。はいはいありがとうございます。と呟くと、あーミナちゃん感じわるーい、とセナちゃんが私を小突いた。確かに彼はイケメンだ。私の彼氏はイケメン。本当にどこからどう見てもイケメンで、恐らく世界中どこでも認められるイケメンだ。

私ちょっとコンビニ寄ってくから。二人にそう言い残して先に社食を出ると、歩いて三分のコンビニに入りストロングのレモンを二本手に取りチョコやグミと共に買う。コンビニを出ると人通りの少ない路地に入り、電柱に背を凭《もた》せながらハンカチで覆ったチューハイを一気に飲み干した。もう一本飲もうかどうか迷っていると、スマホが震えた。

「ミナ、明日か明後日この間話してた六本木の熟成肉の店行かない？」トーク画面の一番上に表示された裕翔《ゆうと》という名前を見つけるたび、長めのパンツを穿いた日に限って雨が降り、裾が濡れてしまった時のようなドブネズミ的憂鬱が襲う。

「元々彼女とはうまくいってなかったんだよ、別にミナのせいじゃない、二股してたのは事実だし、ミナがいたから踏み切れたところはあったかもしれないけど、大丈夫だよ、俺は彼氏と別れろとかそういうことは言わないから、辛い時とか寂しい時に使われるガス抜きでいいから、だからミナは重く考えないで」。裕翔が彼女と別れたと告白した時、彼はそう話していた。つまり、お前は俺にとって体《てい》のいいセフレで、寂しい時はいつでもヤリますよって公言してるようなもんじゃん。言われた時は頭が回らず何も言えなかったけれど、家に帰った後そう思いついて元々熱くなっていたわけでもなかった裕翔への気持ちが更に冷めたのを感じた。こっちは別れたんだからお前も彼氏と別れて俺と付き合えと言われても困るけれど、ガス抜きという言葉には彼が自分自身ではなく私を軽んじているニュアンスを感じた。でもその時の言葉とは裏腹に、何だかんだで長かった彼女との別れが堪えているのか、ここ最近裕翔は以前よりも頻繁に誘いのＬＩＮＥを送ってくる。丼から湧き上がる湯気を顔に受けながら、黙々とうどんを咀嚼《そしゃく》していた吉崎さんの姿が蘇る。裕翔は吉崎さんの彼氏だった。三週間前まで、彼らは一緒に暮らす恋人同士だった。

二本目のストロングに指をかけ、半分ほど飲んだところでさすがにお腹の空きスペースがなくなり、コンビニ前のゴミ箱に缶を放り込んで会社に戻った。

家の電気は点いていた。ただいまと呟きながらパンプスを脱ぎ、冷蔵庫からストロングを取り出す。音を立てないようにゆっくり引き上げたプルタブからはプシ、と小さく小気味良い音が響く。一気に半分ほど飲んでからアームに突っ伏すようにしてソファに横になる。手に持ったままのストロングを定期的に口に運び、力を振り絞って起き上がると化粧を落とすため手首のゴムで髪をくくる。洗面所に行く前に寝室のドアを開けると、薄暗い部屋の中ベッドに潜ったままの行成《ゆきなり》と目が合った。リビングの光を反射するその眼にみとめられた瞬間、怯んでいる自分に気づかない振りを自分にしていることに気づいて、なぜそんな振りをしなければならないのかと、この憤りの源である行成への複雑な感情が「起きてたの？」という僅かな不愉快さの混じった言葉となる。

「起きてた」

「ただいま」

「忙しいの？」

「言ったでしょ。今週校了」

「そう、だっけ」

消え入りそうな声でそう言うと、彼は元気のない貝のようにゆっくりと目を閉じた。もう何ヶ月もまともに話をしていない。私がいくら話そうとしても二言三言喋るとガス欠でエンストした車のように、シュン……といった音が出そうな様子で黙り込む。そうして思考停止、活動停止した彼を見ているのが辛くて、何でこんなことにという行き場のない思いが募ってこのままでは行成に当たってしまいそうな気がして口を噤む。

付き合い始めて二年は天にも昇るような気持ちで毎日を過ごしていた。仕事が忙しかろうが彼の稼ぎが少なかろうが、家に帰れば超イケメンな彼が待っていて、ご飯一緒に作る？　何か食べに行く？　それとも出前でも取ろうか、と話し合い、二人でお風呂に入り、夜には彼がギターを弾いて歌を歌ってくれたり、たまに奮発して買ったいいワインを飲んだり、映画や旅行番組を見たり、会社の近くに美味しいラーメン屋さんがあってねとか、今度霜降り牛食べに行こうとか話して、どんなに忙しくても疲れていても、彼の隣で眠るだけで、睡眠時間三時間でも肌や爪や髪がボロボロでも、全てがリセットされるように力がみなぎった。

狂い始めたのは一年前だった。バンド活動をしながら他社のファッション編集部で雑用のバイトをしていた彼が、新しく配属された女性編集長に気に入られ、ランチに誘われたり私的な話を一方的に聞かされた挙句、彼女いるんでとフライング気味に拒絶反応を示した時から彼女に嫌がらせを受けるようになり、彼は次第にバイトを休むようになっていった。家でも生気がなく、スマホでストラテジーゲームばかりやり、欠勤の連絡さえ怠るようになった頃、彼にそのバイトを紹介してくれた音楽関係の友人からもう来なくていいと伝えてくれという連絡が私にきた。いつもスマホでゲームをしていた彼が連絡を受けられなかったはずはないのだけれど、何度電話しても出ないとのことだった。心配ではあったけれど、私も当時新書編集部に配属されたばかりで余裕がなく、バイトのことくらい自分でどうにかしてよという苛立ちがあったのも事実だった。

バイトの解雇通知を知ると、彼は一時的に元気を取り戻した。派遣登録をして、短期でアパレルの販売員をしてみたり、日雇いで肉体労働をしてみたり、心配かけてごめんねと私を気遣う言葉を口にしたりもした。でもそれから一ヶ月ほど経ったある日、行成はまたおかしくなった。バンドメンバーと明け方まで飲んで帰宅した時だった。確か休日で、私は原稿を読んでいた。昼を過ぎてもベッドから出てこない彼に、何か食べる？　と寝室を覗いて言うと、ベッドの中に彼の見開かれた目を見つけた。

「どうしよう」

「なに？　どうかした？」

「怖いんだ」

訝《いぶか》りながらベッドに腰掛けて彼の手を握ると、震えていた。

「昨日、何かあったの？」

「何も。皆で楽しく飲んでた」

「何が怖いの？」

「分からない。ずっとおかしいんだ。頭の中がぐるぐるして、次々に恐ろしい映像とか、不安が湧き上がってくる」

パニック障害、自律神経失調症、真っ先に二つの病名が浮かんだ。二日酔いの時に憂鬱な思考に襲われるのは、誰にでもあることだ。大丈夫冷静になれと自分に言い聞かせながら、「どうしよう」と「怖い」を繰り返す彼に、私も動揺していた。イケメンでファッションセンスも良くてバンドをやっていてコミュニケーション能力の高かったはずの彼が、その時突然赤子のように見えた。

「俺おかしくなったのかな」

出版社に勤めていると、精神がもたついている人によく出会う。自分だって、取り立てて精神が安定している人間ではない。それでも、抽象的な考え方や議論をしない純度の高いリア充だと思っていた彼が突然不穏なものに囚われてしまったことに、動揺していた。

「大丈夫だよユキ、大丈夫。まだお酒が残ってるのかもしれないし、しばらく経っても変わらなかったら病院行こう。もうちょっと様子見よう」

布団に潜ったままの彼の背中を撫でながら、私は喪失感に苛《さいな》まれていた。私の好きだった彼が少しずつ壊れ始めている。振られたわけでもない、浮気されたわけでもないのに、裏切られたような気持ちになっている自分に、裏切られたような気がしていた。

人は変わっていくものだ。人に絶対なんてない。全ての人が明日ドブに落ちて死ぬかもしれないし、明日交通事故に遭って顔面や四肢が崩壊するかもしれないし、明日原因不明の難病を発症するかもしれない。人は偶然性によってのみ存在し続け、偶然性によってのみ死ぬ。必然的に人が存在することも存在しなくなることもあり得ないのだ。彼が変わってしまったのも必然ではなく偶然で、むしろ偶然性を前提に考えれば彼は変わってなどいないとも言える。人は毎日、毎時毎分クジを引き続けているようなもので、引いたクジが交通事故死であったり、世界滅亡であったり、空からカエルが降ってくるであったり、彼が突然怖がるであったりすることに何ら訝る理由などないのだ。考えれば考えるほど、彼への憤りが緩和していくだろうと思ったけれど、偶然性が支配する世界について考えれば考えるほど、視界がひん曲がっていくような吐き気がした。

発作はその日中に治ったけれど、その日以降彼は明らかな鬱状態に突入した。みるみる生気をなくし、ベッドにいる時間が日増しに長くなった。不眠も進行し、二時間ベッドに潜って、ようやく寝付いたと思ったら一時間で起き、また二時間かけて寝たと思ったらまた一時間で目覚め、といった具合で、細切れ睡眠しかできないようだった。睡眠薬だけでももらいに行こうと病院に連れて行き抗鬱剤と睡眠導入剤を処方してもらったけれど、それから二ヶ月もするとどうしても外に出れない日が続き、病院に行くことも止めてしまった。それでも眠れる薬が欲しいと言う彼のために私が別のメンタルクリニックに行き、彼の症状をそっくりそのまま虚偽申告し、抗鬱剤と睡眠導入剤をもらってきた。

私の酒量が増え始めたのはその頃だった。仕事のストレスもあるし、ほとんど外に出れなくなってしまった彼を支える重圧もあるのだろうと、私はアル中という言葉が常に頭のどこかに存在しているのを感じながら、見て見ぬ振りをし続けた。酒に酔って少しずつあらゆる感覚が麻痺し、理性と冷静さを欠いていく自分を自覚しながら、それでもそれ以外の道を選ぶことはできなかった。

朝起きてまずストロングを飲み干す。化粧をしながら二本目のストロングを嗜《たしな》む。通勤中は爆音で音楽を聴きながらパズルゲームをやり、会社に着くとすぐにメールや電話の連絡作業をこなす。昼はコンビニで済ませてしまうか、セナちゃんや他の同僚と社食や外食に行き、食事中あるいは戻る前にビールかストロングを飲む、午後は基本的には原稿かゲラを読み、夜遅くなる時はファミレスや中華料理屋で夕飯がてら、あるいはコンビニの前で酒を飲み、帰宅の電車やタクシー内でもパズルゲームをやり、帰宅後一分以内にストロングを開け意識が混濁するまで飲んでからベッドに入るかソファでそのまま寝付く。最近は最寄駅に着いた瞬間耐えきれずコンビニで買ったストロングを飲みながら帰宅することが増えた。最初はストロング一本だった寝酒が二本になり、三本になり、次第に二杯目からは焼酎やワインに切り替えるようになり、一人で出入りするようになったバーでウィスキーに手を出しその味を覚えてからはウィスキーも家に常備するようになった。この生活の中で、私がシラフでいる時間はほとんどなく、睡眠時間以外でお酒を飲んでいないのは会社にいる時間と移動時間だけと言っても過言ではなかった。

以前は、担当している本のことが常に頭の中にあった。寝ても覚めてもずっとそのテーマについて考え続け、本や映画、日常生活のあれこれをその視点から眺めていた。でも今、私は考え続けることができない。原稿に集中できるのは原稿を読んでいる時だけで、文章から目を離した瞬間、脳は安物のラクトアイスのように端から溶け始め、酒とパズルゲームしか受け付けなくなってしまう。それこそ、今まで何について考えていたのか次の瞬間忘れている時もあるほどに、文章に触れ合わない私は空っぽだ。そして空っぽなままできるパズルゲームをやり、ライフがなくなってしまうと回復するまでTwitterを延々スクロールする。友達や美容、面白動画、かわいい動物動画、ファッションや恋愛こじらせ系アカウントばかりをフォローしている空っぽなアカウントだけを見る。仕事関係用のアカウントを見ると情報の許容量を超えた脳みそがパンクしてしまうから、そっちはもう二ヶ月以上開いていない。

　もうずっと、自分のことを把握できていない。私は今、自分は何をしたいのか、何を求めているのか、何が嫌で何がいいのか、何が好きで何が嫌いなのか、何も分からないままバスタブに浮く髪の毛のように使い古されたお湯の中に意味なくたゆたい、人々に疎《うと》ましがられるだけの存在だ。魂の抜けたダッチワイフのように求められるままに応え、少しずつ彼や彼を嫌いになり、それでも求められれば応えたいし何か力になりたいと根拠不明な原動力によって走り回っている。ここのところ本の刊行ペースが早く、行成の不眠のせいで私も受動不眠になっているし、裕翔は週に二度も三度も誘ってくるし、仕事と付き合いの合間合間に行成の薬をもらいに行ったり、外に出れない行成のためにご飯を作りだめしたり、前は行成がやっていてくれた洗濯や掃除も、今では完全に自分一人で担っていた。このままじゃ近いうちに破綻する。もうずっと、そんな漠然とした危機感がある。それでも私は自分がどうしたいのか分からない。行成を捨てたい訳ではない、行成と別れて裕翔と付き合いたい訳ではない、二股を継続したい訳でもない、どうしてもお酒が飲みたい訳ではない、仕事が嫌な訳ではない、安定が欲しい訳ではない、でもバイトもできなくなってしまった行成を介護し養い続けるのも本意ではない。今の私は全て否定形だ。こうだという肯定も、こうしたいという希望も一言も浮かばない。何かあるだろう、何か一つくらいあるだろう。そう考えている途中で私の思考は途切れ気づくと酔っ払っている。考えればきっと分かるんだろうけど、今はストロングを飲んでるから無理。いつも思考のゴールはそこだ。お酒が抜ければ、一度ゆっくりスマホもストロングもないところで自分と向き合って考えれば、自分の望み、今後の展望は見えてくるはず。そう思うけど、そんな機会は今の生活の中では完全に失われていた。

「今日、遅くなるから冷凍のピラフかカレー食べといて。今チンして、この辺に置いとこうか？」

「うん」

「どっちがいい？」

眉間に皺を寄せて、考えることが苦痛そうな行成に「じゃあピラフにするね」と言うと彼は解放されたように皺を解き無表情に戻った。彼にとって、私は自動販売機のような存在なのかもしれない。そして私にとって、行成は鳥かごの中で飼っている鳥のようだ。毎日毎日ご飯を用意され、食べては寝て、起きては食べての繰り返し。家から出ずにフィーディングされ続けた行成は、薬の副作用もあってか明らかに太ったけれど、どうであっても自力で動けない人を飢えさせるわけにはいかないのだ。レンチンすらできない日もある行成のために、帰りが遅くなる時はこうしてレンジで解凍しておいた食材を、ベッドの近くに置いておく。冷めていても彼は気にしない。餌が温かくても冷たくても鳥が文句を言わないように、彼は何の主張もしない。彼の生きている世界に、私はもう存在していない。彼はもう、私の名前を忘れてしまったかのように、私の名前を呼ばない。向き合う時間が減ったな、一年前はその程度に思っていた。今はもう、彼の目が私の姿を捉えているその瞬間にも、彼の中に私が存在していないことがありありと分かる。だから裕翔の会社の主催する出版記念パーティに出席していた時、以前外で吉崎さんと一緒にいるところに出くわしてちらっと挨拶をしただけだったのに、人混みの中で「桝本《ますもと》さんだよね？」と声をかけてきて、「桝本美奈さん」とフルネームを付け足した裕翔と、私は寝たのかもしれない。

「行ってきます」

寝室を出る前に言うと、うん、と小さい声が辛うじて聞き取れた。振り返って、行成を覆う掛け布団をじっと見つめる。分かっている。彼には治療が必要だ。自分でどうにかするなんて、無理なのだ。でも病院に行きたがらない彼を無理に連れて行ったり、入院させたりするのは抵抗がある。現在の精神医学に関しては私自身疑問に思っているところもあるし、精神薬の薬害について調べ始めると、やはり行成の言葉を引用して調子の悪いふりをすればしただけドサドサ薬を処方する精神科医に対して不信感は募る一方だった。

彼を連れて二ヶ所の精神科、ネットの口コミを読み漁って探したカウンセラーにも二ヶ所かかった。どんなに栄養アンプルを刺しても枯れゆく植物のように、彼はどこに行っても回復しなかったどころか、どんどん生きる力を喪失していった。ご両親に現状を伝えた方がいいんじゃないかとさりげなく提案したこともあったけれど、それは止めて、と彼は力を振り絞るように言った。心配をかけたくないのだろうと、あまり触れないようにしてきた。でもそうやって彼を刺激しないように、例えば親や友達の話を避けたり、あれしようこれしようという未来の話を避けたり、社内で聞いた面白い話や下らない話を避けている内、私たちの会話は今日遅くなるかどうか、ご飯をチンするかどうか、そろそろお風呂に入った方がいいんじゃないか、くらいしかなくなってしまった。そしてそんな会話すら、どんどん減少の一途を辿っている。もう十ヶ月以上セックスをしていないし、最後の何回かは彼が途中で萎えて棄権で終わっていた。その頃からキスもしていない。この関係に現存するスキンシップは、発作的なパニックを起こした彼の背中を撫でることと、寝返りの際に期せずして体のどこかが触れることだけだ。

私たちはどこに向かっているのだろう。目的もゴールもなく、楽しいから好きだからという理由で継続していたはずの関係は、今やもう何がそれを成り立たせているのか理解不能なものになってしまった。化粧をしながら飲んでいたストロングの残りを飲み干すと、家を出て鍵を閉めた。この鍵は私が帰宅するまで解錠されることがない。一人で住んでいた頃よりも私は一人で、もっと言えば鬱でアル中だった。

もう一本ストロングを飲んでから出社しようとコンビニに寄って気がついた。冷凍コーナーに並ぶアイスコーヒー用の氷入りカップにストロングを入れれば、会社内でも堂々とお酒が飲める。こんな画期的なアイディアを思いつくなんて、私はすごい。久しぶりに自分を褒められた瞬間だった。氷入りカップとストロングを二本買い、出社したらトイレでストロングを氷カップに移し替え、入りきらない分はトイレで飲み干してしまう。ストローを挿したカップを持ってデスクに戻れば最高の職場が完成する。何飲んでるのと聞かれたらレモネードか炭酸水と言えばいいのだ。一杯目がなくなると、即座にトイレに舞い戻り二本目のストロングをカップに投入した。質が良いのか氷もなかなか溶けない。「完全アル中マニュアル」、というタイトルの新書を誰かに書いてもらうのはどうだろうと思いついて久しぶりに気持ちが盛り上がる。「アル中力」「アル中が一戸建て買ったってよ」「転生アル中」タイトルを考え、お酒好きな著名人を思い浮かべながら企画書の草案を書いていると、向かいの席の真中《まなか》さんに「販売の三瀬《みつせ》さんからお電話です」と言われ、座り直して受話器を取る。

「お電話代わりました、桝本です」

「三瀬です。桝本さんいい加減にしてくださいよ。何度言ったら送ってくれるんですかカバーのダミー、何日も前からメールしてるんですけど」

「ダミー？　あ、すみません遅くなってしまって。すぐにお送りします」

あれ、返信してなかったっけと体中が焦りにひりつきながら平謝りして電話を切る。メールの履歴を見てみると、確かに四日前と昨日メールが来ていた。二通目のメールを見た瞬間、ヤバいと思って慌ててスマホで返信を書き始めた記憶はあるけれど、どうしてそれが送られずに保存フォルダに保存されたままだったのかについての記憶は一切ない。ダミーを三瀬さんに送信すると、私は過去のメールを見返し始めた。他に何か重要な連絡を見落としていないか確認するが、要返信のものには概ね返信してある。でも数日前にも同じようなことがあった。何だったっけ。あれ、何だったっけ。自分の確認不足で起こったはずのミスを思い出せないことに、更に焦りが増していく。そうだ、編集会議の日程を決めるための連絡を忘れていたせいで、皆の予定は出揃ってるのにいつまでも決められないと編集長から催促の連絡がきたんだった。あとそうだ、先週校閲からのメールに返信した時、向こうからの質問事項を完全スルーして今後のスケジュールのことだけ書いてさっさと返信してしまい、「ご返信ありがとうございます。質問事項へのご返答もお待ちしております」と若干卑屈な感じでリマインドされた。思い出せば出すほど恐ろしくなってきて、自分が社会生活をまともに送れていないことを痛感する。桝本さんは連絡が早くて、メールにも即座に返信するから、受信フォルダに常にメールが溜まっていない状態に整理整頓されてるんですよと隣の席の同僚に編集部の飲み会でバラされ、桝本さんは仕事が早くて助かるわと編集長に褒められていた、あの頃の私はもういない。あの健全で明るくて前向きだった彼がいなくなってしまったように、仕事のできる私もいなくなってしまった。

二本目のストロングを飲み終えた頃、久しぶりに人に怒られたという事実に意外に滅入っている自分に気がついた。呆れ半分といった感じで、怒られた内に入らないような言い方ではあった。でも、お前はゴミだ存在する意味がないと否定された気分だった。

やっぱここにして良かったなあ。裕翔は嬉しそうにメニューを見ながら言った。熟成肉の店の予約が取れなかった彼は、食べログのブックマークの中から肉寿司のお店を選んだのだ。あれこれ迷った挙句、肉刺し盛り合わせ、雲丹《うに》載せ肉寿司、梅ささみ、お新香盛り合わせ、クリームチーズの酒盗和えを頼んだ。

「校了お疲れ」

文芸編集者である彼もきっと忙しいだろうに、私にかけた言葉は晴れやかだった。文芸編集者にしては屈託がない人で、もっと言えばこんなに屈託がないのに何故文芸にいるのだろうと思わせるタイプだ。カウンター席はやけに近く、落ち着かない。美味しい、とか、ちょっと飲んでみる？　などの言葉の拍子に隣の彼と目が合うと、私はどこか困ったまま目を逸らす。恥ずかしいわけではない。私は裕翔の顔が好きではないのだ。

気付いた時には面食いだった。初めて男の人に恋愛感情を抱いた時にはもう面食いだった。顔を妥協して付き合えばすぐに顔が好きでない人と一緒にいることに悶々とし、耐えられなくなって数ヶ月で別れることになった。行成は、そういう意味で特別だった。私は彼の顔が大好きなのだ。裕翔は別段不細工というわけではない。でもどこか雰囲気で誤魔化している系の顔だ。私が好きなのは、行成のように誰がどう見ても格好いいと言う正統派の美形なのだ。自分の顔見てから物を言えと人は思うかもしれない。でも駄目なのだ。自分と釣り合うような男では駄目なのだ。私は自分が心底美しいと思える顔でないとその人のことを心から求めることができない。裕翔に手を伸ばしてしまったのは、行成との関係に抱いている虚《むな》しさからであって、そうでなければ私が男として認識できない社内の九十九パーセントの男と同じように、心に僅かな風さえおこさない無害な男の一人に過ぎなかったはずだ。いやむしろ、言ってみれば裕翔も未だ無害な男でしかない。心も乱されなければ恋い焦がれることもなく、セックスをしてもキスをしてもどれだけ多くの面積を触れ合わせても、肌が離れた瞬間にはなんでこの人と触れ合っていたんだろうと思うような男でしかないのだ。それでも向こうが求めてくるから、そして私も気を紛らわしたいから、という軽はずみな敷居越えがあって、そこから惰性で進行し続けてもう半年だ。最初の内は、彼の存在に救われた。くだらない話をして、美味しいもの食べてお酒を飲んで、ホテルで抱き合う。

それだけで行成との関係の中で満たされていなかった部分がなあなあに満たされた。でもお互いそれなりに需要が一致していたはずの私たちの関係は、裕翔が吉崎さんと別れてから明らかにバランスが崩れてしまった。

「彼は、相変わらずなの？」

控えめな言葉と、強い視線のアンバランスさに、また目を逸らしてハイボールのグラスをぐっと傾ける。

「うん。通常運転」

「よくやってるな、ミナは。すごいよ」

すごいのだろうか。よく分からない。私は今、自分の行動原理がよく分からないのだ。自分が行成の面倒を見ている意味も、別れないでいる意味も、付き合い続けている意味もよく分かっていないのだ。

「なんか、最近そっちから呼び出してくれないね」

裕翔はやはり軽い口調で言う。硬いカブのお新香をバリバリ頬張りながら眉間に皺が寄る。少し前までは定期的に自分から呼び出していたということだろうか。この数ヶ月、自分から裕翔を呼び出した記憶が、全く蘇らない。こっちから呼び出してたっけ？　とは聞けず「そう、かなあ」ともごもご疑問形で言うけれど、裕翔は「忙しかったんだろうし、もちろん構わないんだけど」と恐らくこちらに気を遣わせないように微笑んだ。ＬＩＮＥの履歴があれば見返すところだけれど、行成に見られたらという不安から裕翔とのトークは全て消去している。実際には行成は、私が外でどんな仕事や人付き合いをしているかなど、もう異世界の出来事のように感じているのだろうから、トークを見たところで何とも思わないのかもしれない。と言うより、ベッドに潜りっぱなしの行成が私のお風呂中や睡眠中にいそいそとスマホを覗き見するとも思えない。彼が闘っているのは全く別の次元のもので、彼はもう私との関係に煩《わずら》わされることはない。そう思いながらも敢えて消去している私は、自分はまだ行成と恋人同士であるという既成事実に縋《すが》りたいだけなのかもしれない。それでももう、行成との関係も裕翔との関係も、断ち切ることなど永遠にできない気がする。裕翔と関係を持って半年、求められるままに主体的な意思がないままここまできてしまった。

肉巻き雲丹の軍艦に醤油をつけて頬張る。雲丹と醤油の味が強く、ほとんど肉の味がしない。肉から滲み出るのは、脂の匂いばかりだった。行成は主役の雲丹、裕翔は味付けの醤油、私はこの味気のない肉。主役の恋人と見せかけた、映《ば》えるから海苔の代わりにやってみようという浅はかな思いつきで薄くスライスされた安い肉だ。やってみたらやっぱ海苔の方がよくね？　と思われる代替可能が過ぎる罪深き薄い肉だ。

「ミナはさ、このままでいいの？」

いいと思ってるわけがない。でももうどうしたら良いのか分からない。そしてどうしたら良いのか分からないのは、あなたとの関係も同じだ。か弱そうな若い女性店員が危なっかしく一升瓶からぐい飲みに注いだ、庭のうぐいす、という初めての日本酒をぐっと飲み込み、その水のような飲みやすさに「うん」と納得の声が溢《こぼ》れる。

「本当に？」

このままでいいの？　の答えだと思われてしまったことを悟り、慌てて「あ、ううん。何ていうか、今はまだ答えを出せないと思ってる」と正直な言葉を口にする。言いながら、既視感に気づく。今は答えを出せないと私が言い、それに対して裕翔の反応を窺うこの瞬間へのデジャヴュだ。きっと前にも同じようなやり取りがあったに違いない。何かフォローをした方が良いだろうかと思った瞬間、そっか、と裕翔は表情を柔らかくした。

「ミナに無理やり別れを迫る気はないんだ。でも、俺たちのこともきちんと考えて欲しいからさ」

何でそんな話になるんだろう。別に俺はガス抜きに使ってもらって構わないという話ではなかっただろうか。しかしその記憶にもどこか自信がない。自分が記憶を改竄《かいざん》している可能性を否定できない。あるいは何かしら、あの彼らの別れの日以降裕翔からきちんと付き合いたい的なアプローチがあったけれど私が完全に忘れているという可能性は。寝不足疲労飲みすぎが限界に達している今、その可能性も確実には否定できない。

私別にこの人のこと好きじゃないんだよな。カウンターの下で手を握ってきた裕翔の手を握り返しながら思う。でも行成のことも、今はそこまで好きじゃないことにも同時に気づく。男と笑い合って手を握り合いながら、ただ虚しかった。

これまでずっとホテルに泊まってきたのに、何故か裕翔は俺の家においでよと言って譲らず、別にホテル代払ってもいいよ？　とまで言うと「そういうことじゃなくて、ミナに俺のことを知ってもらいたいんだよ」とどうしてここまで言わせられなきゃいけないのかという羞恥を滲ませて彼は言った。この人は、私が思っているよりもナイーブな人なのかもしれない。そう思った直後、どうして好きでもないナイーブな男と寝るためにホテル代を出すと申告するなんていう珍妙な状況に陥っているのだろうと一瞬笑ってしまうが、大量に飲んだ日本酒のせいで、まあたまにはそんなこともあるかと思い直す。

自分のことを知ってもらいたいという言葉とは裏腹に、私にとって裕翔の部屋はこの間まで吉崎さんと住んでいた部屋であって、細かな吉崎さんの痕跡を見つけては、こんな家に連れて来て俺のことを知ってもらおうだなんて、本気だとしたらこいつはお花畑だなという感想しか出てこなかった。やっぱりホテル代をケチりたかったんじゃないか？　そう思いながら、近くのコンビニで買ってきたストロングを勢い良く飲み込む。残りのビールやストロングを冷蔵庫に入れると、中にたくさんの調味料があるのを見て、やっぱり吉崎さんの影を感じる。そういえば、結構前だけれど、自炊にハマっていると彼女が話していたことがあった。

でも私は裕翔を拒まない。初めて裕翔のベッドに横たわって広がった緊張は、匂いやシーツの感触、まだ未知数のそこに落ちているであろう埃や髪の毛や彼の皮膚片が許容レベルか、ダサい毛布やタオルケットを使っていないだろうかという不安、あらゆるものへの懸念が解消されていくにつれて水位を下げていく。

裕翔のセックスは普通で、居酒屋のホッケ一夜干しみたいだなと騎乗位に体位を変えて動きながら思う。取り立てて味が濃いわけでも、旨みがあるわけでもなくて、淡白だけど量はあって、居酒屋に行けば三回に一回くらい頼んでしまうし、頼めばまあそれなりの満足感がある。裕翔のセックスは長くて、声を上げながら薄目でさっきまで飲んでいたストロングを探している自分に気づく。集中しようと思えば思うほど、気持ちはストロングに向かっていく。彼がゴムの中に射精した時、「これで飲める」と思っている自分に気づき、この人とのセックスの意味がどこにあるのだろうと心底不思議に思う。

「歯磨きする？」

「あ、さっき買えば良かった」

「ストックあるよ。使う？」

うん使う、と答えながら、きっとその歯ブラシのストックは吉崎さんが買ったものなのだろうと想像する。罪悪感がないわけではない。それに、同僚の男を寝取ったということがどこかからばれ、噂が立つことへの懸念もあった。それでもこの人と別れられる気はしない。何一つ、私の意志で何かを動かすことは不可能な気がするのだ。この無力感は、行成が一向に回復する兆しを見せないままどんどん鬱を悪化させていった経緯の中で、強固なピラミッドのようなものへと進化し、私の心の真ん中に鎮座している。

歯磨きをした後、二本目のストロングを開けると裕翔に笑われた。

「まだ飲むの？」

うん、もうちょっと、と言いながらストロングを持ってベッドに入る。吉崎さんはいつもどっち側で寝ていたのだろうと思いながら、缶を置くためチェストのある側に横になる。裕翔はベッドに入ると私を抱きしめ、何度も髪の毛を撫でながら、今の生活に感じている空疎、こうして二人の時間を持っても私が彼と住む家に帰っていくことの虚しさ、彼女と別れたのも気持ちが私にあったからだということを一方的に話した。もちろん無理強いはしない、口癖のように最後に必ずそう言う裕翔。でも毎晩こうして眠れたらって思ってる。僅かばかりの母性がくすぐられ、私は裕翔の頭を撫でる。だから駄目なんだ。モラルも博愛も、慈愛も持っていないくせに、こうして求められると断れないし拒めない。そして信念も目的もなく自分から蟻地獄に落ちていく。自己分析しても無駄で、そこにあるのは「なんかちょっと可哀想だったから」とか「なんかちょっと寂しかったから」とか「なんかちょっと酔っ払ってて」とかいうしどろもどろな言い訳だけだ。その言い訳はしかも、本心なのだ。そんな私から、裕翔にかける言葉はない。適当に受け流したり、時間稼ぎをするような言葉しか出てこない。ストロングを一気にぐびぐびと飲む。

「寂しい思いさせてごめん」

そもそも、この人は自分をガス抜きに使ってくれと言っていたはずなのに、毎晩こうして眠りたいなどと言い始めたのは何故なのか、そんなことを言われたらこんな風に思ってもいない言葉を返す他ないじゃないか。大丈夫だよ、と裕翔は優しげに言う。

「ユキのこと」

言いかけて口を噤む。あれ、と思って隣を見ると裕翔が不思議そうな顔をしている。頭がクラクラして、心臓がはちきれそうなほど脈打った。同じ「ゆ」で始まるとはいえ、行成と呼び間違えるなんて、あまりにもだ。

「いや、裕翔のこと、適当な気持ちで考えてるわけじゃないから」
動揺のあまり元々何を言おうと思っていたのか忘れて、何だか不倫男みたいなことを言っている自分に更に動揺する。呼び間違えたことはバレていないのか、それとも気付かない振りをしてくれているのか、裕翔は分かってるよと優しい声で言って腕に力を籠めた。眠くて酔っていて疲れていて、もう限界だった。ストロングを飲み干すと、私はスマホでアラームを設定して目を閉じた。

気を失うようにして眠りについた割には、アラームが鳴る前に目が覚めた。いつもより分厚い掛け布団のせいで寝汗をかいている。まだ四時で外は暗く、アルコールは全く抜けていない。爪で目やにを削りながら体を起こしベッドを出るものの、ふらついて真っ直ぐ歩けず、あちこちに手をかけながら寝室を出てキッチンまで歩き、水道の水を手で掬《すく》って飲む。私がお酒を飲みたいと思わないのはこの二日酔いの時だけで、強烈に具合が悪くてもお酒を飲みたいと思わない時間は私にとってそれなりのオアシスとなるのだけれど、オアシスと吐き気がイコールで結ばれてしまうのはそれなりに最低なことでもある。

寝室に戻って服を身につけていると、リビングのソファに置いていたスマホからアラームが聞こえてきて慌てて全てのアラームを解除する。寝室を覗いてみるけれど、布団に動きはない。裕翔を起こしたくなかった。今ここで、じゃあねとかまたLINEするねとかのやり取りをする気力がなかった。アプリから現在地にタクシーを手配すると、到着まで六分と出た。さっさと出てしまおうと、上着を羽織ってスマホをバッグに突っ込む。裕翔が起きてきたら面倒だ。足早にリビングを出て玄関まで来たところで、奇妙なデジャヴュに陥る。この玄関を見たことがある。これは、まだ行成と一緒に住む前、行成が住んでいたアパートの玄関だ。

「ん？」

声となって溢れた疑問に、逆に慌てる。あれ？　と言いながら私はリビングに引き返し、寝室のドアをゆっくりと押し開ける。寝室には小さなランプしか点いておらず、布団に顔を埋めた裕翔の顔は確認できない。私は今、さっきまで一緒にいたのが裕翔なのか行成なのか確認しようとしている。そのことに気づいた瞬間、思わず笑ってしまう。やばいな、と一言脳内で零《こぼ》した瞬間、ピコンとバッグの中でスマホが鳴った。取り出すと、間もなくタクシーが到着します、という通知が届いていた。布団から僅かに覗く指にスマホを近づけその光で確認する。白い部分が二ミリほどで丸く整えられた綺麗な指だ。当然行成の指ではない。彼はギターをやっていた名残でいつも見ていて痛くなるほど深爪をするのだ。息を大きく吐くと、私はまた玄関に向かった。

確かに玄関は行成の前住んでいた部屋に似ていた。でも、似ていただけでよく見れば靴棚の色も違うし、鍵の形状も違う。静かにドアを閉め、マンションを出ると、すぐ目の前に停まっていたタクシーに乗り込み、自宅近くの交差点の名前を告げた。

お客さん？　そろそろ着きますけど？　はっとして目を覚ますとタクシーの中で、訳が分からなくなる。裕翔とのデートに向かっているところ、いや、自宅に向かっているところだろうか。外の雰囲気的に、会食に向かう時間帯ではなさそうだ。「あの、ここって」と言いかけた瞬間、見覚えのある交差点が目に入って「自宅だ」と気づく。

「あ、すみません、ここでいいです」

アプリで決済をすると、タクシーを降りて交差点の角にあるコンビニに入った。ストロングを五本とハイボールを三本、あたりめとチーカマを入れてふらつきながらレジに向かっている途中、まるでアルコールを求めて徘徊するゾンビみたいだと思いついて鼻で笑う。

でもゾンビとは言い得て妙だ。正常な思考が働いておらず、酒と男と仕事だけで一日が過ぎていく。常に上の空で仕事をしているから、来月刊行の新刊も改めてどんな内容かプレゼンしろと言われたらしどろもどろになりそうだ。私は完全に、全ての本性を見失っている。コンビニからマンションまでの道のりで、自転車に二人乗りしているヤンキーっぽい若者のカップルを見つける。信号待ちしている彼らの隣で立ち止まり、彼らをじっと見つめる。「だからあ、イッチーとオソロがいいのー」「やだよ恥ずかしいじゃん有りえないよオソロとか」「何でそんなこと言うの？　信じらんない」「だって、え、じゃあイロチにしてよせめてさ」「やだよ私も黒が一番かっこいいって思うもん」。天に昇りそうなほど楽しそうな会話をしている彼らを見て、「どうして私はこの世界を喪失したのだろう」という疑問に眩暈《めまい》がする。私もユキとこうだった。そして、こうであり続ける予定だったのだ。

彼らが青信号を渡って視界から消えてしまっても、私はじっとそこに佇み、その場でストロングを開けて一本飲みきった。一緒にこの道を歩いていた行成の穏やかな顔が脳裏に蘇る。私は彼の顔が好きだ。それは決定的なことだ。外面への執着は、きっと内面への恐怖の表れで、外面を愛することによってのみ、私は男性の底知れない内面と向き合う覚悟ができる。行成は完璧だったのだ。そして今思えば完璧すぎた。彼の外面と内面のイケメンさを尊んでいた私は、予測すべきだった彼の内面の底知れなさを度外視していたのだ。立ち直ってもらいたい、救いたい、支えたい、そう思うけど以前の彼が立ち直っていて今の彼が立ち直っていないと思う時点で、私は救済者として失格なのだろう。私が予測していなかっただけで、今の彼だって百パーセント彼なのだ。昔の楽しかった頃を思い出してたまに泣くのは、まさに彼の外面が好きな私を象徴した行為だ。今ああして浮き彫りになった彼は、彼の内面そのもので、私はそれを「治したい」と思っているのだから。私の好きな彼は失われた。でも私の好きでない彼もまた彼で、そういうのは好きじゃないの、それだったらいらないの、と振るほどには私は強くなく、彼は彼だからどんな彼でも大丈夫と言えるほどにも私は強くない。ずっと呆然としたまま足を踏み出すことができなかったけれど、顔の周辺に季節外れの蚊の気配を感じて手で払うと、私はゼンマイを巻かれたおもちゃのように機械的に足を踏み出し始めた。

帰宅すると、行成はベッドに入ったままだった。顔も見ないまま隣に横になる。今隣で眠っているのが裕翔でも行成でも構わない。私にとっては二人とも、何も満たしてくれない存在で、そういう意味では彼らはもう遜色ないのだ。

がくんと頭が揺れてハッとする。校了前でもないというのに、日中からデスクで船を漕ぐなんてさすがにひどい。氷カップに注いだストロングをストローで吸い上げると、氷がかなり溶けて味が薄くなりかけていた。しばらく意識が飛んでいたのだろうか。

月曜だというのに、疲れも寝不足も極まっていた。土曜日は夕方から朝まで約十時間大学時代の友達と飲み、昼過ぎに起きて二日酔いのまま原稿を読みつつ、ひどい状態だった部屋を掃除し、無理やり行成をソファに移動させて久しぶりにシーツを洗濯した。枕の染みがひどく、私はまた少し行成を嫌いになる。そのせいで、普段は土日は出ないと伝えていたのに、昔からの友達と飲んでるんだけど良かったら合流しない？　と連絡してきた裕翔の飲み会に参加した。神奈川出身の裕翔の地元の友達には、普通に彼女だと紹介された。まだ彼女じゃありません、と笑って否定すると、付き合っちゃいなよと裕翔の友達二人に囃《はや》し立てられた。二人とも、普通に顔は良くなかった。一人は裕翔と同レベル、もう一人は更にレベルが低かった。気分は良くなかったけど、そこまで悪くもなかった。でもとにかく寝不足で酔っ払っていて、帰りのタクシーで目覚めた瞬間、やっぱり自分がどこに向かっているのか分からなかった。

足元に目をやるとコンビニ袋が散乱している。社内では捨てられないからとストロングの空き缶を毎回縛って置いておいたら、瞬く間に溜まってしまった。二つずつくらい外に持って出て、コンビニのゴミ箱に捨ててくるか、それともトイレのゴミ箱に捨ててしまうか。社内に張り巡らされた防犯カメラを思い、私が出した結論は「段ボールに詰めて自宅に送る」だった。お昼時の人が少ない時を狙って、袋ごと段ボールに詰め、あまりにも軽いと不審だからもう捨ててもいい何冊かの本を詰め、更にやっぱり缶の音がするから、動かないよういくらか緩衝材も詰めた。伝票と共にバイトの和田くんにこれお願いと渡したら、足元がすっきりしたと同時に、何やってんだろうという気持ちになった。

何やってんだろう。ずっとそれの繰り返しだった。私何やってんだろう。裕翔のこともそうだし、アルコールのこともそうだ。自分がやってきたことのほとんどは「何やってんだろ」と思うことばかりだ。ずっとずっと消去法で生きてきた。こっちは嫌だからこっちかな。そうやって気乗りしないまま二種類の社食を選ぶようにして、生きてきた。それなのに、は？　私何やってんの？　ばっかりだ。

「あれ、桝本さん、奥滋《おくしげ》さんのトークショー行かないの？」

原稿に赤入れをしている最中、編集長に言われて目を泳がせた後血が沸き立つように全身がカッと熱くなっていく。慌ててスマホで時間を確認すると、15：47だった。四時から開始のトークショーだ。今からタクシーに乗れば開始二十分後くらいには着けるだろうか。

「途中入退場大丈夫なんで、ちょっと遅れてもいいかなって思ってたんです。そろそろ行きますね」

もちろん覚えてますよ風を装って編集長に答えると、彼女は少し戸惑ったような表情を浮かべたけれど、じゃあ奥滋さんによろしくねとにっこり笑った。会社を出ると目の前ですぐにタクシーを拾う。何であんなバレバレの嘘をついてしまったのだろうと数分前の自分を悔やむ。奥滋さんは担当編集者が自分のイベントに出席するのは当然というタイプの人だし、時間に厳しい人だ。開始後に入場したことがバレた時の言い訳を考えながら、トークショー会場である本屋近くで渋滞に嵌って動かなくなったタクシーから降りた。小走りで本屋に向かう途中、駅のロータリーで座り込んでいる男がいて思わず目を取られる。皆素知らぬ顔をして彼の前を通り過ぎている。足を投げ出して植え込みに背を凭せぐったりした様子で半目を開けている彼を見てゾッとする。薬物かもしれない。自分が危害を加えられるのだけは嫌だと足早に通り過ぎようとした時、彼の胸ポケットに何か大きなものが入っているのが見えて目を凝らす。彼の胸ポケットに入っていたのは、私がいつも飲んでいるストロングの缶だった。一瞬彼の顔を凝視した後、足を速めた。私はあの男だ。自分が何をしているのか冷静に考えることもできない、酒を飲んで醜態を晒すあの男と同じだ。

大型書店内のトークショー会場までエスカレーターを駆け上がっている途中、不意に記憶が蘇る。確か先週、母親から連絡があって、家族で入っていたガン保険を継続するかどうか聞かれたはずだった。でも母親とのトーク履歴を見ても、母親と父親とのグループトーク履歴を見ても、メールの履歴を見てもそんな話は一切出てこず、着信履歴にも母の名前はなかった。でも、そう言えば保険なんて入ってたなと思った記憶と、確か二十歳の頃に入った保険だから保険料も安いんだろうし継続かなと思った記憶がある。社会人になって久しいのに親に払い続けてもらうのも申し訳ないから、私の分だけ引き落とし口座を自分の口座に変更するのと、年間の保険料をまとめて振り込むのとどっちが良いか聞こうと考えていたのだ。「あのさ、先週あたり、ガン保険を継続するかどうか私に聞いた？」もしかしたらそんな夢を見ただけだったのかもしれないと思いながら母にそうＬＩＮＥを入れると、ちょうど奥滋美津子×村松勝トークショー、という看板が見えてきて歩調を緩める。規模の小さいトークショーだけれど、立ち見客もいて何となく人に紛れながら入場し、ずっとそこにいたような顔で会場の一番後ろの辺りにそっと立ち位置を定める。それでも顔見知りの編集者何人かと目が合い、目で挨拶をする。会場の随分前の方で見ている吉崎さんに気付いて、昨日一緒にいた裕翔のことが頭に蘇る。吉崎さんは村松さんの担当で、トークショー終了後に吉崎さんが担当した新刊のサイン会をするらしいから、きっと会場入りから、あるいは村松さんの自宅から付き添っていたのだろう。ここ最近の一連のボケと、奥滋さんたちが話す「ジェンダーと小説」というテーマが酔っ払っているせいか全く頭に入ってこないこと、その会場にいるすべての人が私よりも優秀で意義ある人生を送っているような気がすること、途中で届いたＬＩＮＥに「先週転送した郵便物の中に、保険のことについて聞くメモを同封したよ」と母親から入っていて、ああそうかと思うもののそのメモに正確に何が書かれていたか全く思い出せないこと、メモがどこにあるのか、捨ててしまったのかさえ定かではないこと、あらゆる事象の数々から、棘のような自責の念と恐怖が襲ってくる。

トークショーが終わり、村松さんのサイン会が始まると、私は奥滋さんに挨拶をするため会場前方に向かった。動悸が激しかった。

「奥滋さん、お疲れ様でした。素晴らしいお話でした」

ああ、桝本さん、来てくれたの。眼光の鋭い奥滋さんには、今の私の体たらくが全て見透かされているような気になる。

「以前ご相談させて頂きました対談集の件、ぜひご検討ください。村松さんと改めて対談して頂くのも良いかもしれないと、今日お話を聞いていて思いました」

「そう？　村松さん、意外とシニシストだったわね」

どこがどうシニシストだったのか思い当たる節はなかったが、とりあえず「確かに、ちょっと意外でしたね」と相槌を打つ。ちょうどその時吉崎さんがやって来て、「教育制度についての話ですよね。小説では結構そういった面がぼかされているので気づかないんですが、本人は割と、まあああいうタイプなんです」とにこやかに言った。

「でも明るいシニシストは嫌いじゃないわ」

「だと思いました。だから今回の件依頼したんです。ああいう立場を取っていても、彼の考える理想は奥滋さんのお考えと大きくずれていないように感じていたので。今回の新刊は奥滋さんの著書を参考文献に挙げていますし、影響されている部分もあると思います」

私が今日こんなに寝不足なのは、昨日私を呼び出したあんたのブサイクな元彼のせいだ。訳のわからない呪詛を頭に思い浮かべながら、控え室にアテンドしていく書店員と奥滋さんの後ろ姿を見送る。

「桝本さん、酒臭いよ」

吉崎さんの言葉に凍りつき、思わず一歩後ずさる。いつもはミナちゃんと呼ぶ吉崎さんは、冷たい目で私を見つめ、村松さんの所に戻って行った。笑顔で書店員やお客さんに対応している吉崎さんをしばらく呆然と見つめた後、私は書店を出てタクシーに乗り、会社近くのファミレスの前で降りた。店内をずんずん歩いて席に着くと、ビールを頼んでバッグから原稿を取り出す。先週の木曜に届いて、これから拝読させて頂きますと連絡をして、まだ五十枚ほどしか読めていない原稿だった。いい加減感想を送らないとまずい。赤ペンを持ったまま原稿と対峙して三十分もすると行成から「お腹空いた」とＬＩＮＥが入った。いつもはパンやご飯などすぐに食べられる状態にして置いておくのに、今日はすっかり忘れていた。お米も切れていたし、冷蔵庫にもほとんど物が入っていなかったはずだ。

「出前のチラシが入ってるクリアケースにお金が入ってるから、それで出前取るか、買いに行くかしてくれない？」

苛立ちから、突き放すようなＬＩＮＥを送る。別に、私がUber Eatsや出前館で家に届くように手配しても良いのだけれど、彼が自主的に空腹を満たすために行動してくれるんじゃないかと、期待していた。少しずつでいいから、自分で自分のことをできるようになってもらわないと。そうでなければ私はもう近い内に潰れてしまう。でも彼への希望は、私が自分に対して持てなくなってしまった希望を仮託しているだけなのかもしれなかった。

レモンハイを注文してガリガリと原稿に指摘を書き込んでいく。これ以上誰も自分を煩わせないで欲しかった。しばらくすると、裕翔から「ミナ、昨日結構酔っ払ってたけど大丈夫？　俺は悲惨で午後出社」と情けない顔つきのＬＩＮＥが入る。文芸と違ってこっちは午後出社できる空気じゃねえんだよと突然全てが許せない気持ちになって裕翔とのトーク履歴を消去する。消した瞬間メールの通知が入って受信ボックスを開くと、吉崎さんから「うちの編集部でも奥滋さんの単行本を検討してるから、内容が被らないよう今度打ち合わせしましょう」と入っていた。吉崎さんは何か勘付いているのだろうか。裕翔から何か聞いたか、或いは最近裕翔と会っているのを誰かに見られて又聞きしたか。この間まで普通にセナちゃんと社食を食べたりしてたのに、どうしていきなりこんな態度になるのだろう。返信をしないまま、再び原稿に視線を落とす。パワハラセクハラのルポルタージュという内容のせいか自分の精神状態のせいかお酒のせいか全く頭に入ってこない。どんなに文字を目でなぞっても一向にそれが意味のある文章として繋がらない。おかしい。おかしいな。訝りながら何度も同じ箇所を読んでいるとゲシュタルト崩壊してしまいもはや文字の意味さえ分からなくなってくる。どうしよう、そう思いながらレモンサワーのナカをお代わりする。ナカを注いだレモンサワーを一気に半分飲むと唐突に今日はもう酔っ払ってるから無理だ、と諦めがつき、赤ペンを放り出す。スマホのパズルゲームを開くと、私は延々ピースとピースをひっくり返し続ける。ハイボールとワイン数杯を経ると、もう夜の十一時を過ぎていて、原稿を読み終えたら一旦会社に戻ろうと思っていたけれどその気も失せていた。こんなところで時間を潰すくらいなら家に帰って眠りたいと思うが、家に帰れば行成がベッドにいる。ソファで寝ても彼がトイレに向かう音で目が覚めるし、大体腰か首を痛める。針山の中の小さなハゲに突っ立っているかの如く、私は疲れ果てても立ち続けなければならない呪いにかかったかのようだった。漫画喫茶にでも寄って一眠りしてから帰ろうか、或いはもうホテルにでも泊まってしまおうか。そう思いかけて、そんなことをして行成はどうなるんだろうと思い直す。でも、本当に私がずっと帰らなかったら行成はどうするんだろう。さすがにあの家で餓死するなんてことにはならないだろう。じゃあ彼はどうやって、誰に助けを求めるのだろう。ベッドとトイレを往復しながら徐々に腐敗していく行成を想像しながら、私はファミレスを出た。何でもない地面を見つめたまま歩き回り、ようやく観念して電車に乗る。

コンビニでストロングを買うことだけを考えながら駅から家に向かっている途中、わき道の奥に見える明かりに気を取られ、思わず足を向ける。何度か入ろうかなと思っては、もう家も近いし帰ろうと思い直して結局一度も入ったことのないバーだった。人が多かったらやめよう、そう思ってドアの小さな窓から中を覗くと、二十席くらいのバーには四人しか客が入っていなかった。

おしぼりをもらうと、ジントニックを注文する。CAFE・BARと書いてあっただけあってカジュアルな雰囲気だった。バーテンは二人いて、店主っぽい人がジントニックをコースターに置いた。手持ち無沙汰になる一人バーの時だけ吸う電子タバコを取り出し、カートリッジを用意する。ジントニックは普通に美味しいけれど少しジンが薄い気がする。二杯目を悩みつつ陳列棚のウィスキーを眺めていると、眼鏡をかけたオタクっぽい見習い風の男の子がウィスキーお好きですか？　と声をかけてきた。

「何かおすすめはありますか？」

「フレッシュで飲みやすいものと、スモーキーで重ためのものとどっちがいいですか？」

「スモーキーな方がいいです」

「ボウモアは飲まれたことありますか？」

「ああ、アイラ島のウィスキーですよね」

「ご存知ですか？」

彼が嬉しそうな顔をして言うと、店主が「彼、アイラ島のウィスキーが好きで、今年アイラ島に行ってきたんですよ」と彼を指差して言った。思わず笑って、ウィスキーのために？　と聞くと、一人で蒸留所巡りしてきました、と恥ずかしそうに微笑む。彼は私のウィスキーに関する質問に全て軽々と答え、お勧めのウィスキーを何本も出してきてそれぞれ嬉しそうに解説した。ウィスキーオタクだったのかと思いながら、笑顔の幼い彼に少しずつ警戒心が解けていく。もしかしたら年下かもしれない。この間友達とサイゼリヤで十二時間飲んでたんですよというバーテンらしからぬ話に声を上げて笑う。

割れるように頭が痛い。いやむしろ、頭の上でガラスをかち割られたような、いやもっとシンプルに壺で頭を殴られたような痛みだ。はっとして一瞬で上半身を起こす。私は何か交通事故にでも遭ったのだろうか。完全に記憶が欠落していた。右を見て、左を見て、後ろを振り返る。カーテンを通過する明るみ始めた空からの光を受ける男は、どう見てもあのバーテンの彼で、ベッドの脇に置かれた眼鏡はあのバーテンの彼の眼鏡だった。そして感触からして私は完全に裸で、でも触ってみた感じとりあえず中出しはされてなそうだった。ぼさぼさの髪を撫で付けると、事後特有のキューティクルが逆立っているような、ざらざらと指が引っかかる感触があった。一瞬だけ、この家に上がった時の記憶が蘇る。玄関に上がった瞬間キスをしていたはずだ。でもそれ以外、私とこの男との間に起こったことが全く思い出せない。

呆然としたままベッドを出ると、私はのそのそと下着と服を身につけた。ちらっとゴミ箱を見たけれどゴムは見当たらない。それなりの大きさのティッシュボールが入っているから、生で外出しが濃厚か。バッグを見つけ手を伸ばすと、財布の中身を確認する。カードも、現金も多分問題ない。スマホを取り出し、ほっとする。行成からの連絡は入っていない。6：35という時刻にため息をつき急いで帰らなきゃと思った瞬間、別に行成は私の帰宅なんて待ってない、とも思う。私はどうしていつも、毎日毎日行成のいる家に帰るのだろう。完全に力が抜けてバナナの皮のようになったたままスマホの画面を見つめる。11月29日。なんか見覚えのある日付だなと思った瞬間、行成の言葉が思い出される。

「今日からミナは俺の彼女ってことでいい？」今日は、付き合い始めた記念日だった。初めて寝た日の朝、行成はそう言った。イケメンはこういうこと余裕で言えるんだなと、彼の顔と性格のイケメンさに感動しながら、うんと満面の笑顔で私は答えたのだ。そして三年後の今日、行成は根を生やした私のベッドに寝ていて、私は名前を知らない男の家で目を覚ました。泣けないのはアルコールのせいで、多分脱水症状だ。緩慢な動作で立ち上がりバッグを手に持つと、立ち上がってコートを羽織る。スチームパンクっぽい家具や置物で構成されたインテリアに、強烈に他者を感じる。ドアを開けて外に出ると、目が眩む。

「二十二だったらいい夫婦の日だったのにね」私の言葉に、行成は「十一月二十九かあ、いいフックの日、でどう？」と答えた。何いいフックって！　と笑う私に、こんな感じ、と彼は右腕で鋭いフックをして見せた。あんなに幸せな日はなかった。自分の好きな人が私のことが好きで、彼は私が好きになった男の中でも一番のイケメンだった。

マンションのエントランスを出てマップアプリを開くと、ここは私の家まで十分ほどの所で、行成の寝ているベッドから歩いて十分の所で他の男と寝たのだという事実が判明する。裕翔と浮気を続けておいて今更かと思いながら、目に留まったコンビニに足を止める。

ただいま。呟いた声に返事はない。バッグも下ろさないまま寝室のドアを開ける。ベッドと一体化した行成と目が合う。

「おかえり」

黙ったまま、じっと彼を見つめる。彼の視線は私の手に握られたストロングに移動して、それからすぐに瞼がその目を覆った。

「ご飯、食べた？」

憂鬱に開いた目がまた私を捉え、彼が微かに首を振る。

「ねえユキ、ケーキ食べない？」

コンビニ袋からショートケーキが二つ入ったパックを取り出し、同じ袋からフォークを二本取り出す。怪訝そうな行成に、今日は付き合い始めた記念日なんだよと明るい声を出す。あ、だか、ああ、だか何か短い言葉を漏らした彼の傍に座り込み、パックを開ける。

「すっかり忘れてたんだけどね、ちょうど帰りに寄ったコンビニでこれ見つけてラッキーって思って。コンビニでショートケーキって、意外になくない？　ユキ、イチゴ好きでしょ？」

ほら、俺栃木出身じゃん？　いつか、イチゴが好きだという話をした後、彼はそう付け足した。そっか、とちおとめってあるもんね、と私は答えて、イチゴが好きな彼を愛おしく見つめていた。

こんなに何の変哲もない、別段可愛くもないし大して面白いことも言えない私のことを好きになってくれてありがとう。いつも私のことを大切にしてくれてありがとう。荷物も持ってくれるしおかずは取り分けてくれるし洗い物もしてくれるしいつもいつも私が辛い時にはよく頑張ったねって頭を撫でてくれて抱きしめてくれて疲れでへたり込んでる時は拭き取りクレンジングで化粧を落としてくれたりマッサージをしてくれてありがとう。こんな私にはもったいない彼氏だ。ずっとそう思っていた。好きで好きで堪らなかった。彼が好きすぎて、好きがパンクして死んでしまうかもと思った。好きだよと毎日伝えても伝え足りなくて、伝え足りなさでパンクしてやっぱり死んでしまうかもと思った。

「ユキ、私のイチゴあげる。好きでしょ？」

その言葉は、私のこと好きでしょと迫っているようで押し付けがましく醜いと分かっているのに手は止まらずにフォークでイチゴを刺していた。

「脂肪分の多いもの、気持ち悪くなるんだ」

拒絶された私の押し付けは行き場を失い、フォークは空を立ち往生する。

「イチゴだけでいいから食べない？」

彼は空洞のような黒目でしっかりと私を見つめたまま微かに首を振り、また目を閉じた。うっと声が出て、次の瞬間には「うわあっ」と号泣していた。ぼろぼろと涙が出て止まらない。その様子はパチンコのフィーバーを思わせた。ぽろぽろぽろぽろと玉が排出されていくパチンコ台のようだった。私はパチンコ台になって玉を吐き出す。一銭にもならない玉を吐き出す。「どうして」「どうして」「ユキ」私の嘆きは無視されたまま、彼は目を開けない。溢れる涙は手元のショートケーキを濡らし生クリームが溶け、安っぽいスカスカのスポンジがふやけていく。号泣したまま衝動的にケーキのパックを床に投げつけ、バッグからスマホを取り出す。連絡帳をスクロールして一度も掛けたことのなかった彼のお母さんに電話を掛ける。初めて挨拶に行った日、これからも行成のことをよろしくね、何かあったらいつでも連絡してと渡された電話番号だった。最初で最後の電話は、私の号泣で始まる。

お母さん、もう私では無理なんです。彼は働けない、バンドももうやってない、もう外に出ることもできないんです。コンビニにも行けないトイレに行くこととたまにお風呂に入ることとご飯を食べることしかできないんです。私はもう、私には限界なんです助けてください。お願いです助けてください。泣きながら一気に捲《まく》したてる。「駄目なんです私じゃ駄目なんです。私じゃ駄目なんです」。私の叫びは私に言い聞かせているようでもあって、言えば言うほど興奮が加速していく。「助けて」。いや違う。私は今ユキに呼びかけてるんだ。私は今、「助けて」とユキに縋っているのだ。電話の切るマークをタップして通話を切ると、私はスマホを床に投げつけ布団を剝がしてユキに馬乗りになる。

「ユキ！」

目をつむったまま、彼は眉間に皺を寄せ苦痛に顔を歪める。

「助けて！」

両手で胸元を摑まれた彼から苦痛の呻きが漏れる。

「私を助けて！」

馬乗りになった私の背中に冷たい彼の手が回る。死を間近に控えた末期患者のように今にも息絶えそうな弱い力で抱き寄せられた私は、ユキの胸に顔を埋めて久しぶりの安堵に肩で息をしながら耽溺《たんでき》する。

「無理だよ」

ユキの諦念が音と振動で伝わる。

「無理なんだ」

悲惨な泣き声は彼の胸に吸収されていく。それでもどんなに声をあげても、もう彼には届かない。何かの偶然で届いたとしても、彼は私を救えない。

「ごめん」

汗と涙でびしょびしょになった私に届いたのは簡潔な謝罪の言葉で、それでも私は、彼が数ヶ月、いや、ほとんど一年ぶりに私に声を掛けてくれたことに気づく。ずっと自分の話しかしなかった彼が、私という存在を認識して私に声を掛けてくれたことに気づく。悲しくて寂しくて、悔しくて情けなくて、本当に馬鹿みたいに、南極の氷の上に裸足で佇むみたいに寒くて一人だった。私を抱きしめる彼の腕には何のエネルギーも感じられない。カカシみたいだ。私は人形に縋る頭のおかしい人間のようだ。美しい人形に魅せられた。夢中になって愛した。美しい彼に魅せられた私は、こうして剝き出しになった彼の本性に触れ、恐れ戦《おのの》きながらも彼に縋り結局彼を諦める。無理なのだ。私も彼も、もう無理なのだ。

「無理なんだよ」。寄り添うように、行成は優しい声で囁いた。散々泣いて、行成の胸から顔を上げると暗いところから突然明るいところに出た時のように激しい眩暈がして視線がふらつく。霞んだ視界の端に、生クリームに突っ込んだスマホが見えた。

行成の両親は次の日の朝家にやって来た。両親がやって来てもほとんど言葉を発することのできない息子を見て、二人は驚いた様子だったけれど、彼や私を責めることはしなかった。行成、一緒に家に帰ろう、しっかり休んで、ゆっくりでいいから、少しずつ治していこう、ミナさんも大変だったでしょう、迷惑かけたね、ちゃんと責任持って面倒見るから心配しないでね。彼の状態を把握したお母さんはそう言った。

「行成、高校生の頃にもしばらくこうして鬱みたいになって引きこもったことがあってね、その時は半年くらいで治ったんだけど」

お母さんの言葉は、彼が鬱の症状を現し始めてから半年ほどで浮気に走った私に僅かに罪悪感を与えた。

「経過、連絡しますね」

じっと視線を落としたまま逡巡して、いいですと呟く。

「彼も、それを望んでいないと思います」

私がそう言った時、お父さんが行成の肩を抱いて寝室から出てきた。お父さんは息子の症状を受け入れられないのか、ここに来てから寡黙なまま私には何も言わなかった。もう行くの？ と慌てた様子のお母さんは、荷物とかそういうことはまたメールか電話でやりとりしましょうと言って立ち上がった。玄関まで連れて来られた行成は一度だけ私を振り返る。でも何も言わないまお父さんに促されて靴を履いた。エレベーターに乗るところまで見送ったけれど、行成はもう二度と私と目を合わせなかった。一言声をかけたいという思いは、私の視線から逃げるユキの淀んだ目によってかき消された。ちゃんと治してね、出かかっていたその言葉は、自分の狭量と無力さの証にしかならず自分をより苦しめることも分かっていた。

行成のいない部屋は寂しいようで清々しくもあり、まるで市に電話を掛けて粗大ゴミを捨てたような気分になる。私は彼を捨てたのだろうか。いやずっと前に私は捨てられていた。どうしてこんなことになったのか、自分にもっとできることがあったんじゃないか、何か自分に間違いがあったんじゃないか、そんな風に思うだろうという予想は裏切られ、私にはもうただの一ミリも感情らしきものは残っていなかった。

今日三本目のストロングを傾けながら、寝室でぼんやりと抜け殻になったベッドを見つめる。ふと、彼のギターケースがクローゼットに入れっぱなしのままだったことを思い出す。彼がこのベッドで歌ってくれた曲の歌詞は一字一句記憶していて、それでもこの状況で彼の作ったセンチメンタルな歌詞を口にすることに躊躇《ちゅうちょ》して、鼻歌を歌う。涙は出なかった。涙を流すには、この世界はあまりにも濁っている。ストロングを呷《あお》りながら、行成分広くなったベッドに大きく寝転び、スマホでパズルゲームを始める。

ピンポーンとインターホンが鳴ったのは、五本目のストロングが空いた頃だった。行成が普通にバイトから帰ってきていた頃の記憶が蘇り、ユキ？　と思わず呟きを漏らしながら玄関に駆け寄る。

「宅配便です。サインお願いします」

顔見知りの宅配便業者から段ボールを受け取りドアを閉めると、その場で無表情のまま段ボールのガムテープを引っぺがす。大量のストロングの空き缶が、そこにあった。

ストロングゼロ
Strong Zero

デバッガー
Debugger

コンスキエンティア
Conscientia

アンソーシャル ディスタンス
Unsocial Distance

テクノブレイク
Technobreak

二十七から三年付き合っていた彼に別れたいと告げた時、お前と付き合い始めた時俺には彼女もセフレもいて、彼女はアイドルみたいに可愛くて、セフレは元モデルの美人で、お前よりもずっとレベルが高かった、とプライドを盾に中傷された。その二人と別れてお前と付き合ったのにと、どんな反応を求めているのかさっぱり分からない彼のモラハラ発言を受けて、彼との未来は完全に潰《つい》えたのだと思い知った。何で二人に劣る私と付き合ったのと聞くと、セックスが良かったからだと彼は大真面目に答えた。元々そうだった。私は彼のそういうデリカシーのないところが嫌いで、こういう馬鹿正直なところが好きだった。そんなレベルの低い女に浮気されて別れを切り出されたのだから、彼にだってそれくらいの遠吠えをする権利はあるのだろうと、私は三日三晩彼のモラハラに付き合い続けた。

そうして乗り換えた彼とは、二年ほど付き合った後向こうの虚言癖に疲れて別れた。小さい小さい嘘を重ねて少しずつ自分のイメージ操作をする彼といる間、彼の作り上げた虚構の世界に付き合わされ、ずっとディズニーランドに生きているような気分だった。最初の一ヶ月は楽しくて仕方なかったけれど、半年経つと疲弊が蓄積し、一年も経つとハリボテの裏を知り尽くし、その虚構性に嫌悪しか抱かなくなった。こじれにこじれた別れ話を終え久しぶりの独り身になった時、私は三十二になっていた。そりゃ、虚構の中になんて生きてられないはずだ。そんな感想と共に、もうほとんど結婚してしまった周囲を見渡すものの、婚活なんかしてもなあという斜に構えたスタンスで、ちらっと社内不倫をしたり、若い同僚とコリドーに出かけてナンパしてきた男と数回ホテルに行くような関係を繰り返し、何となく恋愛に本気になれないでいる内、周囲は次第に出産ラッシュに突入し、皆が恋愛結婚出産に勤しむ中よく仕事を頑張ってくれましたというご褒美のように、会社では昨年、五千円というしみったれた昇給と共に、クリエイティブディレクターという肩書きがついた。私は三十五歳になっていた。

珍しく待ち時間なしで入れた人気のカフェで優花《ゆうか》とスパークリングで乾杯して、サーモンのタルタルスクランブルエッグ添えをつつく。なんでここのランチについてくるのはブリオッシュなんだろう、どう考えてもバゲットの方が料理に合うしカロリー的にもましなのにと文句を言いながらこんがりと焼けたブリオッシュにかぶりつく。若鶏のグリルスクランブルエッグ添えを食べている優花の皿に「一口」と言いながら手を伸ばし若鶏を頰張る。優花も「一口」と言ってフォークをサーモンに突き刺す。

「え？　で？　今日大山《おおやま》くんと飲むって？」

「そうそう、最近よく飲むんだよ」

「大山くんと？　へえ、いがーい。え、大山くんて愛菜《まな》にとって男なの？」

「まあ、男の子じゃない？」

優花は鼻で笑いながら、男の子だよね？　と繰り返した。二十四になったばかりの大山くんは新卒の頃半年くらい教育担当をしていた男の子で、自分の頃はどうだったかなと我が身を振り返ってしまうくらい飲み込みが早く手のかからない新人だった。仕事もできるし気が利くし、モラハラパワハラ言動で女性社員を唖然とさせる男性上司のちょうど正反対に位置する理性的、常識的な感性を持っていて、私と同世代の女性社員達からは「これからうちの会社はああいう若者達によって浄化されていくだろう」と希望の声が上がるほどだった。

先月、取引先との会食に大山くんと赴き、ちょっと短すぎたなと後悔していたスカートの裾を気にしていた時、こんなに綺麗な脚の女性と飲めるなんて嬉しいなあと五十前後のおっさんがテーブルの下をじっと見つめてから下卑た笑みと共に発言した。おっさんの部下の女性は「本当に森川《もりかわ》さん脚が長くてお綺麗ですよね」と驚きの同調をする。こういう間接的奇襲マウントを繰り広げる女の方が、単細胞ハラスメントより厄介なんだよなと思っていると、私の隣にいた大山くんが「それは大人数の会食で仕事相手に言うことではないと思いますよ」と無表情のまま言った。その場にいた大山くん以外の人々の戸惑いが漂い、一瞬にしてテーブルの真ん中に大量のドライアイスが積まれたような冷気が流れ始めた。

「いや、別に私は大丈夫ですよ」

もはや状況的に言わなければならない圧のかかった言葉を反射的に口にすると、大山くんは心外そうな表情で私を見つめた。

「最近の若い子は危機管理がしっかりしてて頼もしいなあ」

おっさんが的外れなことを言うと、大山くんがまた何か発言しそうな素ぶりを見せたから、私は慌ててワインリストもらってきてくれない？　と大山くんに頼んだ。それでも、会食が終わって二人で少し飲もうかとバーに入ると、私は自分から謝った。

「大山くんがああ言ってくれたことは嬉しかったし、これからはそういうクリーンさがないと逆にやっていけないわけだけど、あの手のおっさんこじらせると面倒だからああ言うのがベターだと判断したってだけのことだから」

嫌なことをしてきた相手にも、それを制してくれた相手にも、私が気を使わなければならない状況に心底うんざりしていた。それでも会社の若い子には、セクハラに甘んじていていいわけではないのだと伝えなければならなかったし、それでもうまくやらなきゃいけない時もあるとも伝えなければならなかった。あの程度の言葉にいちいち突っかかっていたら、仕事が成り立たないのも事実なのだ。

「別に僕はクリーンな人間じゃないですよ。森川さんのことが好きだから言っただけです」

「好きとか嫌いとかも仕事相手に言うことじゃないんじゃない？」

言葉に詰まった大山くんは、それは、でも、と繰り返していたけど、「君はかわいいね」と私が言うと、それも仕事相手に言うことではないですよね？　と笑った。

好かれていることは分かっていた。従順な愛玩犬のようだった彼が、あの日番犬としておっさんに吠えてくれたことで、私の方にも好意が芽生えた。あれから緩やかに、私たちは仕事抜きで飲みに行くようになり、それでも終電の時間になればまた明日と手を振った。

「そういや、山岡《やまおか》さん？　あのー、大山くんと同期の子。あの子大山くんのこと好きらしいよ。三十五歳に持ってかれたらメンタルきっついだろうなあ」

別に持ってかないよと笑いながら大山くんが女の子に好意を持たれているということに、どこかで感心していた。イケメンではないけど格好悪くもないし、ファッションも無難な線で揃えているし、真っ当だし優しい。どこかでざわついている自分に呆れる。大山くんともしそういうことがあったとしても、人恋しかった時にサクッと不倫した同僚や行きずりの相手と同様、キャッチアンドリリース案件でしかないだろう。

セックスによって自分が搾取される感覚は、二十七くらいの頃に消え失せた。もともとセックスが好きだったし、好意を持っている相手と妊娠もせず性病ももらわないセックスができるなら、別に一回限りでも不倫でも構わない、自分にはもはや磨り減る余白などなく、一時的にであろうが継続的にであろうが好意のある男と寝ることは喜びでしかない。いつからかそんな感覚でいた。だから婚期を逃したのだろうか。最後の彼と別れてから、いいなと思う、セックスする、何となく距離ができる、終了。その繰り返しだった。たまに思い出したように連絡がきたり連絡をしたりして、一瞬再燃したりもするけど、また自然に離れていく。いいな、は恋愛感情だと思い込んでいただけで、単に「したい」ということだったのかもしれない。完全に、男性に対する執着心を喪失していた。執着することも、されることも、全く求めていなかった。最後に付き合っていた元彼と元元彼が割とどうしようもない男たちだったせいかもしれない。そうして過去の男に罪をなすりつけてガラクタやゴミをクローゼットに放り込むようにして、私は自分自身に関するあらゆる疑問や問題意識を蔑《ないがし》ろにしてきた気がする。いつかこのツケが回ってくるのだろうか。でもそれはきっと今じゃない。そんな蔑ろに蔑ろを積み重ねて到達した三十五歳は、まだ意外となあなあに回っている。

「優花は？　相変わらず？」

「相変わらずもいいとこ。離婚したい、でもできない。もうこれを永遠に繰り返すのかなって。なんかループものの物語の中にいる気分だよ。もう彼の口にする言葉は全部『もう聞いた』って感じ。頭がおかしくなりそう。でも頭がおかしくなりそうなままもう四年だからね。完全にループしてて状況は何も変わってないのに私が老化だけしていくっていう地獄。向こうはもうおっさんじゃん？　だからもうそんな一年や二年じゃ変わらないわけ。それなのに私は顕著に劣化していくわけよ。地獄っていうかもはやホラー」

秘書課にいる優花は、二十九の時から妻帯者と不倫を続けて四年が経つ。二年前から彼の借りた部屋に住み始め半同棲をしているが、そこから一向に関係は進んでいない。たまに別の男と寝たりすることもあるようだが、十五も年上の不倫相手の楽さに慣れてしまったせいか、遊び止まりのようだ。話は優花がこの間友達と訪れたという相席居酒屋の話題となり、結局私たちの業界ってそれなりに稼げるし華やかな業界とも繋がれるじゃん？　だから恋愛とか結婚が絶対的な通過点にはならなくって、ああいうセフレが欲しい飢えた男とか本気で結婚考えてる男とかよりも出張ホストとか不倫で満たされちゃうっていう構造が私たちが結婚に本気になれない理由だと思うよ、という身も蓋もない優花の締めくくりでほぼ休み時間は消化してしまった。

退社前のトイレで化粧直しをするのはそれから飲みに行く予定がある時だけで、これから彼氏と会うとか合コン行くとかの予定があるのであろう若い子たちに混ざって化粧直しをしながら、不思議な気持ちになる。周囲の同僚や友人たちと比べて、自分だけ時間が止まっているような気がするのだ。私にだって同じだけの時間は流れ、仕事で昇進したり、スキルが伸びたりもしているのだけれど、自分にだけ流れていない、恋愛時間のようなものがある気がしてならない。皆がRPG的に一人の男性と時間を積み重ねて結婚に至ったり子供を作ったりというミッションをこなしている中、私は始めてはすぐに終わり、終わっては始めてまた終わり、クリアの存在しないパズルゲームの世界にいるようだ。もちろん結婚や出産がクリアなどではないことも分かっている。でもいつからか、この現状に果てしない不能感を持つようになっていた。

ループしてるのに老化だけは進行するという優花の言葉が蘇る。確かに、鏡に映った私は周囲で熱心に自分の顔を見つめてあらゆる技を施している二十代の女の子たちと比べて、確実に劣化している。意識し出すと小じわや毛穴なんかが激しく気になる。この間、クラウド保存している画像を整理していても思った。三十になった頃の自分の顔と、三十五になった今の私の顔は明らかに違う。きっと輪郭がたるんできたとか顔の肉が落ちてきたとかの変化なのだろうけど、細かいところまで気にし始めると、いくら化粧直しをしても完璧に満足いく顔に作り上げることのできない自分の顔が恐ろしかった。本当にただの誤差のようなものなのだ。例えばむくんでいる時とか、泣きすぎた翌日みたいな、なんか微妙にバグってるなという感じの顔。でもその顔がデフォルトになっている気がして、そのどうしようもなさに泣きたくなる。でも自分が想像している満足いく顔は、すでに消え去った過去の私の顔なのかもしれなかった。そう思うと、自分は慈しむべきものを蔑ろにしてここまで生きてきたような気がしてならない。もっとしっかり、今しかないものとして、儚いものとして、自分の顔を大切にしてくれば良かった。でももっと大切にすべきものは別にあったような気もする。二十代の頃は割と、自分は確固たる信念を持って生きているると思っていた。三十を過ぎてから逆に、積み上げてきたものの分だけ何かを見失い続けてきたような気がしてならない。

いつか森川さんと来たいなって思ってたんですと大山くんが誘ってきたのは、夜遅くまで営業している金魚やクラゲの展示が有名な水族館だった。飲食店以外で彼と二人きりになるのは初めてで何となく落ち着かなかったけれど、水族館の意外な暗さに安堵した。これから彼氏、あるいはこれから合コン、の二十代女性たちと並んで化粧直しをした後、陽の光や蛍光灯の下《もと》で彼と向き合う自信はなかった。

それでも成長の過程を公開しているクラゲを見ながらこんなにちっちゃいんだねとか、ジェリーフィッシュは完全に椎茸だねとか、キクラゲってキノコなんだっけクラゲなんだっけとかくだらないことを話しながら歩いているうちに少しずつ彼と向き合う不安は薄れていった。この間までただの部下で、別にこいつからおばさん認定されたって一向に構わないくらいに思っていたのに、必死に取り繕おうとしている自分が可笑しかった。男として意識する前の大山くんはかわいい犬のようなもので、犬からの視線が気にならないのと同様に、私は彼からの視線など一切意識していなかった。責任者的な自信と共に、無邪気な下僕感や若さゆえの自信過剰なところを笑って見ていられた。でも今私は、自分を良く見せようとしている。そう気づいた瞬間、もう何でこんな若造にという気持ちになってため息が出てしまう。

これってマンボウですかね、とナポレオンフィッシュを指差して聞く大山くんに、これがマンボウなわけないでしょ？　どんな人生送ってきたらこれがマンボウだと思うのか不思議でならないよと笑う。

「図鑑とかそういうの、子供の頃持ってなかった？」

「図鑑はあったと思うけど、あんまり見た記憶ないですね」

これまで付き合ってきた男性は動物や昆虫に詳しい人が多かったから、大山くんの言葉は意外だった。

「大山くんって、子供の頃車とか電車とか好きじゃなかった？」

「興味なかったですね」

「ふうん。じゃあゲームとかは？」

「あ、全然。皆ポケモンやってたけど俺はやってなかったです」

いつも一人称が僕だった大山くんが初めて俺と言った瞬間だ。そう思いながら、挙げられるゲームがポケモンであることに軽く衝撃を受ける。

「もしかして大山くんて、ドラクエとかストリートファイターとか知らない世代？」

「ドラクエは一応知ってます」

この会話で得られた情報は越えようのない年の差と、何となくこっちがイメージしている男性のイメージに大山くんが当て嵌まらないことだった。イソギンチャクコーナーを見て回った後、「あ、あそこ。ペンギンですよ」と大山くんは手すりから乗り出し、下のフロアを見つめてテンションの上がった声で言う。ワンフロアの半分ほどを占めるペンギンコーナーでは、何十匹ものマゼランペンギンが思い思いに陸に突っ立ったり泳いだりしている。ペンギンコーナーに降りるスロープの途中で大山くんが立ち止まったから、私もその隣で手すりの向こうのペンギンを見下ろす。潜っては浮き上がり、泳いでは浮き上がる彼らから目を離せず、可愛いなあ、となんのてらいもなく感嘆の声を上げてしまう。

「ペンギンになりたいなあ」

しみじみと呟いた大山くんに吹き出して、えーペンギン？　と呆れた声で言う。

「陸にぼんやり突っ立って、気が向いたら泳いで、それだけで可愛い可愛い言われて、飼育員に餌もらうのが皆にありがたがられるショーになるなんて最高じゃないですか？」

確かにそれは最高のヒモ生活だねと笑いながら言うと、大山くんもペンギンを見つめたまま笑った。

「俺ここの水族館何度か来たことあるんですけど、一日に二回餌やりイベントがあって、飼育員たちってここのペンギンたちの名前全部覚えてて、一匹一匹名前呼び上げながらどのペンギンが何匹魚を食べたか記録とってくんですよ。だから餌のやりすぎもやらなすぎも絶対ないんです」

「え、このペンギンたちを飼育員は見分けられるってこと？」

「そうなんですよ。ビックリでしょ？」

「信じられないな。適当な名前で呼んでるだけなんじゃないの？」

「と思うでしょ？　でも覚えてるんですよ本当に」

自信ありげに言う大山くんは、これまで誰とこの水族館に来ていたのだろう。彼女と来たの？なんて聞いたらハラスメント認定されるかもしれないしと、何度か来たことある発言をやり過ごす。

「名前呼ばれて水から上がったら餌がもらえて、それ以外の時は気ままに泳ぐかぼんやりああやって虚空を見つめるかしてればいいなんて、理想だな。あんな風に泳いでたら空飛んでるような気分になれそうだし」

情けないところや男らしくないところを感じ取ってはいたけれど、ここまで自然にヒモ気質を吐露できるところにこそ、彼のヒモ属性の強さを感じる。

「でもさ、大山くん仕事できるじゃん？　仕事で結果出して評価されるのだって嬉しいでしょ？」

「まあそれは嬉しいですけど、何もしなくていいならしないでいたいですよ」

入社以来ずっと彼に強いポテンシャルを感じていたけれど、そうか本当は何もしたくないのかと思うと、これから大山くんが真面目に仕事に勤しんでいる姿を見るたび可笑しくなるだろうと、仕事中の楽しみが一つ増えたことに思わずにやけてしまう。

いいなあペンギン……。ペンギンコーナーを離れる時後ろを振り返りながらしみじみと呟いた彼の肩に、笑って手のひらを叩きつけた。情けない表情で笑う彼にこれからどうすると聞くと、ご飯行きましょうと情けなさを柔らかさに変えて言った。

例えば彼はあまりレストランの情報を知らない。食に全くこだわりのなさそうな彼を見ていると、せっかくなら雰囲気が良くて店員の感じも良くてそこそこオリジナリティのある料理を出す店に行きたいと思う自分が浅ましく感じられてくる。港区女子のような金にものを言わせるチョイスでもなく、繁華街の居酒屋のような若者的あるいはお小遣いでやりくりするサラリーマン的チョイスでもなく、いわゆる独身の丸の内ＯＬが女子会に選びがちな、少し高いかなと思うけどそれに見合った分の素材の良さや気の利いた味付けとサービスを堪能できる系のチョイスだ。電話で空きを確認してから向かったレストランに入った途端、そういう気の利いたオトナの仮面を被った貧乏くさいメンタリティに気づいて恥ずかしくなった。しかも自分の記憶以上に店内の照明が明るく、社内トイレで見た、過去の自分と比べて劣化した顔が浮かんで伏し目がちになる。酔わないとやってられないなとワインをボトルで頼んでがんがん飲んでいると、お酒は飲むけど頭の節度を保つタイプの大山くんは「今日はよく飲みますね」と微笑む。やってられないんだと頭の中で思って、何だか情けなくて笑ってしまう。

思ったよりもスムーズにホテルに誘ってきた大山くんに逆に戸惑いながら、酔った勢いという大義名分を大事に抱えて入室した。シーンA、シーンB、シーンC、シーンD。枕元のパネルで全ての調光を試し、シーンDに決めるとライトの強さを二段階下げる。

「めちゃくちゃこだわりますね」

「落ち着かないんだよ。私もういい歳だし。顔のアラとか見られたくないし」

「何でですか森川さんこんなに綺麗なのに」

言われた瞬間、何だかしゅんとなって自分が保てなくなっていく。だって、と言いながら、籠《ろう》絡《らく》されていく。そうか年下ってこんな感じかと改めて思う。一個や二個年下と寝たことはあったけど、ここまで年の差のある相手は初めてだった。そうかこうして、普段無意識的に構えている盾やバリアが簡単に無効化されるのか。「年上より年下の方が甘えられる」二十代半ばくらいの頃だっただろうか、同期の友達が言っていた。彼女はあんなに若い頃から、さらに年下の男と付き合い、その効用を知っていたのだ。

ベッドの上で抱きしめてくる大山くんを抱きしめ返す。店を出る前に確認はしたけれど、化粧は崩れていないだろうか。こんなに近いのだから毛穴や小じわは完全に見えてるはずだ。対して大山くんの肌の綺麗さよ。全く集中できていなかった。全くもって集中できなかった。こんなことは初めてでどうしたら良いのかさっぱり分からない。

手の甲にキスをされながら、やっぱり女はかなり如実に手の甲に年齢が出るよねとこの間優花がしみじみ話していたのを思い出し伏し目がちになる。彼に目隠しをしてこっちから一方的に攻められれば気が楽になるんだろうか。でも初回から目隠しをさせろだなんてさすがに引かれるだろう。頭の中でぐるぐると考え、自分の老いへの引け目をまざまざと直視する。自分がこんなにも見た目にこだわる卑俗な人間だとは思わなかった。もっと自分自身に対して健全な自信を持っている人間だと思っていた。

あれ、自分てこんな人間だったっけ、大山くんといるとそう思うことが多い。あれこれ考えながら服を脱がされ身体中を愛撫され挿入されても、不安が拭いきれない。今、彼の目に自分はどんな風に見えてるんだろう。彼の目の位置に手鏡があればいいのにと思いながら突き上げられ、どうしても彼を直視できず顔を横に向けたままでいると、彼は優しく右手を私の頬に当て、上を向かせてキスをした。あれだけ注意深く調光したはずの照明は、やっぱり明るすぎる気がしてならない。キスが終わると、私はまた顔を横に向けた。目尻と額の小じわが気になっていた。彼が射精した瞬間、もうこれでまっすぐ目の前から向き合わなくていいんだと安堵した。それでも差し出された腕に頭を乗せ、覗き込んでじゃれ合おうとする彼に、そんなに近くで見ないで欲しいとは言えずさりげなく後ろを向き、寝バックハグの形に持ち込む。

「今度またデートしてくれませんか？」

「いいよ」

「やった。どこに行きます？」

「うーん」

「じゃあ来週の土曜、動物園はどうですか？」

「水族館から動物園って。子供みたい」

笑って振り返ると、彼は愛おしげに微笑んで私を見つめた。彼の目を見た瞬間気づく。動物園ということは日中で、電車は蛍光灯で、私は三十五歳だ。


取り憑かれたように検索を繰り返していた。皺を目立たなくさせるための美容外科施術を調べ、いくつもの美容外科を調べ、口コミを調べた。パソコンもスマホも検索履歴が美容外科の名前やフィラーの名前で埋まっていて、開いているページもほとんどが美容外科か整形関連のブログだった。とにかくひとまずカウンセリングに行こうと明日の終業後に予約を取ったが、取った後に不安になって「フィラー注入　失敗」で検索する。鼻が壊死《えし》した人や交通事故にでも遭ったかのような内出血になった人の画像が大量に出てきて、あまりの恐怖に予約をキャンセルしてしまおうかと思うが、いやでもこの顔に何かしらの処置を施しバグを修正しない限り私は彼とまっすぐ向き合うこともできないんだぞ？　と思い直す。明日のカウンセリングで決意できなかった場合を想定して、明後日土曜の午前にも別の美容外科にカウンセリングの予約を入れた。明日は金曜だから、夜に施術してもらえば土日にダウンタイムが取れる。もしものことを想定した場合、少しでも時間が取れる方がいい。口コミでフィラー注入がうまいと書かれていたけれど、当然どんな医師もいい口コミばかりではなく、不満も書き込まれている。読めば読むほど、検索すればばするほど分からなくなり、Twitterで美容整形アカウントを大量にフォローすると、信頼できそうな美容整形マニアの女性たちにDMでどこでやったかや、どの先生にやってもらったか質問した。大丈夫絶対うまくいくと思っては、美容整形に絶対などないと思い直す。ある程度の失敗を覚悟しなければ、美容整形などできないのだ。整形をするということは、自分の命を少し諦めることと同義なのかもしれない。そう思い至ると、もうこれ以上考えずカウンセリングに行こうと心に決めた。

「多摩動物公園行ったことあります？」「あると思うよ。子供の頃だけど」「じゃああの生肉バス乗りました？」「生肉バス？なにそれ」「バスに生肉くっつけてライオンコーナーを回るんですよ。そうするとライオンたちが生肉食べる様子がめちゃくちゃ間近で見れるんです」「そんなのあったっけ？笑」「すみません！今調べたら２０１６年から運行休止してるみたいです！しかも生肉バスじゃなくてライオンバスでした。。」「生肉バスじゃないってことは何となく分かってたよ笑」「森川さんとライオン間近で見たかったなあ、、」「ライオン一緒に間近で見たいってどんな欲求？」「なんか一緒に怖い思いしたいって感じかな？笑。森川さん、お化け屋敷とかはどうですか？」「だめ。絶対行かないよ」「じゃあ今度行きましょう笑」「嫌だってば！笑」

　大山くんとのＬＩＮＥは軽妙で、私が整形について調べまくり失敗に怯えているのとは完全に別次元だった。例えば子を持つ親が経済的困難を我が子に隠しながら学費の高い私立に通わせている時なんか、こんな気持ちなのかもしれない。あるいは、余命いくばくもないと知っている老人が溌剌《はつらつ》とした孫娘に「君の花嫁姿を見るまでは死なないよ」と微笑む時なんかもこんな気持ちなのかもしれない。私が大山くんに見せているものはまやかしに過ぎず、私たちは本当の意味で交わることができていない。とにかく至近距離からの直視に耐えうる顔を手に入れなければ、本当の意味で交わる以前に彼の前で自然光の下に出られないのだ。

美容整形外科は初めてではないけれど、これまではピーリングやイオン導入くらいしかしてこなかった。フィラーの注入がうまいと評判のアカギクリニックの院長は、丁寧にこちらの要求を聞き、施術やフィラーについて事細かく提案をしてくれるのだが、時折チェーン系美容外科の名前をあげてその詐欺的商法を半笑いでディスるのが癇に障った。でも「森川さんの場合、ボトックスは二重瞼が重たくなりそうなのでお勧めしません。ヒアルロン酸だったら、額と目尻には柔らかいものがいいので、ボリフトが良いと思います。他のヒアルロン酸と比べると高めではありますが、安価なフィラーを入れると減りが早くて結局非経済的だったりするので。量は額と目尻だったら三本で十分だと思います」と簡潔に提案した先生が気に入ったし、自分でもボトックスよりヒアルロン酸、ヒアルロン酸ならボリフトと思っていたため、見立てが同じであることに自信を得て「じゃあ三本、額と目元にボリフトを注入してください」と頼む。

施術台に乗り笑気麻酔を吸い始め、いよいよ後戻りできないところまできたことに気づく。恐ろしかった。自分の顔が取り返しのつかないことになったらどうしよう。それでも私には他の選択肢などなかったとも思う。

「額に針を刺している間、頭が少し引っ張られるような感じがしますがおかしなことではないのでご安心ください」

　頭が引っ張られるってどういうこと？　と思っている内に先生は針を刺した。ブリブリっとヒアルロン酸が注入されていく感触があって、瞬時にツンツンツンツンと奇妙な感覚が頭に走る。頭から脳までまっすぐ埋め込まれている細い針金を、勢いよく引き抜かれているようだった。生まれて初めてのその感覚に鳥肌が立つのが分かる。思わず両手を胸の前でクロスさせ両二の腕に当てる。大丈夫、大丈夫大丈夫。恐怖と痛みに精神が限界を迎え始めた自分を励ます。

　これまで整形をする人たちは好きでやっているのだろうくらいに思っていたけれど、彼女たちもこんな不安と恐怖に向き合いながら、もしかしたら誰かときちんと向き合い恋愛をするために整形をしていたのかもしれないと思うと笑気麻酔のせいもあってか急激に切なくなって目に涙が滲んだ。

「がんばってくださいね」

　施術室に入った時、注入系の施術は初めてですね？　と確認した看護師さんが痛がっていると思ったのか声を掛けてくれた。その優しい声だけが今の自分を勇気付けてくれた。額への注入が終わり、「目元にも注入していきますよ」と声を掛けられ更に体に力が入る。目元の薄い皮膚に何度も針を刺されることを想像しただけで息が止まりそうだった。下まぶたのあたりから目尻にかけて、ジュルジュル、ジュルジュル、とリズミカルに注入されていく。あまりの痛みに首から肩にかけて一瞬で肩こりになりそうなほど力が入る。もう二度と、目元に針を刺すなんて恐ろしい思いはしたくない。目元に針を刺されながらそう思う。

例えばお坊ちゃん育ちの男の子が安易な憧れで暴走族の集会に参加してしまったような、自分が耐えられる世界を見誤った感があった。私はこんな恐ろしさを甘受しなければならない美容整形という魔界に足を踏み入れるほど、覚悟ができていなかったのだ。お嬢ちゃんはお家でぬくぬくしてろ。この恐怖を口にすれば、これまで私が Twitter 上で質問をしてきた整形マスターの人々からは、きっとそんな感想が出るだろう。ダウンタイムに何ヶ月もかかるような大きな手術を経ている猛者にとって、フィラー注入なんてちょっとマツエクつけて盛るか、くらいのものでしかないはずで、彼女たちから見たら私は「マツエクって接着剤使うんでしょ？ 失明とかしないのかなーこわーい」とほざいている甘ちゃんでしかないはずだ。そんな想像をするくらいに、場違い感を抱いていた。私レベルの「顔面への不満」で、こんな恐怖を味わうのは割に合わない。私は結局温室育ちのもやしだったのだ。

「はい、終わりました。ちょっと出血している箇所があるので押さえますね」

先生はそう言いながらティッシュで私の額を押さえ、最後に私の額と目の下の辺りをじっくり見つめながらぐいぐいと注入した箇所を揉みほぐし始めた。いたっ、と反射的に思ったけれど、実際にはヒアルロン酸に混ざっている麻酔薬のせいでほとんど何も感じていなかった。手鏡を渡され、自分の顔を見た瞬間ぎょっとする。内出血はないが、針の跡がいくつも残っていて、額はデコボコで、目の下から目尻の辺りは不自然に腫れ上がっていた。

「今は少しデコボコしていますが、二、三日で馴染みますので、自分でもさっきのように揉みほぐしてください。朝はむくみが出るので、デコボコ感が増すこともあります」

「あの、もしヒアルロン酸を溶かしたい場合は、すぐに溶かせるんですよね？」

「もちろん、ヒアルロニダーゼという薬剤ですぐに溶かすことができますが、この薬剤に対するアレルギーを持つ方が百人に一人程度いますので、一度皮下テストを行ってからの施術になります」

「皮下テストはすぐに結果が出るんでしょうか？」

「一日から三日くらいかかります」

「ヒアルロニダーゼを入れてから溶けるまで何日くらいかかるんでしょうか？」

「早い人だと一日、二日で溶けていきます」

絶望的な気持ちで、まあ二、三日様子を見てくださいと微笑む先生に力なく頷き施術室を出ていく無慈悲な先生の背中を見つめる。

「あの、本当にこのデコボコは治るんでしょうか？」

「数日で治ると思いますよ。それに、今もそこまでデコボコしてるように見えませんよ」

看護師さんの言葉に愕然とする。だめだ。この人たちはもしもひどい副作用が出たとしても「とてもお綺麗ですよ」とか言って言い逃れする人たちだ。ヒアルロン酸を溶かすにしても別の美容外科に行った方が良いかもしれない。案内された洗面台で、震える手で眉毛を描くと、私は医院を後にし、人生の中で最も誰にも会いたくない時間だと思いながら俯き加減で電車に乗り帰宅した。

帰宅すると、延々鏡を見ながらボコついた箇所をマッサージする。帰り道で「ヒアルロン酸デコボコ」で検索すると、注入直後は溶けやすいからマッサージをするなという意見と、馴染ませるためにマッサージをした方がいいという意見とあって、溶かしたいし馴染ませたいのだからと、麻酔の切れてきて痛みの残る額と目の下をマッサージし続けた。ヒアルロン酸はほとんど危険も痛みもなく若返りを叶えるという触れ込みが多いけれど、全然痛かったし怖かった。二日様子を見て、ヒアルロニダーゼのアレルギーテストをして三日待って、その後ヒアルロニダーゼを入れて二日で溶けるにしても、一週間はかかる。しかもアレルギー反応が出たら溶かすことができない。もう何も考えられなかった。身の丈に合わない修羅の世界に軽々しく足を踏み入れてしまった結果だ。老いへの恐怖で理性を失い、解決策を性急に決めてしまった結果だ。フィラー注入という結果を出す前に、例えばもっとリフトアップ系のマッサージとか、小じわに効果があると言われているクリームや、デパコスの評価が高いパックなんかを試してみるべきだったのだ。人生の中で特別「間違った」経験をしてこなかった私は、今自分が直面している「間違ったのかもしれない」状況にどう対処して良いのか分からなかった。考え得る可能性は考え尽くした、検索し尽くした。ヒアルロン酸の好意的なレビューはほとんどが施術直後に満足のいく仕上がりを実感しているというもので、施術直後に満足がいかない場合は満足いかないままの場合が多いようだった。だめだ、私はきっと間違えたのだ。

ホテルに行った日から毎日何かとやりとりをしている大山くんからＬＩＮＥが二通届いていたけれど、開く気になれないままどうしようもなくなってビールを開けた。本当は施術当日はアルコールを控えてくださいと言われていたけれど、もうどうしようもなかった。そういうとこ。結局、そういうとこなのかもしれない。

完全な無になりたくて、ビールからワインに切り替え、パソコンを開くと来週月曜の会議で使う資料を作成し始めた。仕事はいい。これまでの経験値と己のセンスだけで大抵の仕事は乗り切れ、どういう結果が待っているかも大体予想できる。四十〜五十代男性向けのイタリアのファッションブランドが日本初上陸、という完璧に興味のないプレゼン案を作成しながら、私は安堵していく。恋愛がうまくいかなくても結婚しなくても顔が劣化しても私には仕事がある。でもむしろ、そこにしか確固たる自信が持てないのかもしれない。皆は一体他のどこにそんな要素を見出せるのだろう。何が彼らの足場となり、普通に立っていられるのだろう。それとも足場などなく、普通に地面に立っているのだろうか。だとしたら私が直接地面に立てず足場を必要としているのは何故なのだろう。結婚していないからだろうか。子供がいないからだろうか。己を成り立たせる要素が足りていないことの理由をそういうところに見出そうとする自分に嫌気がさす。そんなことをぐるぐる考えながら定期的に鏡を覗き込んではため息をつく。最悪、額は前髪を作れば隠せる。でもこの歳でおでこがしっかり隠れるような前髪を作るなんて、若作りしていると思われないだろうか。それに目の下はマスクをしても隠しきれない。眼鏡をかければ多少ごまかせるが、これまでずっとコンタクトだった私が突然眼鏡をかけたら逆に皆の気を引いてしまうのは目に見えていた。

どんなに心が乱れていても、資料を読みパワポを操作すればプレゼン案は少しずつ形を成していく。だから好きだ。仕事には自分の能力不足によるミスはあっても、能力が足りてさえいればそれなりのものが出来上がる。自分以外の人に委ねて失敗するというのは、私が仕事を始めてから最も忌み嫌っている状況でもある。そして私は他人に自分の顔を委ね、失敗したのだ。

人の手に委ねることの恐ろしさを、この歳になって美容室にもマツエクサロンにもネイルサロンにも決まった担当者がいて、レストラン選びにだってそれなりの経験値や情報網を持っていて、どの部下にどれだけの仕事を任せられるか認識している自分はどこかで忘れてしまっていたのかもしれない。鏡を見て、マッサージをしながらげっそりする。「ヒアルロン酸注入」「ダウンタイム」「腫れ」「失敗」「画像」。そんな単語の組み合わせで検索しまくってはため息をつく。もう全てを忘れてしまいたいし現実を見たくもない、寝てしまいたかった。それでも寝たくなかった。自分の顔に大きな不安を抱えたまま意識を失うことが恐ろしかった。ソファに横になったまま、ベッドに行く決断が下せない。目の奥から後悔が滲み出てくる。私は判断を誤った。誤ったのだ。後悔が頭の下に押し込んだクッションを濡らし続けていた。あまりの恐怖で、身体中が麻痺しているかのように何も感じなかった。自分の愚かしさを呪うこと以外何もできなかった。

はっと目を覚まし、額と目の下に手を滑らせる。何となく、さっきよりもデコボコがましになった気がする。そう思った次の瞬間にはまた目を閉じていた。

二度目に目を覚ました私は、憂鬱な現実を思い出し、また手を滑らせる。あれ、と思い眼鏡をかけながらソファから立ち上がり全身鏡の前に立つ。デコボコがほとんど目立たなくなっていた。じっと鏡を至近距離で見つめ、寝る前までの絶望が百八十度希望に変わっていることに気づく。

デコボコも針穴の赤みもほぼ消え、額の小じわも目元の小じわも綺麗に伸びていた。目の下にはまだ少し不自然な盛り上がりはあるし、触ると痛みもあるけれど、ほぼ成功を確信していた。明日になれば、いやこのペースで腫れが引くのなら今日の夜には、ふっくらした額と疲れた印象のない目元が実現するかもしれない。注入された分肌にハリが出たため、毛穴も以前より目立たなくなっていた。湧き上がる喜びを抑えきれず、私は鏡をあらゆる角度からじっと見つめ続ける。あんなに悩んでいた顔の問題がこんな一瞬で消えるのだとしたら、美容整形ほど尊いものはない。数時間前まで激しく後悔していたことを、今は天にも昇るような気分で称えられる己の軽薄さについて思いを馳せることもなく、ドレッサーの前に座ると私は鏡をチラチラと見ながら大山くんにＬＩＮＥを打ち始めた。

自分がどう見えているか思い悩まない時間は本当に晴れやかで、顔のバグについて気にしないまま明るい場所でデートができることに心から感動していた。いっぱい歩くだろうからと履いてきたスニーカーで、いつもより背の高い彼に上から見つめられていても、額の皺を気にしないでいられる。何でもっと早くフィラーを検討しなかったのだろう。でも大山くんとこういう関係にならなければ、同年代の男の人と付き合っていれば、こんな風に顔の細かいバグが気になることもなかったのだろうか。

トイレに入るたび、軽く化粧を直した。フェイスパウダーのコンパクトを開いて覗き込むたび、額と目元のハリに満足する。トイレから出て彼に笑顔で「おかえり」と言われるたび、彼のことが好きになっていくのを実感する。フィラー注入から一週間、誰にも変化を指摘されなかった。優花さえ何も言わなかったから、人からすれば大した変化ではないのだろう。それでも自分に自信が持てるというだけで、整形は完璧に正義だった。

「この動物園で一番ヒモっぽい動物って何だろう」

思いつきで言うと、大山くんは苦笑しながら何だろうなと手元のパンフレットに目を落とした。

「あ、マレーバクとか?」

「えーバク? もっと世話焼きたくなる可愛さがないとヒモ感なくない?」

「そっか確かに。あ、コアラじゃないですか?」

「コアラって結構獰猛《どうもう》だし、ユーカリめちゃくちゃ食べないと生きていけないんだよ? ヒモなんだからもっとのほほんとしてる感がないと」

「ここナマケモノはいないんだよなあ」

「ナマケモノはなんかおっさん感があるからヒモにしたくないなあ」

意外と難しいなと真剣にパンフレットを見つめる彼は「分かった、カワウソだ」と言い、ヒモ度確認しに行きましょう、と私の手を取った。カワウソは確かに可愛くて、泳ぎも上手いけれど、意外なほど俊敏な動きを見せていてヒモ感は薄かった。

「へえ、カワウソって頭が良くて手が器用だから、犬猫用のケージに入れると自分で開けちゃうんだって。引き戸とかも自分で台持ってきて開けちゃうって。すごいな」

スマホでカワウソを調べながら大山くんが言う。

「そうなの？　頭が良くて器用なヒモなんて嫌だな」

「確かに。頭が良くて器用なら働けよって感じですよね」

「俊敏だし、むしろ稼ぎ頭になりそう」

「やっぱりなるならペンギンがいいなあ」

「大山くんがペンギンだったらずっと養ってあげるのにな」

「それは間違いなく最高の生活だけど、ペンギンじゃないからちゃんと働きます」

カワウソを見つめながら大山くんが私の手を握る手に力をこめた。

「ちゃんと働くし、まだまだ及ばないところがあると思いますけど、森川さんの荷物にならないように仕事の上でも生活上も精進するつもりです」

精進って、と笑うと彼はようやくカワウソから目を離して私を見つめた。

「だから、ヒモじゃなくて彼氏にしてくれませんか？」

見つめ合ったまま、いいよと答える。私は君のために必死こいてフィラー注入してきたんだぞ？　断るわけがないだろう。その思いは胸に仕舞ったまま、ホッとしたように表情を和らげる大山くんと示し合わせたように顔を近づけキスをした。もしフィラー注入をしていなかったら、私はこんな白昼の動物園で彼とこんな風に顔を近づけることはできなかったかもしれない。私は恐怖と戦って手に入れたこの幸福な瞬間に満足していた。歳も歳なのだから、この程度のことはメンテナンスとして定期的に施すべきものなのかもしれない。『あ、〇〇さん顔パンパン、表情動いてないじゃん。必死だな』これまで年上の女性上司に半笑いで抱いてきた感想を思い出して懸念が生じるが、しつこく控えめの注入にしてくれと頼んだ私の注入箇所は、あんな必死感のある仕上がりにはなっていないはずだという自信もある。鏡を見るたびその自然さに私は感心して、医療技術の進化に感謝する。

動物園を出ると、電車で新宿まで出て、適当な居酒屋でご飯を食べてホテルに入った。この間とは全然違った。私はようやく大山くんと向き合ってセックスをすることができた。幻滅されるかもしれないという不安のない状態でセックスをすることがこんなにも開放的だとは思わなかった。普通に幸せだった。この普通の幸せを享受するためにあの恐怖と戦ったのだと思えば、何一つ後悔はなかった。

幸せは唐突に壊れる。時間をかけて準備してきたプレゼンを終え、やりきった感の中で同僚たちと社に戻る途中、大山くんからＬＩＮＥが入っていることに気がついた。「アルバムを作成しました」の知らせと、「動物園のアルバム作りました！」というメッセージが入っている。アルバムを開くと次から次へと色んな動物たちが出てきて和むが、最後に三枚ほどツーショットで撮った画像が入っていて、タップで拡大した瞬間愕然とする。あんなにもう思い悩むことはないと自信を持っていたのに、どう見ても輪郭がたるんでいるように見える。ツーショットの画像を保存してGoogleフォトに同期されたのを確認して、人物検索で自分を検索する。ここ一、二年、やけに自分の画像に満足できないなとは思っていた。見返すとやっぱりここ数年の画像に残る私は明らかに二十代の頃と違う輪郭をしている。体重は変わっていないのに顔が変わるということは、やはり加齢でしかないはずだ。社に戻るとトイレに籠り、鏡をじっくり見つめた後個室に入ってこの間ヒアルロン酸を注入してもらった美容外科のホーム。ページを開き悩み別カテゴリで「たるみ」を選択する。紹介されている施術は照射系から脂肪吸引、糸を使ったリフトや脂肪溶解注射など多岐にわたる。脂肪吸引は死亡事故のニュースを見たことがあるから絶対にやりたくなかった。でも照射系も脂肪溶解注射も効果があるという人とないという人とに完全に二分されていて、どちらも「効果なし」と書いている人の方が多かった。糸も気になるけれど、最初は脂肪溶解から試してみようと、すぐにアカギクリニックに予約を入れた。

人によってはほとんど効果が見られないということは、ドブ金の可能性はあっても失敗の可能性はないということだろう。フィラーと違って抵抗はなかった。フェイスラインだと4ccくらい注入することになりそうだから、しばらくむくむかもしれないが、とはいえ4ccだ。とにかく二度か三度やってみて、継続するか別の施術を検討するかしよう。見るだけで辛い無加工iPhoneデフォルトカメラの画像を何度も見返した挙句、心を決めた。

アカギクリニックを訪れた私は、散々掲示板で痛い痛いと書かれているのを見ていたため覚悟を決めていたが、それでも注射をぶちぶち打たれている間涙が滲んで、終わった瞬間安堵の涙が流れるくらいには痛かった。脂肪溶解注射の後、毛穴が気になるならと先生に勧められた美肌点滴を受けた。B1やB2やB6やB12やCなどのビタミンやLシステインやパントテン酸などあらゆるものが配合された点滴だった。

点滴から数日は、何となく肌にハリが出て、体にも力が漲《みなぎ》っているような気がしたけれど、脂肪溶解についてはあまり効果を感じられないまま一週間が過ぎた。最短間隔は一週間と言われていたため、一週間後再び脂肪溶解注射を受けた。一本八千円と安いが、それを四本入れるのだから毎回三万二千円だ。そこまで頻繁に続けられるものではないが、一度溶けてしまえばあまりリバウンドをしないという情報を信じて、また骨を削られているのではないかと思うほどの強烈な針の痛みに耐える。目に涙を滲ませじっと耐えながら、何やってんだろうという気にならなくもない。ここまでする価値が、大山くんにあるのだろうか。いや、これはもはや大山くんの価値などという問題ではない。これは大山くんと一緒にいる自分に、自分が課したハードルなのだ。これは私の私による私のための施術でしかない。

マスクをして帰宅する途中、前回よりも輪郭周辺が熱を持っていることに気づく。いよいよ溶解が始まる予兆かもしれない。わくわくしながら家に到着すると、マスクを外して凍りつく。顎の右側が腫れていた。浮腫《むく》んでいるとか入れた分膨らんでいるとかではなく、明らかに腫れている。まさか腫れが出にくいと謳《うた》っている脂肪溶解注射で腫れが出るとは思っておらず、予想だにしなかった事態に混乱していた。今日は金曜夜で、日曜には大山くんとデートの約束をしていた。明日様子を見て、腫れが引かないようだったら断らなければならないかもしれない。絶望的な気持ちで鏡と「脂肪溶解注射」「腫れ」「引かない」「いつまで」「ダウンタイム」の何通りもの組み合わせで検索するスマホを交互に見続けた。大山くんからのLINEは見る気になれず、放置しっぱなしになっていた。それどころではないのだ。それどころではないが、何をしたら良いのかも分からない。最終的にはビールを飲んだ。

翌朝になっても腫れは引いていなかった。ひどくなってもいないが、引いてもいない。観念して大山くんからの日曜は俺の家に来ませんかというＬＩＮＥに返信する嘘を考える。法事を忘れてたとか親族の病気系はあまりにも嘘っぽいし、風邪や体調不良と言えば看病しに行きますと言われる可能性が高い。看病を断って彼を傷つけたり妙な憶測を呼んでしまうのも避けたい。

「ごめん、なんかちょっと前から奥歯が痛かったんだけど、昨日の夜から顎がひどく腫れちゃって。そこまでひどいわけじゃないんだけど、ちょっと今は人に会いたくないなって顔してるんだ。だから明日の予定、来週に変更できない？　今日土曜診療してる歯医者行くから心配しないでね」

完璧だ。これなら週明けにまだ腫れている顎を見られても言い訳ができるし、嘘は嘘でも法事とかの嘘が嘘を呼ぶ的な嘘ではないからきっとつき通せるだろう。周囲に嘘をつき、単身韓国に渡り、通訳の助けを得ながら長いダウンタイムを要する美容整形をしている人たちは、どれだけ心細い思いをしているのだろう。そうやって想像する時、もはや彼女たちが自分とは無関係の存在ではなくなっていることを実感する。実際問題、腕が良く安価に施術でき、その道の通訳も数多く存在する韓国に惹かれないわけではない。施術例を見ていると、本当にそのビフォーアフターの垢抜けっぷりに驚嘆することが多い。もし糸リフトや形を変える系の整形をするのだとしたら、韓国に行ってみたいという思いは少し前から持つようになっていた。意志と金さえあれば自分のちょっと気に入らない部分を修正できるのだと知った時から、私は少しずつ、これまで無頓着だった自分の顔の不満点に対して意識が高まっていくのを感じていた。アンチエイジング系施術を満足いくところまで受けたとしたら、私はその後、若い頃からうっすらと気になっていた、鼻根部の低さや、上唇の薄さなんかを修正する旅に出るかもしれない。

月曜の朝、腫れは金曜夜と比べて軽減していたけれど、正面から見れば腫れているのが分かるレベルではあった。今日ランチ一緒にどうですか？　と朝一で聞いてきた大山くんに、少し迷った挙句、まだちょっと歯が痛いから今日はウイダーインゼリーにしとくと返信して、私は二十二歳の入社以来初めて、マスクをして出社することを決めた。この前まで特にバグと認識していなかったものが、こんな風に唐突に存在感のあるバグとなり自身を追い詰めるなんて、思いもしなかった。大山くんの存在がきっかけで、私はバグだらけの人間になってしまった。顔のバグ、それに誘引される心のバグ、それらを同時に取り除いてくれるものが美容整形で、でもその美容整形は、もっと大きなバグを引き起こす可能性を秘めている。初めてヒアルロン酸を注入した時の恐怖を忘れてはならない。私はあの不安な一夜を過ごして以来、自分にそう言い聞かせてきた。それなのに、気がつけばまた施術一覧と経験談を片っ端から調べている。

通勤途中、マスクの位置が気になって上げたり下げたりを繰り返しつつ、息が苦しくなるほどの過密人口の中で虚無に陥る。暑くて苦しくて、もうマスクを外してしまいたいと思うけれど、四方八方からぎゅうぎゅうに押されているせいか腫れている部分がやけに熱を持っているように感じられる。今日も、明日もマスクは一瞬たりとも外せないかもしれない。

「ほんとまじあのババア……って感じだよ」

不意に後ろから聞こえてきた男性の声に、眉間に皺が寄る。自分のことじゃない。この車内には私よりもおばさんが大量に乗っている。私は人に揶揄されるようなおばさんではない。自分にそう言い聞かせるものの、脂肪溶解注射の腫れが引かず完全に自信を喪失している私には重過ぎる通りすがりの暴言だった。ババア、という言葉が頭から離れない。その後も文句を吐き捨てる声が聞こえて辺りを見回す。「キモいんだよ」。ババア発言の声の主がそう吐き捨てているところがちらっと見えた。彼も、隣で笑っている同僚らしき男も、大山くんとそう変わらない歳に見えた。彼らが揶揄している女性は、一体何歳くらいの、どんな女性なのだろう。じっと見つめていたけれど、彼らの姿は激しい揺れによって体勢を変えたサラリーマンやＯＬの姿によってすぐに見えなくなった。

おはよう。出勤して皆に声を掛けながらデスクに向かう途中、大山くんが少し微笑みながらも心配そうにこっちを覗き込むようにして「おはようございます」と言った。おはよう、と右顎を抑えながら情けない笑みを浮かべて言うけれど、マスクの下の表情は彼には分からなかったかもしれない。外部の人と会う予定がない日で良かった、そう思いながらも、これがいつまで続くのか不安に襲われてもいた。少しずつ腫れは引いてきているとはいえ、パッと見ても腫れていることが分かるレベルではある。リスクが少なく、むしろ効き目がないと言われている脂肪溶解注射でこんな思いをすることになるのだとしたら、もっとガチな施術を受けた時どんな過酷な試練が待ち受けているのか想像もつかない。私は魔界に両足を突っ込んだのだと知る。この試練の果てに、何が待ち受けているかさっぱり分からない、それでも足を踏み出さなければならなかったのだ。

もしかしたら優花もそれ系の施術を受けているかもしれないと思い、この間さりげなく美容整形について振ってみたら、しばらくはエステとマッサージで何とかもたせるつもり、ま、彼がおっさんだからそこの目があんま気になんないっていうところもあるしね、と信じられないほどの軽さで彼女は答えた。もしかしたら彼女も誰にも言えず孤独に戦っているのかもしれないけれど、少なくとも私にはそれを伝えなかった。であるならば、彼女以上に心を許せる友達のいない私は、やはり孤独に戦う他ないのだ。こうして口を噤《つぐ》んで、多くの人は戦っているのかもしれない。整形というナイーブな問題に関して、やはり今の社会はまだ保守的だ。ＳＮＳではいくらでも見つかる同志が、現実社会ではゼロだ。例えば宇宙人がこの世界にそれなりの数上陸しているのだとしたら、彼らは彼らにだけ分かるＳＮＳ的コミュニケーションを通じてコンタクトを取り、己の孤独を緩和しているかもしれない。それほど、自分が戦っている敵を誰かと共有できないということは堪え難いことなのだ。私は誰も知らない敵と戦っている。私は世界と戦っている。不意にそんな思いが芽生えて、キーボードでメールを打っていた手が止まる。そうか、こうして人は狂っていくのか。冷静な思いが僅かに持ち上がったが、集中力の切れてしまった私の手はスマホに伸び、また「脂肪溶解注射　腫れ」で検索し始めた。

社内の売店で買ったウイダーインゼリーで僅か一分の昼食を終えた私は、血液クレンジングについて調べていた。自分の血をとって医療用オゾンガスと混ぜ合わせまた体内に戻すという施術だった。抗酸化作用があり、アンチエイジング効果も期待でき、体のあらゆる部分に酸素が行き渡り免疫力もアップするのだという。実際に画像を見てみると、オゾン化した血液はオゾン化前のどす黒い状態と比べて明らかに鮮やかな朱色になっている。細胞活性化、代謝の亢進、末梢循環の改善、最初にその効用と工程を知ったときはなんて胡散臭い施術だろうと思ったけれど、謳われている文句全てにそそられ、アカギクリニックに予約を入れた。腫れの相談ついでに、血液クレンジングも受けてみようと思った。

「ああ、大山くん？」

カフェスペースに入ってきた大山くんの同期のマーケティング部の女の子とその先輩の女の子が話しながら入ってきて、私は思わず身構える。

「そうそう、大山くん。さっき山岡さんと……」

「え、ああ、あの……ですか？」

「そうそう、フードトラックの……で」

「へー……山岡さんて大山くんのこと好き感あるから……」

「あー、でも……だし大山くんて……だからさ」

「ああ、まあ……ではあるよね」

こう聞いてみると人と人との会話には予想以上の相槌が含まれていることに気づく。二人の話を聞き逃すまいとほとんど完全に静止して聞き耳をたてるが、二人がお弁当やペットボトルを取り出してガチャガチャやり始めたため、話はどんどん聞き取れなくなり、気づくと二人の話題は来週の合コンに移行していた。大山くんが山岡さんとフードトラックに並んで一緒にお弁当を食べていた。そういうことなのだろうか。自分が顔の腫れを理由に断ったランチ相手の後釜として、大山くんは山岡さんを誘ったのだろうか。

　給湯スペースでドリップコーヒーを淹れる体《てい》で、エレベーターホールの方を観察しながら電気ケトルが沸くのを待っては水を捨て、また電気ケトルが沸くのを待っては水を捨てた。そんなことを何度か繰り返すと、ピンポーンという間抜けな音と共にエレベーターが開き、大山くんと山岡さんが出てきた。仲良さげに話しながらこちらに向かって歩いてくる。ずっと手の中に握りこんでいた皺のついたドリップコーヒーの袋を今手に取った風な自然さで開き、マグカップに載せる。

「あ、俺ちょっと」

「あ、うん。じゃあ」

「うん、また」

　二人の別れの言葉が聞こえて、振り返る。大山くんがフロアに戻る動線を外れて私の方に歩いてくる。

「珍しいですね。ドリップですか？」

「ここのコーヒーマシン不味いでしょ？　いつも面倒だからマシンの飲んじゃうんだけど、今日はゼリーご飯で時間あったから」

「ゼリーご飯って」

　大山くんは笑って、俺も一個もらっていいですか？　とドリップコーヒーの袋を指差して聞いた。いつだか誰だかにもらったものだったけれど、相当前だった気がする。大丈夫だろうかと思いながらいいよと差し出す。

「フードトラックで焼売《シュウマイ》弁当並んでたら山岡さんに会って、あの噴水の広場で食べてきたんですよ。焼売めちゃくちゃ美味しくって。今度一緒に食べましょうよ」

彼は山岡さんを誘ったわけではない。でもランチタイムに偶然会えば一緒に食事をして、一緒に戻ってくる仲ではある。うざいなと思う。十も年下の男と付き合いながらその彼が同期の女の子とご飯に行くことに嫉妬している自分が、心底うざかった。電気ケトルに水を入れた彼は私の隣に並んで沸くのを待つ。覗き込まれているのに気づいて「なに」と見上げて言うと、大丈夫？と彼はマスク越しに私の顎に手を当てて聞いた。僅かに痛みが走り、いた、と微かな声が漏れる。

「ごめん」

「ううん。平気」

彼の指がマスクにかかり、引き下げようとする力を感じる。ちょっと、と抵抗の素ぶりを見せると「だめ？」と彼は首を傾げる。

「こんなところで」

「誰もいないよ、エレベーター来たら音鳴るし」

逡巡していると大山くんはさっとマスクを顎まで下げ、短いキスをした。無邪気に嬉しそうな顔を見せる彼に呆れて笑いながら、私は大山くんがかけ直したマスクの位置をしっかり直す。嬉しさと同時に、彼は私が思っているような子ではないのかもしれないとも思う。意外と世慣れていて、女慣れもしているのかもしれない。山岡さんと食事をしてきて、それを他の女の子たちに噂され、その直後に上司である私と給湯室でキスをする男だ。恣意的にそういう情報をピックアップして、敢えて自分を追い詰めるようなことをする自分の意図が分からない。いや、むしろ私は自分を追い詰めたいのだろうか？　追い詰めて、どんどん余裕をなくして、もっと整形をしたいのだろうか？　私は大山くんをだしにして整形をしているんだろうか。こんな風に腫れ一つに死にそうなほどの恐怖を抱いているというのに、この状況を楽しんでもいるのだろうか。やっぱり大山くんといると、自分のことがよく分からなくなる。

「今週の日曜は、うち来てくれます？」

「うん。行く」

それでも私は絶対に彼を拒絶しない。拒絶できない。

「もし良かったら、土曜から泊まります？」

「いいの？」

「いいですよ！　え、それとも金曜から二泊しちゃいます？」

「いや、泊まるなら支度しなきゃだし、金曜は帰る」

「えー？　金曜ちゃんと荷物持ってきてくれれば二泊できるじゃないですか」

「いきなり二泊もしたら私のことうざくなるかもよ？」

「何言ってるんですかそんなん幸せに決まってるじゃないですか」

こっちは絶対にすっぴんを見られたくないしいつもの顔を作るためにどれだけの時間かけてる

のか知ってるのか。いや、そんなこと彼は知らないし、知らなくていい。知らないでいてほしい。まあ無理強いはしないですけどと言う大山くんに、今回は一泊から始めようと言う。

「分かりました。じゃあめっちゃ掃除しときます」

「二人で料理とかしちゃう？」

「二人でスーパーとか行っちゃいましょう」

「じゃあ洗い物も二人でする？」

「いや、洗い物は僕に任せてください」

明後日水曜日に腫れの経過を見てもらいついでに血液クレンジングをやって、金曜の夜にイオン導入を受けに行こう。そう思いながら、私はマグカップを持ってじゃあ先に戻るねと大山くんに告げてフロアに戻った。

午後四時、お昼休み以降化粧を直していないことに気づいてポーチを持って席を立った。大山くんとそうなってから、社内でも全く気が抜けなくなってしまった。同年代の女性社員がここ最近結婚退職をしたり、産休育休を取ったりしているせいで自分の部署に若い社員が入って随分若がえったこともあり、自分の老いがやけに気になるようになったというのもある。

ここまで離れると毛穴は目立たないが、ここまでくるとそれなりに見える。あと最近目元にうっすらとだけれど肝斑《かんぱん》が出てきた気がする。肝斑治療の施術もチェックしておいた方が良いかもしれない。化粧下地もＳＰＦの高いものに替えた方が良いだろう。トイレの鏡に近づいたり離れたりしながらそんなことを考えていると、ヒールの音が聞こえて、山岡さんが入ってきた。私を見つけると笑顔で会釈をして、化粧ポーチを私の隣に置いた。隣で化粧直しをする彼女をさりげなく観察する。肌が綺麗だった。唇はふっくらして、鼻筋も通っている。目は重ための二重で少し残念だけれど、唇のせいか全体的に幸の濃い印象だ。それにしても肌が綺麗だった。何か特別なことをしているのだろうか。思わず何かやってる？　と聞きそうになったけれど、お局感漂う私にそんなことを聞かれたら恐怖かもしれないと思いとどまる。

なんで大山くんはこんな若くて可愛い子に好かれながら、こんなに年上の私と付き合いたいと思ったのだろう。人は見た目だけじゃない、ずっとそう思ってきた。顔もそうだけれど、性格や人柄、知識や徳など、人は相手のあらゆる唯一無二性に惹かれるのだと。でも今、私は人の唯一無二性を信じられない。人は等しく歳をとり、老けていく。皺くちゃのおじいちゃんおばあちゃんの見分けがつきにくいように、人は老けていけばいくほど似た顔になり、やがて機能を終える。私は今、機能を終えていく道程にあり、メンテナンスを行わなければバグを起こしてしまう。そしてメンテナンスを施しても改善しないバグ、抗えない劣化に怯えている。

水曜日、ほぼ腫れは引いていた。腫れも引いているし、術前と比べて少し顎がすっきりしていますよと、先生は写真を撮ると脂肪溶解注射術前の画像と交互に見せてくれた。言われてみればそんな気もするけど、言われてみればのレベルだ。

血液クレンジングはＧ６ＰＤ異常症の人に施してはならないため、最初にスクリーニング検査を受ける必要があった。検査をパスすると、左腕の静脈から１５０㎖の血を抜かれる。どす黒かった血液は、確かにネットで見ていた通り、オゾン加工されると鮮やかな朱色に変色していた。酸素を大量に含んだ血液ですと自慢げに見せてくる先生に、何となく内輪受けのコントを見ているような気分になる。何だか、お金を払ってこの施術室という舞台を借り、ギャラを出して先生に芝居に参加してもらっているかのような気分だった。時代はポストトゥルース、私は信じたいものを信じるのだ。そう割り切っていたはずなのに、この舞台に立っている自分に少しずつ気恥ずかしさが芽生えていた。

虚しさを抱きつつオゾン加工された私の血液を点滴で戻してもらっている途中、体の端々に温かさを感じた。酸素が末端まで行き渡っている証拠なのだろうか。そう言えば、以前吸収率が高いというジェル状のビタミンCを飲んでいた時にも、温かさを感じたことがあった。ビタミンCも抗酸化作用が強いというから、抗酸化的なものに触れた時体が温かくなるのかもしれない。あのジェルのビタミンCもまた取り寄せよう。強烈に不味いし、一日百円ほどの値段になるから続けられないなと一旦やめたが、肌トラブルが減ったし、トーンアップも感じていた。今だったら一日百円など全く惜しくないし不味さなんて脂肪溶解注射の痛みに比べれば屁みたいなものだ。そう思いながら、ジリジリと減り続けている自分の口座の中身を思い出す。ヒアルロン酸が一本五万、イオン導入や点滴が毎回一万程度、脂肪溶解が一回三万、血液クレンジングが初回二万で二回目からは二万五千円。それなのにこれからもダウンタイムが取れさえすれば水光《すいこう》注射、フォトフェイシャルなんかも試してみたいと思っているし、あの山岡さんをトイレで間近で見た時から、鼻筋と唇へのヒアルロン酸注入も本気で検討し始めていた。

なんか新婚みたいですね。二人でキッチンに並んで料理をしながら、大山くんは嬉しそうに言った。思わず結婚、という二文字が頭に浮かんだけれど、全く現実味がなかった。私は永遠にこの人より十一歳年齢が上なのだという当たり前のことに思い至る。永遠に埋められない十一年という時間は、彼と寝る前に思っていた以上に大きな存在で、大山くんと結婚するということはその不穏な存在と共生するということだった。

お風呂あがり、着替えと共にしっかり用意してあったスキンケア用品で肌を整えた後、クッションファンデをささっと塗り、ノーズシャドウを入れた後、眉毛を書き足した。すっぴんとは思わないだろうが、私が見せられる最もすっぴんに近い顔だ。

「お風呂上がりの森川さん可愛いなあ」

いい匂いだし、と抱きついてくる大山くんを抱きしめ返す。彼はこれをすっぴんだと思っているのかもしれない。私はまた、自分でハードルを上げてしまったことに気づく。

なんでこんなに自分の顔のことばかり考えてるんだろう。大山くんがお風呂に入っているのを一人で待っている途中、ふと冷静になる。大山くんは普通に仲の良い恋人として振舞っているのに、自分は彼といても老いと劣化への不安に苛まれてばかりだ。どうかしてる。ソファに深く腰掛けてぐったりしていると、ベッドの下にピンク色のものを見つけて嫌な予感がする。これは絶対に女性ものの何かで、私はそれを見つけた瞬間その持ち主を想像せざるを得なくなり、ぐるぐる考えた後また何らかの施術について検索し始めるだろう。憂鬱だった。それでも見ないわけにはいかず、ぐったりしたままソファから立ち上がって手を伸ばす。女物のヘアカールローションだった。そうか。一言呟くと、私は元の位置にそれを戻し、またソファに戻った。髪質改善のサロンを予約しよう。湧き上がったその安易な発想に苦笑しながら、さっき化粧をしたばかりだというのにコンパクトで顔を確認する。

　二回セックスをした後、来週三連休ですよねと大山くんに言われて首を傾げる。そうだっけと言いながらスマホのカレンダーを見てみると、確かに来週は土日月と三連休だった。

「来週は三泊どうですか？」

　こんなことを言うくらいだから、彼には別の女なんていなくて、ベッドの下のカールローションは元カノとかの物なのかもしれない。そう思いながら「来週はちょっと実家に呼ばれてて」と答える。私は瞬時に、金曜夜に鼻と唇にフィラー注入をすればダウンタイムが三日取れる、と計算していた。ヒアルロン酸なら三日もあればきっと大丈夫だろう。

「えーそっかー。残念だなあ。あ、でもそろそろ僕も挨拶に行った方がいいですよね」

「挨拶？　親に？」

「行った方がいいですよね？」

「まだ、ちょっと早くない？　だってまだ付き合い始めたばっかりだし」

「俺は森川さんのこと本気ですから。結婚を前提に考えてるんで」

　冗談ぽく言う彼の真意が分からず、曖昧に微笑んでみせる。

「まあ、私も本気だけど」

「本気じゃなかったら困りますよ」

「じゃあ来週、それとなく彼氏ができたって伝えてみる」

「近い内にご挨拶に伺いますって言っておいて」

父と母は何て言うんだろう。十一も年下の大山くんを連れて行ったら、どんな反応をするんだろう。ネガティブ思考の母は、いつか捨てられるわよくらいのことは言うかもしれない。三十五なんだからもっとサクッと結婚できそうな人と付き合えばいいのに、とかも言うかもしれないし、これから数年付き合って別れたらあんたもう四十間近よとかも言うかもしれない。憂鬱だった。でも彼にはそんな不安を吐露できない。何故だろう。前は「顔のアラが」とか「いい年だから」などと自嘲的なことを言えたのに、付き合い始めた瞬間からそういうことを言えなくなってしまった。私はきっと、私の彼氏であることで、彼に惨めな思いをさせたくないのだ。でもどう考えても惨めな思いをさせたくないと整形に奔走している自分が一番惨めだった。


三連休は、鼻に出てしまった内出血に気を揉むだけの時間だった。それでも、形には満足していたし、減ったらすぐに足そうと思う仕上がりだった。控えめに入れてくれと頼むと、鼻用のヒアルロン酸は少し残ると思うから残りを顎に入れてみますか？　と言われて迷いつつ入れてもらったのが予想外に効果的だった。これまでコンプレックスでもなければ気にしたこともなかった箇所だったのに、入れてみたら途端に全体の印象が変わった。顎がシャープになったことで、輪郭のたるみが目立たなくなるという効果もあった。次第に、フィラー注入くらいならいくらでもできるというメンタルになっている自分に気づく。こうして人は美容整形に溺れていくのか。そういう冷静な思いもあるからこそ、私は危機感を抱かなかった。私が求めているのは自然な仕上がり、加齢によるバグの修正、微調整でしかない。顔面に大きな革命を起こすつもりは毛頭ないのだ。

コンシーラーでしっかり内出血をカバーして出社した連休明け、優花に「なんか今日きれーい」と高い声で言われた。最近イオン導入しっかり通ってるからねと言うと、どこでやってるの？　どのくらいの頻度で通ってる？　と聞かれてアカギクリニックのことを教えた。プラセンタがオススメだよ、あと美肌点滴も結構効く、と形成的な施術には触れずに答える。私がどんなに美容外科の施術を受けても、大山くんの態度は変わらない。何一つ、私の変化になど気づいていなさそうだった。そして今、やっぱりまだ輪郭が気になっていた私は、脂肪溶解注射に希望を見出せなくなったため、エラボトックス注入を検討していた。

ボトックスをやるために、また週末の大山くんからの誘いを断った。きちんと輪郭さえ直せばもう完璧だという思いもあった。輪郭だけ、あとは輪郭だけ。自分にそう言い聞かせ、ボトックスの症例を検索しまくった。輪郭に表情筋が付いているかどうかによって効果の出方が違うようで、自分で何度も顎を触って食いしばってみては筋肉量を確認した。それなりの効果は出るのではないかと思っていたが、アカギクリニックの先生はエラボトックスと聞いた瞬間顔を曇らせ、エラボトックスよりも脂肪溶解を続ける方が自然な形を保ちながら輪郭を整えられると言った。せっかく空けておいた土日を無駄にするのが嫌で、また腫れるかもしれないという不安と、あとは輪郭だけなのだからという思いで、ごりごりと骨に針を当てこすられるような痛みに耐えて、四本注入した。

やっぱり効かない。全然効かない。脂肪溶解注射はやっぱり意味がない。少し前に作った美容整形裏アカウントにそう呟いた。ドブ金もいいとこ。ここまで十万近くつぎ込んだけど効果はひどい腫れが出ただけだった。グチグチと文句を書き、アカギクリニックへの不信感を募らせた私は、次の金曜日に別のクリニックの予約を取った。

カンダ美容外科はアカギクリニックに比べると規模が小さいけれど、注入系がうまいと評判だった。先生がちょっと無愛想でデリカシーがないことを言うというレビューもあったけれど、腕が良ければ問題ない。エラボトックス注入を頼むと、先生は嫌な顔一つせず、あなたの顎はそれなりに筋肉が付いているので効果があると思いますよと言ってくれた。

ボトックスは、打った二、三日後に効果が出始め、二週間でピークを迎え、三ヶ月ほど経つと少しずつ効果が薄れていくとのことだった。注入後に腫れもなく、翌日も翌々日もさほど変化は見られなかった。一週間が経った頃、顎がシュッとしてきたのを感じるが、いるようにも見えて不安になる。頬がこけているような、どことなく貧相な顔立ちに見えるのだ。

一日一日、少しずつ貧相さを極めていく自分の顔を見ながら、いつ肉が落ち止まるのか、激しい恐怖の中で何とかカバーできるメイクを試行錯誤した。コントゥアで陰影をつけ、チークを低めの位置に入れると少しましに見える。それでも職場ではもう数人から「痩せた？」と聞かれていた。十日経ったところでカンダ美容外科を受診したけれど、溶かせるものと違ってボトックスは一度入れてしまうともう元に戻るのを待つしかない、半年くらいで完全に元どおりになりますよと絶望的なことを言われ、追い討ちのように「でも今の顔とてもスッキリしてて、僕は良いと思いますけどね」という心無い言葉をかけられ、半ば放心状態で帰宅した。

会社ではできるだけマスクをして、ちょっと体調が悪くてと大山くんとのデートは先延ばし先延ばしにして、毎晩鏡を見つめて化粧を試しては絶望した。なんかあれみたい。私は薄暗い洗面所の鏡に映った自分を見て思う。あれ、あれだ。フグの一種で絵は浮かんでいるのになぜか名前が出てこない。大山くんと行った水族館で見て、変な顔、と笑っていたのに。

「なんか僕、最近避けられてません か？ 会社でも避けられてるように感じるし、土日も全然会ってくれないし。体調悪い時ほど、仕事でも私生活でも頼って欲しいのにって思ってます」

大山くんからのＬＩＮＥはこんな時でも優しくて、もう全てを吐露してしまいたいという気持ちになる。ボトックスを失敗してしまったから、あなたと面と向き合うのが嫌なのだと、正直に話してしまいたい。そうしたら大山くんは笑ってそんなこと、と言うかもしれない。でも彼には分からないだろう。私がどんな気持ちでここまで施術を受けてきたか、彼には全く分からないだろう。そんなこと、と笑われるようなことではないのだ。大山くんに笑われれば、私も笑うだろう。でも本当は、私は血の涙を流し、一つの施術を受ける毎に命を少しずつ諦めながら、ここまで必死に整形を繰り返してきたのだ。笑えるようなことではないのだ。その必死さは、彼には伝わらない。必死だな、という言葉の残酷さを、改めて思い知る。私は必死だ。必死で、滑稽で、悲惨だ。

優花にランチに誘われたのを断って一人カフェスペースでウイダーインゼリーを吸っていると、大山くんがやって来た。マスクをしていても目が見れず、俯き加減で空になったウイダーの容器をぐにぐにと弄《もてあそ》ぶ。

「あの、僕なんかしましたか？　森川さん、LINEも返してくれないし」

周りの目が気になっていた。ほとんど人はいなかったけれど、このテンションでは仕事の話をしているようには見えないだろう。

「今度遊園地いこうって、前にうち来てくれた時話してたじゃないですか。なんか僕は、森川さんと仲良くやってるって思ってたんですけど、何か問題があるなら、何でも言って欲しいなって思ってるんですけど」

「違うの。そういうことじゃないの。本当にただの体調不良で。病院行ったんだけどね、免疫系に問題があるみたいで、今精密検査を待ってるとこなのね。緊急性はなくて、多分大した病気じゃないだろうって言われてるから心配しないで欲しいんだけど、とにかくずっと怠くて、仕事するので精一杯なんだ」

「何かできることはありませんか？　ご飯作りに行くんでも、病院付き添い行くんでも、自分にできることは何でもするんで、頼って欲しいんですけど」

「大丈夫。本当に、大山くんほら、今ココットの件で忙しいでしょ？　無理しないで。私は本当に大丈夫だから」

年下だと甘えられる、そんな風に思ったのは、いつだっただろう。甘えられるどころか、私は高い城を作り上げその頂上階に閉じこもっている。

　この人が早くこの人が死を間近に控えた老人になってしまえばいいのに。早くこの人が死を間近に控えた老人になってしまえばいいのに。そうなれば私はもはや死んでいてもおかしくないというのに、大山くんを見つめながら本気でそんなことを考える。ごめんね、トイレ、そう言って立ち上がると、私は大山くんに背を向けた。トイレに入って、誰もいないのを確認してマスクを外すと、実年齢よりも十くらい老けて見える自分がいた。こんなちょっとのことで、人の顔というのは変わってしまうものなのだ。ちょっとのことですごく綺麗になったり、ちょっとのことで醜くなったりするものなんだ。バグを修正しようとして、私は巨大な取り返しのつかないバグを引き起こしてしまった。

「最近どうした？　さっきそっちのフロア行ってちらっと見かけたけど、げっそりしてるし、顔つきが変わった感じがするよ。最近ランチも来てくれないし、なんかあった？」

　優花からのＬＩＮＥに返信をしないでいると、二通目が届いた。

「もしかして何か宗教にハマったとか？笑」

　宗教か、独り言《ご》ちると、「違う違う！笑　本当にちょっと体調不良で、今度検査もちゃんと受けるし、もし何かあればちゃんと話すから！」とＬＩＮＥを返信する。このままじゃ社会人生命が終わるかもしれない。危機感に煽られ、デスクに戻ってから、スマホで「頬のこけ　施術」で調べる。脂肪注入、あるいはヒアルロン酸注入という手もあるかもしれない。エラボトで同じ思いをしている人は意外なほど多くいて、リカバリーしたという人の経験談を検索しまくる。それでももう、スマホをスクロールする指に力が入らなかった。

一人降り立った駅に、孤独を感じる。数ヶ月前、ここを大山くんと並んで歩いていたとは思えなかった。二人で歩いた道を、一人でじっと俯いて歩き続ける。大人一枚、と言うと、大人一枚の寂しさをかき消すような笑顔で、売り子の女の子が二千五十円になります、と答えた。

入場した私は、大山くんと回った時と同じ順番で水槽を見て回る。二人で交わした感想や、そこから派生したくだらない会話なんかが鮮明に蘇る。ああ、ここだ。私はすっかり名前を忘れていたフグを探し、水槽に貼られているプレートで「ハコフグ」という名前を確認する。記憶通り、醜い顔だった。金曜の夜、水族館には仕事帰りと思しきカップルたちがひしめいていて、ちょっと前まで普通に享受していた幸福を他人事にしか感じられない事実に胸を痛めながら当て所なく歩き回る。大山くんと座ったベンチに一人座ると、私はスマホを操作して耳に当てた。呼び出し音を聞きながら独特の獣くささに気づいて、足を向ける。

「もしもし？　森川さん？」

「うん」

「もしかして何かお誘いですか？」

嬉しそうな大山くんに、ううんと言う。言ったきり、もう何を言うべきなのか分からなくなって口を噤《つぐ》む。

「どうしたんですか？　何かありました？」

「大山くん、ごめんだけど」

「ごめんだけど？」

「別れてくれる？」

涼しい沈黙が鼓膜を突き刺すように痛かった。スロープの手すりから身を乗り出して覗き込むと、今日もペンギンたちは泳いだり突っ立ったりして思い思いに過ごしていた。他のペンギンを見る人たちと同様、私にも僅かに笑みが浮かんだ。

「どうしてですか？」

「大山くんといると辛いんだ」

「何が辛いんですか？　こっちは何でも、どこでも改善する所存ですよ」

「大山くんが何をしてくれても辛いんだよ」

「どういうことですか？　何でなんですか？　どうして何も言ってくれないんですか？」

「私にもよく分からないんだ」

「分からないって、そんなのこっちはもっと分かんないじゃないですか」

「大山くんと付き合うべきじゃなかった」

陸に突っ立っていたペンギンが、ふと何か思いついたようにちゃぽんと水に入った。流れるようにまっすぐ泳いでいくペンギンは空気の入った風船のようにぷかんと水面に浮いては、またグインと潜ってまっすぐ泳ぐ。沈黙の後に、彼が意を決したように口を開いたのが電話越しに分かった。

「僕の年齢のことが不安なんだとしたら、ちゃんと話してなかったですけど、僕は森川さんと結婚したいと思ってます」

私もしたかった。大山くんと結婚したかった。そうだったのか。結婚という言葉が現実的に捉えられないと思っていたけれど、本当は心から、私は彼と結婚したかったのだ。

「ごめん」

「本当に駄目なんですか？」

「駄目なんだよ」

どうして駄目なのかよく分からないのに、やっぱり駄目だった。こんな駄目が存在するなんて、ひどい。こんなひどい世界に生きるなんて、もう無理な気がした。

「ずっと、森川さんと付き合いながら、どこかで森川さんは別のところを見てて、僕のことを真っ直ぐ見てくれてないような気がしてました」

「私も大山くんと付き合いながら、大山くんと同じ世界にいるって一度も思えなかった」

私は大山くんと付き合っていたのではなく、老いに怯えあらゆる恐怖に耐え戦いながらも彼と一緒にいたいと望む自分と付き合っていたのではないだろうか。そんな突飛な考えが浮かぶ。なぜ、私は私と大山くんの間に、老いに怯える自分を介在させてしまったのだろうとも思う。私が私としてまっすぐ大山くんと向き合ってさえいれば、彼は満足していたかもしれない。うまくいっていたかもしれない。でもそれは無理だった。どうしても無理だったのだ。彼と向き合うたび、老いに怯える自分と直面した。彼と向き合うために美容整形に走り、走れば走るほど私は直面し続けた。自信のない自分、恐れをなす自分と。その自分に阻まれて、私は一度も大山くんとまっすぐ見つめ合うことができなかった。あれほど好きだと思っても一緒にいてもセックスをしていても、いつも私たちの間には強固な私がいて、彼をまっすぐ見つめることはできなかった。あんなに好きだと思っていたのに、永遠に続けばいいと思うほど楽しい時間をすごしたのに、私は彼を見つめることすらできなかった。私は一体、誰と恋愛していたのだろう。そもそもこれは恋愛だったのだろうか。私の中の大山くんとの記憶の大半を占めているのは、何千何万と整形について検索したページと整形失敗への恐怖とバグを起こした顔への劣等感だ。

「僕は森川さんが好きです。本当に駄目なんですか？」

ごめんねと呟いて通話を切った。何で別れなければならないのか、私にもさっぱり分からない。こうしてまた、考えるべきことをさっぱり分からないと切り捨ててクローゼットの中にガラクタのように放り込んで、私はあらゆるものから目を逸らして生きていく。だからこんな地獄に落ちたのだとどこかで分かっていながら、私は安易なやり方で地獄から這い出してまた新たな地獄に足を踏み入れる。まるで氷風呂と熱湯風呂を行き来しているようだ。

スロープを降り、大きな水槽の中で空を飛ぶように泳ぐペンギンたちをじっと見つめる。こんなことならヒモで良かった。彼がヒモで私の家でのらりくらりと私のあげたお小遣いで生活していれば、私は整形にハマったりなどしなかったかもしれない。

「ペンギン飼いたいな」

自分の呟きにウケて鼻で笑うと、私はスマホを取り出し美容整形のページで埋め尽くされたSafariのタブを全て消去して「ペンギン　飼育」で検索した。

ストロングゼロ
Strong Zero

デバッガー
Debugger

コンスキエンティア
Conscientia

アンソーシャル ディスタンス
Unsocial Distance

テクノブレイク
Technobreak

抜け感が足りない。出来上がった顔に対してそう評価を下す。隙がなさすぎてどこか古臭い。これだけアイシャドウをゴージャスにするなら、アイライナーの色はもっと薄くするべきで、下まぶたはライナー無しでも良かったかもしれない。それにマスカラもダークブラウンかグレーまで上げた方が良さそうだ。

週に数回、帰宅後に新しい化粧を試す。朝、意識的に普段より薄く施した化粧の上に、アイメイクを中心にあれこれプラスして研究するのだ。最近はコントゥアもよく試すが、デパートのケバいBA感が出てしまい、アジア人の骨格に施せるコントゥアの限界を身にしみて知りつつある。時代は足し算から引き算へと移り変わり、引き算から抜け感の密造がベースに移り変わった。白やヌードベージュ系を使って抜け感を作りつつ、パールとラメとマットを程よく組み合わせ、ナチュラルメイクとは一線を画すモード感を作りだすのだ。しかし結局のところ、人の顔というのは大方骨格と肉のつき方という、通常自分では手を加えられない部位によって似合うメイクの種類はかなり絞られていて、眉毛の形とまつ毛の量と生え方に手を加えることである程度の広がりは出るが、それでも限界はある。己の顔に合ったメイクを探し当てるのがメイクであり、流行の移り変わりはそこにニュアンスを与える程度のものでしかないと思った方がいいだろう。しかし顔面という多量の情報の詰まった狭いテリトリーに於いて、そのニュアンスは印象を大きく左右するため、やりたいメイクをやるだけでは辿り着けない境地をまだまだ開拓すべく、日々研究を重ねている。骨格と肉のつき方を制した者が、メイクを制するのだ。

プチプラからハイブランドまで、話題になっているものをほとんど取り揃えたコスメ類は、みかん箱ほどのメイクボックス二箱とアクリルの小物ケース、ドレッサーの引き出しに所狭しと詰め込まれているが、それでも溢れてきたため買った分定期的に古いもの、使用頻度の低いものを処分するよう気をつけている。評価の高い新作コスメの情報を手に入れると心が躍る。Twitterのコスメアカウントやコスメのレビュー投稿サイトなんかは延々見ていられる。あれのあの色を買おう、あれのあの色とあの色をタッチアップしてもらおう、そう考えながらドラッグストアやデパートに向かう瞬間、ネットで注文した韓国コスメやバイヤーを通して買った日本未上陸のコスメが手元に届いた時、開封して初めて使う時、あれと合わせてみたらどうだろうと思いつく時、心にキラキラと音のしそうな尖ったひし形の星が輝きバラが咲く。

玄関の方で音がして、ふっと体が温かくなったように感じる。何故かは分からない。夫との関係がここまで冷め切り軽く憎悪すら抱いていても尚、夫が帰ってくる音を感知すると反射的に胸の奥に温かさが生じる。誰かと生活を共にすることが無条件に心を温めるというのは、人間のDNAに刻み込まれたシステムなのかもしれない。リビングに顔を出した夫がただいまと僅かな笑みさえ浮かべずに言い、おかえりと私もなんの感情も籠めずに言う。温かさを感じていたはずの体は、彼がすぐにリビングのドアを閉め寝室に入った音が聞こえた瞬間冷たくなった。

寝室で夫と寝ていたのは、一年と六ヶ月前までだった。セックスレスという現実を見たくない気持ちからだろうか、セックスレスが一年を超えると同時に私は耐え難い思いで折りたたみのマットレスと掛け布団を買った。間に合わせでいいとアマゾンで適当に選んだマットレスで起きるたび腰の痛みを感じていたけれど、上質なマットレスや上に敷く布団を買ってしまったら、もうあのベッドに戻れなくなる気がして腰痛に耐えていた。それでも突如リビングに現れたマットレスについて一言の感想も口にしなければ驚きの表情さえ浮かべなかった夫に対して、一緒に寝たいという気持ちは潰《つい》えていた。今考えなければならないのは、マットレスよりも離婚のことだ。コスメオタクの巣窟である化粧品会社の中でも、他を寄せ付けないトップオブコスメオタクとしての自負に溢れている私は、夫の顔を見ると途端に抗いようのない無力感に襲われる。化粧を落とすためドレッサーから立ち上がり洗面所に向かおうとした瞬間、テーブルの上でスマホが光った。温かくなったと思ったら冷たくなったり、冷たくなったと思ったら温かくなったり、私の胸は正直で愚かだ。

「茜音《あかね》、ただいま。疲れたあ」

奏《そう》からのメッセージに自然に笑みが溢れ、「おかえり。今日も忙しかった？　肩の具合はどう？」と即座に返す。「忙しかったー。肩少しずつ良くなってるよ。茜音はどうだった？」ラリーが続くのを予期してビールを取り出しながら「こっちもクリスマスコフレの件でばたばた」と打ちソファに横になる。「今日もがんばったね。真夏なのにクリスマスコフレか笑」「ほんとだよね。雪をイメージしたデザインだから現実とのギャップで体がおかしくなりそう」「気持ちが追いつかないよね笑。今度会ったら甘やかすよー」「なら何でもがんばれそう」「俺の前ではどんなに甘えてもいいから、仕事はしっかりね」「うん。奏がそう言ってくれるからがんばれる。いつもありがとね」「ううん。茜音の存在に救われてるのは俺の方だよ」「奏はもうご飯食べた？」「これからー。うどんでも作ろうかなあ」「ちゃんとお野菜入れるんだよ」「はーい笑。茜音はこれからお風呂って感じ？」「よく分かったね！　さっきお湯沸かしたところ。すごい！」「笑。茜音の行動パターンもう大体分かってきた。褒めてー」「すごいすごい笑」「じゃあゆっくり入っておいでね。俺もご飯食べるから」「うん。また後で、かな？」「うん。ご飯食べたらまたＬＩＮＥするねー」「あとでね」「好きだよ」「私も好きだよ」。

ＬＩＮＥを閉じるとすぐにまた一件トークが入った。愛してるよ、とか、湯冷めに気をつけてねとか、そういう言葉だろう。一度途切れたトークが再開したらまた何十分もラリーが続くため開かずにおく。もちろん、三十の私と私の一個上である奏がこんなＬＩＮＥをひっきりなしに送り合っているということが如何に側《はた》から見てぞっとすることであるか、痛いほど理解している。でも関係性というものは、自分の意思一つでは動かしようがない。相手の求めるものと自分の求めるものがぶつかり合って、少しずつ互いにとって心地良い距離感、関係性が表出し始めるものだ。実際、こういうぞっとするやりとりをする中で癒されている自分もいる。それでも彼とこうしてＬＩＮＥをする時私はどこかがんばっている。ＬＩＮＥのやりとりが途切れる時、いつも疲れている。実際お風呂にお湯は張っていない。シャワーくらい浴びようかとも思うが、面倒くさくなってやっぱりメイクだけ落としに行く。

それでもメイクは丁寧に落とす。マツエクの先端にだけ塗ったマスカラはノンオイルのクレンジングを綿棒で優しくなじませ、しっかりと浮かせてから洗い流し、クレンジングを終え洗顔したら泡残りがないようにしっかり洗い流す。週に二度は肌の状態に合わせてクレイパックかシートパックを施し、二週間に一度マイルドピーリングをして、極力月に一回は美容皮膚科でダウンタイムのないイオン導入やフォトやプラズマ系の施術を受けるようにしている。化粧水、美容液、乳液を経て、クリームを塗りながら軽いリンパマッサージをし、仕上げにアイクリームとまつ毛美容液を塗り終える頃にはへとへとだ。


「え、とうとう寝たの？　例の彼と」

「うん。二ヶ月くらい前かな」

「ようやく！」

「まあここまでぐずつきながら一進一退を繰り返してきて良かったのかもしれないって今は思うよ」

美容学校を出て外資系化粧品メーカーのBAとして働き始めたころ同じ店舗で働いていた由梨《ゆり》江《え》は、五年前に転職して日系化粧品メーカーの営業として働いていたが、去年唐突な妊娠結婚報告をして産休に入り、今は育休中だ。土日なら旦那に子供任せられるからと言われ、デパートの新商品イベントに駆り出された後落ち合ったが、店に入る前から彼とどうなったか聞かれ、居酒屋でテーブル席についたと同時にビール二つでいいよねと強制的に飲み物を決められサクサクと話を進められていく。

二ヶ月前に初めて彼と寝た経緯、それからどのくらいのペースで会っていて、どのくらいの頻度で連絡を取り合い、どんな内容のやりとりをしているのか、いつも旦那には何と言って出かけているのか、何時くらいに帰ってるのか、そんなんで旦那は何も気づいていないのか、金のない派遣と不倫して経済面は大丈夫なのか、これから夫と彼との関係をどうしていくつもりなのか。

畳み掛けられた私はそれでも淀みなく答えていく。何も考えることはなかった。離婚して彼と一緒になりたい。それだけだった。今の関係をしばらく続け、彼がこの関係の発展を望んでいるという確証が得られれば、私は不倫のことを隠したまま離婚を要求し夫はそれを受け入れるだろう。答えを聞き終えると、そんなうまくいくかねえ、と由梨江は呆れを前面に押し出して笑った。

「あ、そういやリュウが今度ご飯行こうよって言ってたよ」

「何で私じゃなくて茜音に言うんだか。茜音と二人飲みなら旦那に子供任せて行くけど、龍太と三人で飲むためにわざわざ子供預けんのはごめんだよ。龍太いたら旦那の愚痴とか話せないし茜音の不倫話だって聞けないじゃん」

「ふうん。やっぱり旦那の愚痴とかって家族には言いたくないものなんだ」

「あいつなんか鈍いからさ、姉ちゃんこんなこと言ってたよーとか普通に親に話しちゃいそうなんだよなー」

「あー分かる。なんかその辺緩そう」

まだ二人ともデパートのBAをやっていた頃、終電がなくなったか何だかの理由で、まだ実家暮らしだった由梨江の家に泊まらせてもらって以来、龍太とも仲良くしてきた。結婚前はしょっちゅう三人で、時に他の友達も交えて、飲みやカラオケやボウリング、日帰りで温泉なんかにも行ってきたけれど、由梨江がデキ婚して以来すっかり距離ができてしまった。

「ねえ、出産した色んな友達に聞いてるんだけど、子供が何歳になったら楽になると思う？」

「まず一歳の壁、次に三歳の壁、次に就学の壁。だと思ってる」

「その節目節目で楽になってくってこと？」

「そう。まず一歳で歩けるようになって、簡単な意思表示ができるようになる。三歳になると衣服の脱着、食事が一人でできるようになって一人遊びの能力も向上、多少複雑な言葉も理解できるようになる。小学生になったらもう外を一人で歩ける、つまりハーネスもベビーカーも自転車のチャイルドシートも手繋ぎもなしで自立した存在として一人で行動が取れる」

「なるほど。一歳って言う人多いけど、それはすごくハードルが低い楽さってことだね」

「まあ、出産から一年はどんな親も大抵地獄見てるから、すごく基準値が下がってるところからスタートしてるってことだよね。なに、茜音って子供のこと考えてるの？」

「まあいつかは、とは思ってるよ」

「今の状況じゃ未来予想図なんて描けないでしょ。まずはどっちの男と生きてくのか決めないと」

「未来が見えないからこそ考えるんだよ」

「そもそも、旦那さんと彼は子供欲しがってるの？」

「旦那はいずれって感じだったけど今は考えてないだろうね。彼もまあ、いずれはって思ってるんじゃないかなとは思うけど、そこについては話したことないな。まあ私もぼんやりとしか考えてないし、子作りとかそういうレベルで考えてるわけじゃないから」

「三十だよ。三十」

分かってるよと笑いながら、焦りはない。何故皆が焦るのか、よく分からない。神の御心とまでは言わないが、結婚も出産も相手あってのことだし、更に妊娠や出産など完璧にコントロールできるものでもない。自分のこれまでの生き方がこれからの未来に反映されていくのだから、明日結婚したいと言ってできるものでもなければ、今月の排卵で受精したいと言ってできるものでもない。結婚するには相手が必要で、受精するにはセックスする相手とセックスそのものと排卵できる卵巣のコンディションと着床できる子宮のコンディション、更にはセックスする相手の健康な精子、射精能力が必要であり、人工授精を行うとしたら第一に経済力、体力、時間が、更にそれに向けたホルモン剤の投与や採卵に耐え得る体、それに協力する男性、あらゆるものが必要になるし、それらの条件が揃ったとしても受精卵の育成や着床がうまくいくとは限らないし、着床したとしても流産や早産の危険性もある。無事に生まれたとしてもその子が自分が死を迎える時まで健康に生きていてくれるとも限らない。

結局のところ、明日死ぬかもしれない世界で、何歳で結婚何歳で出産何歳でマイホーム何歳で昇進何歳までに幾ら稼いで老後資金コンプリート、みたいなことを考えている人は、私にはコントロール・フリークにしか見えないのだ。広告代理店的な受け売りの欲望の奴隷である彼らは、もし着実にその欲望を叶え続けたとしても永遠に自由を手に入れることはないだろう。このコントロール・フリークへの不信感は、一生一緒にいたいと望んで結婚したはずの旦那との関係に絶望し、取引先のイベント企画会社の男を好きになり、その男と不倫を始めたことで強化されたようにも思う。あんなにも結婚相手の選定に厳しく、付き合っている相手と、結婚後に生じる可能性のある不和や衝突について想像力を働かせていた由梨江だって、結果的にはデキ婚をしたのだ。「あんたが結婚なんて絶対うまくいくはずない。あんたはいつも付き合い始めて二年経つと飽きて男を捨てる。結婚だって二年で終わるに決まってる」結婚すると話した時、母にそんな呪いのような言葉をかけられた。私が断定口調で話す人間が嫌いなのは、私が母を嫌いだからだろう。結婚から二年経った時ざまあみろという気になったが、結婚五年で不倫に走った時、ざまあみろと思った自分に復讐されたような気がした。

あ、彼だ。LINEを開いた瞬間由梨江がスマホを取り上げ、どんどんスクロールしていく。なにこれー、付き合いたての高校生カップルじゃん、えっていうかさ、彼ってなんか、なんていうか……。

「なによ?」

「ヤバい人?」

「ヤバいと言えば、ヤバいのかな」

「いやこれはヤバいだろ。なんで既婚でそんな地雷行くかなあ」

「好きになる人って、自分で決めるもんじゃなくない？」

「そりゃそうだけど、朝四時に二十連投だよ？　眠れない俺の悶々とした思いを」

「LINEのブーブーいう音で目覚めた私は旦那が目覚める前に化粧して出勤前に彼に会いに行きましたよ。それで出勤時間まで添い寝して寝かしつけてあげましたよ」

「茜音さ、そんな人と結婚とか子供作ることとか考えられんの？」

「彼が今寂しがってるのは私が結婚してるからで、結婚すれば満たされるんじゃないかなって思うけど」

「断言する。こういう人は変わらないよ。ずっとこのまま。結婚したって子供持ったってそう。周りを巻き込んで周りはどんどん力を吸い取られて、どんどん泥沼に引き摺《ず》り込まれていく」

由梨江の言葉は、二十代前半の頃面倒な男と四年付き合っていた経験による信憑《しんぴょう》性があった。それでも、自分が彼から離れていく未来は見えない。まあ恋愛感情の虜《とりこ》になっている人なんて皆そんなもんだろう。返してもらったスマホで「今日は友達と飲みに行ってるんだよね。楽しんでるかな？　俺は帰りにあの公園近くの寿司屋さんでテイクアウトしてきたよ」というメッセージに「楽しんでるよ！　奏の話も聞いてもらったりして。お寿司いいなあこっちは適当な居酒屋だよー」と返信する。

「長い時間かけてようやく好きな人と、好きだよって普通に言い合えるようになったところなんだよ。そんな、早朝LINEを入れてくるからって嫌いになれると思う？」

「早朝っていうのは夜明けから一、二時間経った頃を指す言葉だから、朝四時は早朝でもなければ夜明けですらありません」

　由梨江は意外な知識をひけらかす。彼女の言うことは分かるし、私だって逆の立場ならそう言ったかもしれない。でも恋愛感情なんてコントロールできるものではないし、好きになったら好き相応の行動しか取れないのは仕方のないことだ。

「で、旦那には言うの？」

「そりゃ、言わないで別れたいよ。まあ旦那は私に執着ないから大丈夫じゃないかな」

「あんなに好きだー！　ってブルドーザーみたいに結婚したのにね」

「まあ、自分のことを好きでもない、自分に興味のない人を好きでい続けられないよ」

「好きじゃなくなったって言われたわけじゃないんでしょ？　レスだって何かきっかけがあったんじゃないの？」

　うーんと言いながら、お通しに出された筑前煮の大豆を箸で転がす。私は豆類が好きではない。でも好きでない理由を聞かれても、パサつくからとか、味が薄いからとか、それっぽいことしか言えない。それっぽいけれど、きっとそれは大した理由ではないのだ。本当の理由は「なんか」だ。「なんか好きじゃない」の「なんか」が重大な理由だ。人は「なんか」好きになるし、「なんか」好きじゃなくなるし、「なんか」セックスをしなくなる生き物なのだ。確固とした意志、信念、理想がありそれに則って生きている人間が果たしてどれくらいいるだろう。憶測でしかないがだいたい人口の五パーセント程度だろう。そしてもう一つ大切なのは、意志、信念、理想で人を好きになることはできないし、セックスすることもできないということだ。人間とは池に浮かぶ藻屑《もくず》のようなもので、雨風や水中生物によって動いたり絡まったり離れたりする、不確実な生き物でしかない。

震えたスマホを手に取ると「無理はしないでって先に言っとくけど、終わったあとうちに寄れたりしない？」という奏からのメッセージにため息をつきながら頬が緩む。もはや予測できている。私は由梨江と別れたあと彼の家に行って、セックスをして深夜の三時くらいに帰宅するだろう。寝る部屋も違う、いつも十二時には寝てしまう旦那には何も追及されない。そして私は睡眠不足のまま出勤して、明日の昼休みにはうとうとしながらオープンスペースで肘をついたまま仮眠をとるだろう。奏とそういう関係になってから、こういう急な「会いたい」に週に一度か二度は振り回されてきた。眠れない、寂しい、という言葉から始まり、私が行こうかと言うまでLINEのラリーが続く、このパターンが増えてきた。私の家から奏の家までタクシーで三千円。デートする時も基本割り勘だがお金に困窮していると聞いてからはいいよいいよと私が奢ることが増え、貯金はじりじりと目減りしている。経済的な負担以上に悲惨なのが睡眠で、睡眠障害の彼から深夜に呼び出されたり、呼び出されなくともLINEを連投されたりすることで、少なからず私もその影響を受けている。最近はLINEの通知で目覚める夢を見るし、LINEの通知音の幻聴が聞こえたりもする。彼がこんな風に寂しさや孤独を感じるのはきっと私が結婚しているせいでもあって、だからこそ早く離婚して彼と一緒になりたいとも思う。そうすればきっと彼は寂しさに煩《わずら》わされることなく私と幸福な毎日を送ることができるだろう。敢えて楽観的に考えようとしている向きがあることは分かっている。それでも彼を好きな私にはそういう未来しか見えない。

「今思えば、茜音って旦那さんのどこが好きになって結婚したの？」

「どこが好きっていうか、存在自体が覆しようのない存在だった」

「今はどこが嫌い？」

「セックスしないところと私に興味がないところ」

「彼のことはどこが好き？」

「私のことが好きなところと、ナイーブなところ」

「どこが嫌い？」

「ナイーブなところ？」

私たちは笑い合って、自分勝手に共通の知り合いである元同僚や友達の男たちを分析、批評していった。女友達と軽薄な冗談、軽口を言い合う時間は幸せだ。冷笑的であれば尚幸せだ。それは女が男に対して冷笑的に関わることが社会構造的に難しいからかもしれない。

「もうずっと眠れなくて、寝ても悪夢ばっかり見るんだ。茜音と過ごす楽しい夢ばっかり見てた頃とは全てが変わってしまった。彼氏とか夫とか恋人とか、肩書きなんていらないって思ってた。でも実際は旦那さんとどんな関係なのか、旦那さんとどんな生活を送ってるのかずっと想像してた。ずっとここにいてって、会うたびに思ってた。今全てが辛い。仕事も生活も睡眠も食べることも、生きること全てが辛い。仕事もミスばっかりしててこのままだと契約も打ち切られるかもしれない。普通に生きることがままならない。こんな自分でいることが辛い。結婚してて、しっかり信念を持って好きな仕事をしてて、明るくて前向きな茜音が眩しい。茜音はもう俺に会わない方がいいと思う。」

　前の日まではいつものただいまーから始まる能天気なＬＩＮＥを何十回も交わしていたというのに、奏はある日唐突にそんなＬＩＮＥを入れてきた。夫婦関係が破綻していること、離婚する意思があること、奏と生きていきたいと思っているということを伝えれば元どおりになるはずという予想は外れて、いくらメッセージを入れても奏からの返信はこなかった。直接家に行こうかとも思ったけれど、拒絶されるのが怖くて行けなかった。結婚も仕事も手に入れ明るく前向きなんていうお門違いな認識をされていることが、彼が全く私自身を見つめていなかったことの証で、最も辛いことだった。三日三晩、会社にいる時以外ほとんど泣いていた。化粧でカムフラージュしたものの尋常ではなく目が腫れていて、二重が完全に奥二重になっていて、皆何かあったことを察しているだろうに、同僚も取引先の人も夫も何も聞かなかった。目を腫らしたままパソコンに向かい、打ち合わせに向かい、会議に向かう私はどれもこれも上の空であるにも拘《かかわ》らずそれなりに仕事をこなせてしまうことに戸惑ってもいた。

　彼は誰か他にいい人を見つけたのかもしれない。そう思うと耐え難かったけれど、まあそもそも私既婚だしなという自虐で悲しみをぼかすことができて、でもそんな自分がもっと虚しくなった。シャワーを浴びながら怒りと悲しみと悔しさの呻き声を上げ、布団に入っては目の腫れをとるためにマッサージをしたばかりなのに再び涙を流し、スマホが震えるたび飛び上がって送信者を確認した。常に神経過敏で、眠りが浅く、酒量が増え、肌の老化対策のために止めていた煙草を一年ぶりに吸い始めた。

今日は昨日よりも泣く時間が少し短かったから、明日は目の腫れがましになるかもしれない、ジェルのアイマスクを瞼に載せたままマットレスに横になっていると、頭がぐわんぐわん回るような感覚に吐き気がする。泣きすぎと煙草の吸いすぎと寝る前に焼酎をガブ飲みしたせいだろう。私はまた、孤独な生活に戻るのだ。拠り所のない生活に、足場のない不安定な場所に、地獄に、舞い戻るのだ。アイマスクと目の間に涙が滲んだのが分かったけれど、その熱は瞬時に冷えたアイマスクによって奪われていった。また今日も寝付けないことを悟る。彼から連絡が来なくなってから、彼の不眠症がうつったように眠れていなかった。付き合っていても寝不足で、こうして会わなくなっても寝不足なんて、滑稽だ。唇の片端が上がったけれど、それは多分神経の痙攣《けいれん》のようなものでしかなかった。

ぐにゃんと世界が歪む。ダリの時計のようにだらしなくだれた土地を歩いているかのように、足元が不安定だった。何かに捕まろうと不安定さに慌てている私の体は一気にホールドされる。短い悲鳴を上げてアイマスクを押し上げると、暗闇の中で自分が抱きすくめられていることに気づく。Ｗｉ‐Ｆｉの機械から発される僅かな緑色の光を確認し、ここが自宅であることを確認する。

「なに？　どうしたの」

しがみつくように私を抱きしめる夫を押しのけようとするものの全く退《ど》く気配はない。ぐにゃんとしたのは夫がマットレスに乗ってきた感覚だったのだろう。瞬く間に服を脱がされ、夫は私とセックスをした。黙ったまま私の上で動き続ける夫の額から垂れた汗が目に入って、痛さに顔を歪め目を瞬《しばた》かせるが涙が溢れて止まらない。奏はセックスの時、全く汗をかかなかった。いつも手足が冷たくて、寒がっていた。奏は一体、何だったんだろう。私は自分の人生に訪れたと思ったらすぐにフェードアウトしていった奏という男のことが何も分からなかった。夫は長いセックスを終えると黙ったままシャワーを浴びに行った。夫が何ひとつ言葉を発さなかったせいか、何か人間ではない生き物に犯されたような気分だった。シーツを濡らす汗の匂いを嗅ぎ、今しがたここにいて激しい運動をしていたのが夫であることを確かめる。夫は私が悲しんでいることを察知したから、今日ここに来たのだろうか。慰めるため、それともより悲しませるためだろうか。奏のことも夫のこともよく分からなかった。それでも一方的な身体的接触に理屈抜きに満たされている自分に気づくと、ふっと鼻から腐したような笑いが漏れた。

「茜音に会いたい。今日か明日どこでもいいから会えない？　一目会うだけでもいい」

奏から連絡が来たのは、連絡が取れなくなってから一ヶ月半が過ぎた頃だった。私も会いたい、そう返した私は、その日のうちに彼の家の最寄駅まで行き、改札で待っていた彼に抱きしめられる。もう大丈夫だから。もう茜音を拒絶したりしない。愛してる。よく分からない言葉を並べ立てる彼に謝罪の言葉はなかった。私は彼の訳の分からない身勝手さを彼の繊細さの産物と決め込み、私もだよと答える。彼といると、全て自分が悪いような気になった。彼がナイーブなのも、自信がないのも、不安なのも、眠れないのも、体調を崩しがちなのも、全て自分のせいのような気がした。完全に自罰的になって彼を責めたり問い詰めたりはもちろん、少しでも彼が躊躇したり逡巡したり引っかかったりしそうな質問や提案すらできなくなり、私は彼といる間、彼が勘違いしていた通りの明るく前向きで、一切消極的なことを言わないキャラクターを演じ続けた。彼の心身の調子が悪くなると、私のせいだと思い込み無力感に襲われた。彼からＬＩＮＥが入るたび、また何か重いことを言い出すんじゃないかと緊張した。

もう会えないと言われ一ヶ月から二ヶ月くらい連絡が途絶えては、会いたいと言われて会いに行ってまた元どおりになる。そんなことを三ターンも繰り返した頃、私は完全に限界を迎えていて、四回目のもう会えないを突きつけられた時にはもう涙も出なくなっていた。いつ来るかいつ来るかと怯えていた爆撃の到来に、黒焦げになってむしろどこかホッとすらしていた。季節が巡ったような気分だった。四季が廻るように、彼の心は私の手では動かせない事象なのだ。マリオがクリボーに当たってコロンと死ぬときの間抜けな音が聞こえてくるような、可笑しみすら漂う終焉だった。

会えないというＬＩＮＥに、私ももう会わない方がいいと思うと初めて同意の返信をし、その返信に返信がないまま一ヶ月が過ぎた頃、彼とよく飲みにいっていた街に仕事で赴いた時、目に涙が滲んだ。それでも二度袖で拭うと涙はもう出なかった。会いたいと言われてももう会わない。そう決めた。

唐突に犯されてから、夫とは週に二、三回セックスをするようになっていた。以前に比べて確実に会話は増えていたけれど、夫が何を考えているのかはよく分からなかった。あらゆることが、自分の手で摑めなくなっていた。体の八割くらいが透明になったような空白感の中で、それでも私は毎日本気でメイクをして、メイクの研究を重ね、自分が企画立案から携わった新しいラインの目玉である、有名服飾デザイナーとのコラボ商品の完成に向けて残業続きの日々を送っていた。奏と会う可能性がなくなって、私のメイクは変わった。世間や人におもねるような要素を徹底的に排除し、アイメイクはグレーやネイビー、カーキを主体にし、眉とライナーの角度をそれまでよりも少し鋭利に描くようになった。少しでも奏に明るくなってもらいたくて、暖色やパール系を使っていたのだと、私はそのメイクを止めた後に気づいた。

茜音さん！　晴れやかな笑顔で手を挙げた龍太に手を挙げ返す。久しぶりと嬉しそうに言う龍太には、外連《けれん》味がない。優しい両親と強めだけれど愛情深い姉とに育てられた彼には、何の苦労もなく育った人間にしか持ち得ない品の良さがある。何食べる？　俺はなんでもいいから茜音さんの好きなものにしよう、と意思があるのかないのかはっきりしないところもまた、周囲にその恵まれた人生を想像させる。何度か友達と来たことのある古い居酒屋で渋めのあてを頼みビールで乾杯すると、龍太は取り皿やお箸を私の前に丁寧に並べる。古く汚い居酒屋に似合わない若い男の振る舞いは、カウンターの寿司屋や食券のラーメン屋でしきたりをよく知らない外国人が戸惑いながらも己のスタイルを変えないままそこで食事を摂る姿を思わせた。

「茜音さん、姉ちゃんとは会ってるの？」

「ああ、一ヶ月くらい前かな、串カツ食べにいったよ」

「いいなーずるい。どうして俺は連れてってもらえないの？」

「リュウがいると旦那の愚痴とか言えないって言ってたよ」

「何で？　俺これまでも姉ちゃんの彼氏の愚痴とか普通に聞いてたけど」

「リュウは親とかにさらっと言っちゃいそうだから、って」

「言わないよ。俺だって大人だよ？　そのくらいの分別はついてるよ」

「その辺の交渉は由梨江としてよ。でもまあ、赤ちゃんとの生活は大変だろうし、たまの夜飲みの時くらい気兼ねなく家のこと忘れて飲みたいんじゃないかな。そういう時に弟がいるとちょっと、っていう気持ちは分かるかな」

「ふうん。まあいいや、おかげで茜音さんと二人で飲みに来れたし」

　思わず笑って、お通しの枝豆を一つ手に取り一瞬逡巡したのち龍太に投げつける。なに、何だよー、と笑いながら胸元に当たり膝に落ちた枝豆を拾って食べる龍太に、声をあげて笑う。なに、茜音ちゃんもう酔ってんの？　飲んできたの？　と茶化すから、ちゃん付けで呼ばないでよと眉間に皺を寄せる。

「姉ちゃんは茜音って呼んでるよね？　うちの親は茜音ちゃんて呼んでるじゃん？　何で俺だけさん付けじゃないといけないの？」

「年下だから？」

「えー、茜音ちゃんて年功序列とか言う人？　年上を敬えとか言う人？」

「言わないけど、なんか年下にちゃん付けで呼ばれるのって、威厳がないっていうか、むしろちょっとからかわれてるような気がする」

「ちょっとくらいからかわせてよ」

　また枝豆を投げつけると、リュウも私に一つ投げつけた。きゃっきゃとはしゃいでいると隣の席の年配サラリーマンに睨みつけられ、私たちは目配せをして同時に人差し指を口元に立てて笑った。奏といる時に最後まで得られなかったのは、こうして何かに気を使ったり気を揉んだりすることなく笑い合える時間だった。お互いに会いたくて会っている、それだけで一緒にいられるのは幸せなことであり、楽しめる時間だったはずなのに、いつも私は彼が嫌な思いをしていないか、悲しい思いをしていないか、何か自分の言動によって疎外感を与えてはいないかと、心配ばかりしていた。それはきっと奏も同じで、常に私が何を考えているのか、私と夫との関係、夫に何と言って出てきているのか、夫とセックスしているのか、あらゆることを気にしていたのだろう。奏といた時の自分と今の自分は、まるで別人だ。

　ここのところ残業続きでピリピリしていたけれど、龍太と会うと思ったら少し気持ちが楽になって、今日は基本的につけないが故に研究が最も遅れているチークをはたいた。Twitter で話題になっていて、どうせあんまり使わないだろうなと思いながらそれでも気になって手に入れたコーラルのチークは、購入から三ヶ月封も開けられていなかった。

「え、それで宗岡《むねおか》さんそのバイトクビにしちゃったの？」

「うん。もうびっくりだよ。その子の方もあっそうですかって感じで今日までの給料振り込んでくださいねって言い残して去ってっちゃって。側で見てる俺はポカーンって感じ」

「はー、今の子はドライって言うけど最高にドライだなー」

「もうカッサカサだよ。そんで翌月くらいにその子から電話あって、なに戻ってくる気になった？　って思ったら、シフト超過分のバイト代が振り込まれてないんですけどっていう怒り心頭の電話で。店長に伝えてくださいって言うわけ。自分で言ってよって言ったら、早川さん強いものには巻かれろ系なんですねって鼻で笑われてさ」

「強いものじゃなくて、長いもの、ね」

「え、そうなの？　今となってはその子が言い間違えたのか俺が記憶違いしてんのか判断不能だけど。てか長いものってなに？」

「まあ、目上の人とか強い人ってことだから意味合い的には同じ。ていうかでも、巻かれろの方が意味わかんなくない？　巻かれるってなんだろ？」

「確かに。糸巻きにでも巻き取られてろ的なことかな」

「リュウって適当なことしか言わないよね」

セレクトショップで販売をしている龍太は見るからに服飾系というファッションをしていて、若さと適当さと愚かさが入り混じった見た目をしているが、たまに端々で意外なほど真っ当であることに気づく。奏を漢字で表現するならば邪悪那憂鬱、で、龍太を漢字で表現するならば健康頂点的若者、だ。夫を表現するならば、思惑不明乃極致、だろうか。何考えてんだろ、と可笑しくなってニヤついていると、なになに、と龍太が身を乗り出して聞いた。

「いや、なんでもない。なんか、リュウって完璧に健康だなって思って」

「そう？　俺にも悩みとかあるし、屈託がないってタイプじゃないよ」

「悩みがあるの？　いや悩みはないでしょう」

「いやいや、何で茜音ちゃんが決めるの。あるってば」

笑う龍太に、どうせこれからの未来が不明瞭だとか、給料が安いとか、ペニーが上手くならないとかでしょと言うと、俺ペニーやってないし、茜音ちゃん若者は皆ペニーやってると思ってる？　とからかった。

「じゃあ言ってみ。リュウの悩みなら私が二行以内で最適な解決策を教えてあげる」

「ずっと好きな人がいる」

「で？」

「好きな人は結婚してる」

ふうん、と呟き日本酒をおちょこから飲み干すと、ひじきの煮物をつつく。

「え、解決してよ」

「解決か……」

解決って言われてもね、と言葉を濁すと、煙草に伸ばした手を握られる。

「何で今日来てくれたの？　ずっと二人では飲みに行かないって言ってたのに」

「リュウといると楽だから。なんか辛くて、楽になりたかった」

「もっと楽にするから二軒目付き合ってくれる？」

右手で私の手を握ったまま、肘をついた左手に頬を載せて言う龍太は、ほとんどふてぶてしくさえある。上から握られていた左手が龍太の手で開かれ、十本の指が絡み合う形で握り直される。密室じゃなくていいから。と言われて吹き出す。そんなにチャラい奴だったっけと笑うと、いや全然本気だしと龍太も笑う。

「本気って何が？」

「ほんとに密室じゃなくていい」

「そっちかよ」

「他にどっちがあるの？」

手を解くと龍太の手を甲で払いのけ煙草を手に取った。幸せそうな表情で肘をついたまま私を見つめる龍太は、行こうよ二軒目ーとごねるように言って、私が禁煙を始めた理由を覚えていたのか、肌が老化するよと、私が吐き出した煙草の煙を手で払う。

「あ、セックスすると肌艶《はだつや》良くなるって聞いたことあるよ」

「お前ほんとチャラいな」

龍太はいつも、嬉しそうで、幸せそうで、満たされてそうだ。彼は存在するだけで周囲を幸福にさせる。存在するだけで憂鬱を撒き散らしていた奏を思って、私は残念な気持ちになる。どうして私は彼を救うことができなかったのだろうなんて傲慢なことを考えて、さらに傲慢なことに泣いたりもしていた。最後に連絡を取ってからもう三ヶ月が経つ。もう彼を思って泣くことはない。それでも彼が私の人生から消えてしまったその穴は依然として残っている。思い描いていた彼との未来、彼とするはずだった旅行や、行こうねと言い合ったたくさんのお店、来年一緒に行こうねと話していたお花見やお祭り、来週には行こうというノリで盛り上がっていたボウリングや卓球、思い描いていた物ものが抜け落ちたままで、仕事や友達付き合いや乾いた夫婦生活をいいくら詰め込んでもその穴は埋まらず縮まらず、いまだ存在感を放っている。未来に仮押さえしていた数々の予定が全てキャンセルになって、その時間分の空白がどっしりと目の前に構えて行く手を阻まれているようだった。

「ごめんだけど、茜音ちゃんはチャラい体《てい》じゃないと口説けない気がして」

「まあ、本気の体で口説かれても困るからね」

「本気は体じゃないでしょ」

「そうなの？」

「あ、なんか、へえ。茜音ちゃんてそんな感じでくるのか」

「いやいや、きてない」

「きてないの？」

「きてないよ」

「きてよ」

「行かないよ」

「何でもするよ」

「何でもって？」

「足の爪切ったりとか、髪の毛乾かしたり、ティッシュの最初の一枚目を綺麗に出したり、ブラジャーのホック嵌めたりさ、マッサージとかだっていいし、お米研いだり、網棚に荷物置いたり、あと茜音ちゃんの脱いだ靴揃えたり、茜音ちゃんの服洗濯して干して綺麗に畳んだり、日傘さしたり」

「奴隷みたい」

「好きな人に日傘させるって、すごく幸せなことじゃない？」

「まあ、確かにね。好意を持ってない人とか、近づきたくない人に日傘さされたら止めてって言うもんね」

「ピカソが自分の恋人に日傘をさしてる写真て見たことある？」

「ない」

「もうおじいちゃんのピカソがさ、若い恋人に日傘をさしてる有名な写真があるんだよ。彼女はピカソの子供を二人産んだ後別の男に走るんだけどね。その写真をどっかの美術館で見た時に、俺も茜音ちゃんに日傘をさしてたいなって思ったんだ」

肩をすくめて答えないまま日本酒を注ぎ足す。なんか言ってよと言われて、考えた挙句結局黙ったままでいると、恥ずかしいじゃん、と龍太はいかにも恥ずかし紛れのように笑う。

「旦那さんとうまくいってないの？」

黙ったまま、メニューに目を走らせて次に何の日本酒を頼もうか考えていると、ラミネート加工された油っぽいメニューを龍太が取り上げた。

「じゃあ次行こうよ」

いつも余裕を滲ませている彼が見せた余裕のなさに、私はただただ素朴に感動して頷く。二軒目はワインバーに行き、もう帰ろうと言う私に龍太が甘えてすかして押して引いて拗ねたり抱きすくめたりして入った三軒目は結局密室で、私たちは七年ぶり二回目のセックスをした。

一回目は、由梨江と私の共通の友達の結婚式の二次会に行った時だった。式から参加していた私は二次会が始まった頃には気持ちよく酔っていて、由梨江と龍太は確か二次会からの参加だった。三次会に移動するタイミングで彼氏と会うから、と由梨江が離脱し、姉のいない解放感からかいつもより楽しげで、スーツ姿のせいでいつもより大人っぽい龍太を見ていて、いつかふとしたタイミングで一回くらい寝ることはあるかもしれない、と思っていたタイミングが今なのかなと思った。アイリッシュバーのカウンターに並んで寄りかかり、話が途切れた後に、茜音さん？といつもより近い距離感で覗き込んで、私の頭に手を載せ僅かな力で引き寄せた瞬間、私は龍太の胸ぐらを摑んで引き寄せた。十八歳、彼女持ち、親友の弟、という情報がちらついて今なら冗談にできるかなと舌を絡ませながら思った瞬間強く抱きしめられて、その腕の強さにさらに腰が引けた。ホテル行こうと誘ったのは龍太で、私はほとんど言いなりになるように龍太に手を引かれて店を出た。私は結婚していなかったし、二十代前半でもあったし、タクシーに乗り込み一番近いホテル街近くの交差点の名前を伝える龍太の手慣れた様子に安心して吹っ切れた。

酔った勢いとシチュエーション的な興奮要素が強かったせいか、我を忘れて手に触れるもの全てを握りつぶすようなセックスだったけれど、いい思い出として丁寧に折りたたまれ箪笥《たんす》の奥底に仕舞われたその記憶は、もう龍太と会っている時にも引っ張り出されることは無くなっていた。

「前の時みたいに、次会った時には全部忘れてるみたいな態度取らないで」

裸のまま私に抱きついてそう言う龍太に、次会った時には由梨江も一緒だったりしたからそういう態度になっただけじゃない？　と言うと龍太は頭を起こして本気で言ってる？　と覗き込む。

「茜音ちゃんはあの時服を着始めた時からもう冷たかった。あの時の茜音ちゃんの背中はお互い気持ちよかったよねお互い蒸し返さないようにしようねってニュアンスを饒舌に伝えてたよ」

「リュウは若かったし、彼女もいたし、付き合おうっていうノリでもシチュエーションでもなかったよね」

「あの後俺何度もメールして会ってくれって言ってたのに、のらりくらりかわされたし」

「私そんなことした？　全然覚えてない」

「したよ。結局姉ちゃんが茜音ちゃんと遊ぶって言うのに無理やりついて行ってようやく会えたんだから。そしたらもうあのことはなかったことになってて、本当に酔って記憶失くしてたんじゃないかって思ったよ。あと俺の夢オチ説もちょっと本気で考えた」

「まあそういうことを経て結局仲良くやってこれたんだからいいじゃん」

「仲良くやっていきたかったから、茜音ちゃんの何もなかった体に付き合ったんだよ」

「お互い、その後普通に彼氏彼女作ってきたじゃん」

「茜音ちゃんが結婚した時はテンション落ちたなー」

結婚してしばらくした頃、彼氏持ちや既婚者の同僚とカップル同士で集《つど》った会があったのを思い出す。由梨江も彼氏と一緒に来ていて、そこに何故か龍太もいた。若さと無邪気さを女性陣に可愛がられ、からかわれ、自分の役割を把握したかのように従順に応じる龍太を見ながら、久しぶりに龍太とセックスしたことを思い出していた。居心地の悪そうな夫に気を使って、出来るだけ夫と言葉を交わしていた私は、グラスを傾けながら龍太と目が合った瞬間、お互いに同じことを思い出していた気がして目を逸らさなかったけれど、夫に何か話しかけられて私は視線を夫に戻した。

「今思い出したんだけど、中学生の頃、リュウみたいな男の子がいてね。男の子って言っても年上で、同じマンションに住んでてたまに何人かで遊んでただけの子だったんだけど、私が幼稚園生の頃からずっと好きだったたって、唐突に中学の頃に言われたの。呼び出せばいつも来てくれて、親が緩かったから家に泊まらせてくれたり、ご飯食べさせてくれたりして、彼女いたんだけど、彼女にも私のことが好きだって公言してて。なんか彼女も公認してるから時々三人で麻雀したりして。私と一緒に居られるだけで幸せだから、って、彼氏もいるしって、同じベッドに寝ても何もしなくて」

「その人とどうなったの？」

「なんか彼氏が変わって、新しい彼氏とうまくいき始めたら連絡取らなくなっていった。年に数回、向こうから連絡は来てたけど、ある時携帯変えたかなんかのタイミングで完全に途切れたかな」

それはひどい、と顔を歪める龍太に、でも龍太はそうならなかった、と思う。

「その人とは、一度もセックスしなかったの？」

「しなかった。舐めさせてって言われて一回だけ舐めさせてあげたけど」

「よくそこまでしてセックスしなかったね」

「ね」

「俺は茜音ちゃんと結婚したいよ。それが最上。結婚が無理なら、ずっと一緒にいたい、それが無理なら、定期的にセックスし続けたい、セックスが無理ならただ会い続けたい、それが無理なら連絡とり続けたい、とにかく茜音ちゃんと繋がってたい。繋がり方は茜音ちゃんの望む形でい い。でも本当は結婚したい」

「リュウのことが好きだよ。結婚とか同棲は現状できないけど、定期的に二人で会いたいって思う」

「まじか」

幸せだ。と続ける龍太の頭を撫でながら、自分が彼の好意を知りながら、ウィンウィンだから、と言い訳できる状況を丹念に作り上げてきたことを知る。少なくとも奏に対して持っていたような情熱を、龍太には持っていない。好きだから仕方ないという暴走する恋愛感情はない。だからこそ、自分が既婚である状況に申し訳なさも抱かない。龍太に対して抱くのは、一緒にいるととにかく楽で満たされていて、だから難しいことは考えないで悩まないで逡巡しないで今を楽しんでいたいという軽薄な欲望で、それはつまり、ライブに行って二時間丸々踊って歌って楽しみたい欲求のようなものなのかもしれない。日常や辛いことを忘れて楽しむ時間、それを私は数ヶ月、あるいは数年にわたって龍太と定期的に持った挙句、いつか別れるのだろうか。そして龍太との関係が切れた暁には、別の男に求められる状況を再び作り上げるのだろうか、いやその時にはすでに作り上げているのだろうか。龍太との関係は、奏との関係と違って自分でコントロールできる分、自分の倫理が試されているような気がした。でも龍太が無邪気にもう一回したいな、と求めてくる手を拒むことなど一生できない気がした。

ごめん、ちょっと疲れてる。私の言葉は無視され、マットレスに潜り込んできた夫は私の服を毟《むし》り取っていく。二年近いセックスレスを経ているのだから、夫は性欲に突き動かされているわけではないのだろう。夫はセックスにセックス以外のものを求めているのだろうか。だとしたら、私が夫に与えられるセックスの付加価値とは一体何なのだろう。疑問に思いながら、私は夫の背中に手を回すし、爪を立てて声を上げる。

龍太との関係が始まってまだ一ヶ月だったけれど、好きだよ会いたいないつ会える？　と毎日のように聞かれてはふらついて、私たちはもう何度も飲みからのホテルコースを繰り返していた。昨日はラブホで二度セックスをして、ＶＯＤで下らないＳＦ映画を観た後にもう一度セックスをして朝の四時に帰宅した。七時に起きて出勤して残業を経て、今日は会えない？　と言う龍太の体力に感心しながら、今日はもう無理体が無理と返信して帰宅したというのに、寝付いて二時間で夫の手に弄《まさぐ》られて目覚めることとなった。

今妊娠したら困るなと思いながら、排卵日はいつだっただろうと思いながら、龍太は今何しているだろうと思いながら、長年馴れ親しみ味わい尽くした肉体に手を滑らせる。龍太と皮膚の張り方が全く違う。全てを弾き返すような龍太の肌に対して、夫の肌はしっとりとして柔らかい。

頭の中に何があろうと、今の私は夫に全てを捧げているようでもある。私は夫のことが好きなようでもある。そういうものだから、セックスはそれ自体が暴力なのだろう。奏のナイーブさが、龍太の健康さが恋しかった。恋しがりながら、夫の不可解さを甘受する。腹部に射精した勢いで夫が私の上にのしかかり、二人の間で精液が広がるのが分かった。私を抱きしめる夫を抱きしめながら思う。今のこの状況は、一体何なのだろう。気がついたら、いつしか異様な世界に足を踏み入れていた。こんな状況を引き起こしておきながら、私は今も夫のことが好きなのかもしれないという不都合な可能性に気づく。夫が隣に寝そべると、私はティッシュで腹部を拭い、掛け布団を被る。

「次からはゴムをつけてほしい」

妊娠が怖かった。今のこのめちゃくちゃな状況の中で、妊娠することが恐ろしかった。

「彼とは避妊してるの？」

夫の言葉に冷や水を浴びせられたような寒気を感じる。もちろん感づいているのだろうとは思っていた。夫の言う彼とは、奏のことなのだろうか、それとも龍太のことだろうか。「外出しは避妊じゃありません」。女友達らと飲んでいる時、避妊してる？　なにで？　外出し？　という流れの中で、一人の友達がまるで学級委員のような口調で吐いた言葉が蘇る。まあそうだけど、でも私外出しでできたことないよ、まあ危険日はゴムつけた方がいいかもしれないけど、と皆が口々に言う中、彼女は私は外出しで二回妊娠したことがあると強い口調で反論した。妊娠しなきゃあんな旦那と結婚しなかったと浮気を繰り返す夫をぼやく彼女を、皆軽く面白がりながら口々に慰めた。ふと蘇った友達とのやりとりが、私のちぐはぐさを表していた。夫に不倫の事実を把握されている現実が、私にはうまく把握できない。

「避妊」

私の口から出た間抜けな言葉に、夫は何も答えなかった。ただ抱き寄せられ、目を見開いたまま、カーテンから差し込む月明かりでかなり鮮明に見えるようになっていた天井をじっと見つめている内に、夫の寝息が聞こえ始めた。リビングは遮光じゃなくていいよね？　ここで暮らし始めたころ、夫にそう聞いた。いいんじゃない？　と気の無い返事をしていた夫の顔が、あの時ネットで選んだ薄いオフホワイトのカーテンのせいで、月明かりに照らされ電気を消したリビングでも鮮明に見える。夫婦というのは歴史だ。長い日々の積み重ねの中であらゆることが起こる。そしてかつてそこに与えられていた意味は、時間を経ることによって変化し、別の意味を持ち始める。でもこの歴史は、整合性が取れていなさすぎる。私は本気で、何がどうなってこんな現実の中に一人ぽつんと取り残されているのか分からなかった。自分の手さえも自分の物とは思えず、目の前で指を動かしてみせる手はむしろ私の疎外感を掻き立てる。このカーテンを買った時、こんな気持ちで夫の寝顔を覗き込むことがあろうとは思いもしなかった。夫の寝息が鼾《いびき》に変わると、私は布団からそっと抜け出しスマホを持って寝室に入った。

「ねえ明後日メキシカンに行かない？　渋谷にナチョスがめちゃくちゃ美味しいお店があるんだよ」「茜音ちゃんに食べさせたいなってさっきふと思ったんだ」「茜音ちゃんに任せると大体渋めの居酒屋になるからさ笑」「あー明後日まで会えないのかー」「茜音ちゃんはさ、こうして離れてる時俺のこと考えたりする？　俺はまあ大体茜音ちゃんのこと考えてるんだけど」

　己のナイーブさに苦しみナイーブさで私を傷つけ、ナイーブさでもって一方的に関係をぶちのめした奏。ディスコミュニケーションでコミュニケーションを図っているかのような夫。その二人の間で透明人間になったような孤立感に、悲しいでも寂しいでもなく自分もまた自分を陽炎《かげろう》のようなものに感じていた私は、龍太にその存在を祝福されることでようやく主体的な存在として振る舞えるようになった気がしていた。龍太の前では、私は自分の望みを全て言葉にできる。言動、セックス、関係、服装に至るまで、私は自分のしたいこと、して欲しいこと、して欲しくないことを全て言語化し、要求することができる。楽で、楽しくて、何も考えずに思ったことを口にできる関係は久しぶりで、その解放感に浸りきっていると自分が馬鹿になった気がして危機感を抱くほどだ。人は自分の内面をさらけ出せば出すほど、その大したものの出て来なさによって、底の浅さを認識する。でも元々大したものでもない自分に何かあると妄想してしまうことの方がよっぽど恐ろしいことであるはずだ。

「いいよメキシカン行こう。久しく食べてないから楽しみ。テキーラ飲もう！」「酔っ払ったら介抱してね」「私もリュウのこといつも考えてるよ」「明後日なんだけど、前に話した原田《はらだ》さんのプロモーションがあって、原田さんちょっと入りが遅れる可能性があるみたいで、もしずれ込んで遅くなる場合は連絡するから、一応連絡待ってから出てくれる？」

連投すると、ベッドの上で目を閉じる。奮発して買ったダブルベッドは広く、腰に優しい。会社にも行かず、仕事もせず、家事もせず、男とも会わず、このままベッドと同化してしまえたらいいのにと本気で思う。振動を感じて、龍太からの返信だろうから明日でいいやと、臍から内臓が染み出てベッドの中に沈み込んでいきそうな重い胴体に顔を歪めていると、振動が続いていることに気づく。電話かと気づき、はっと顔を上げる。手に取ったスマホにはＳｏｕと出ていて、激しく動揺する。心の準備はできず、固まったまま、私は呆然とその名前を見つめていた。最後に連絡を取ったのがもう四ヶ月前のことになる。「不在着信」という通知を見つめながら、また同じことを繰り返すつもりなのかと、奏に怒りを感じてすらいた。でも、あのいつもの弱々しい声を聞いて、再会を懇願する言葉を読んで、その怒りが溶けてしまうんじゃないかという恐怖もあった。胸がざわついて再び眠りにつくことができなかった。奏はいつも、私の神経を過敏にさせる。不安にさせ、寒々しくさせ、何か決定的に自分が間違いを犯しているような気持ちにさせて怯えさせ、眠れなくさせる。

完全に覚醒してしまった脳と目を持て余して、焼酎でも飲もうかと起き上がった瞬間、スマホが再び震えた。びくりとして手に取ると、新着メッセージあり、と出ている。奏じゃありませんように、もう奏に振り回されたくないんです、でも心情的にまだブロックはできないんです、誰かに言い訳していると、ピンマークしている龍太の下に奏の名前が上がっていて②とマークが出ている。「茜音、元気にしてる？」という柔らかい口調の書き出しに、見ないで消してしまおうかとまで思っていたのに反射的に名前をタップしてしまう。長文のメッセージは短縮されており、「すべて読む」の文字をタップするとぐわっと画面が文字に覆われて、それだけで目眩がしそうだった。

「茜音、元気にしてる？　俺はあれから色々あって、仕事も結局辞めることになった。復帰する目処はまだ立ってない。ひどい状態になってたけど、今は少し回復してきたんだ。最後はベッドから出れなくなって、お腹が空いて死にそうで、このままだと餓死すると思ってマットレスの下にあった草を食べて、ずっと何も食べてなかったからかちょっと変な感じになっちゃって、ちょっと恥ずかしい経緯で入院することになって、退院してからはしばらく叔父と叔母の家で面倒見てもらって、先週ようやく部屋に戻ってきたんだ。

俺は茜音と過ごしている時だけ、前向きに生きていこうっていう気持ちになれた。美味しいものを食べて、ゆっくり寝て、明日も仕事に行こうって気になれた。あんな気持ちになれたのは数年ぶりで、目の前が光に満ち溢れて眩しいくらいだった。でも実際には、俺は茜音といればいるほどご飯が食べられなくなって、眠れなくなって、仕事へのやる気を失っていった。無気力で、何の欲望も希望もなかった頃の方が、茜音と前向きに生きていきたいと願ってた時よりも、身体的にはずっと健康な生活を送ることができてた。幸福を望むことが自分の生を蝕むのだとしたら、俺は一切の生の喜びを享受できないまま生きていくしかないんだろうか。

それでもコンビニ弁当でもレンジで加熱しただけの落ちてた銀杏でも、美味しいものを食べれば茜音に食べさせてあげたいって思うんだ。この曇った目にも縦横無尽に飛び込んでくる華麗な朝焼けや物憂い朧月、神々しい新緑、ベビーカーの中で健やかに眠る赤ん坊を、茜音と一緒に目撃できていたら、二人でそれらを見て手を取ったり笑い合ったりできていたら、そう思わずにいられないんだ。」

長文を読んでいると混乱してきて、とにかく一旦時間をおいてまた後で読み返そうと思った瞬間、龍太からのＬＩＮＥが入った。

「分かった！　原田さんに茜音ちゃんの時間取られれんのなんか嫌だけど。。」「あ、既読ついた。夜更かししてると肌に響くよ笑　明後日に向けて今日明日はちゃんと寝てね。おやすみ！」「渋谷は手繋いでもいい？笑」

龍太の苦悩することなど何一つないような言葉に、ぱっと視界が広がったように目が眩む。この間銀座で飲んだ時に、この辺は会社の人も知り合いも多いからと手を繋ぐのを拒絶した記憶が蘇って、手ぐらいいいじゃん友達の弟です懐いてる犬みたいなもんなんですって言えばいいじゃん、と甘える龍太の頭を撫でて窘《たしな》めた髪の毛の感触が手に走った気がした。自分も家庭もこんなにめちゃくちゃになって尚、人に見られたらなんていうことを気にしている自分が、今改めて滑稽だった。

「終電の時間が過ぎたら手繋いでいいよ笑」「おやすみ」

奏にはどんな言葉をかけたらいいのか分からない。夫には、何を求められているのか分からない。龍太には、どんな言葉をかけたらいいのかも、何を求められているのかも分かっている。私は何の迷いもなく龍太と接することができる。でもその答え合わせをする必要のない関係には、誰かが鉛筆でスタートからゴールまで線を引いた後の迷路をやるような退屈さが近い内に滲み始めるに違いないという予想もできていた。

「どの線の終電?笑」「また明日LINEするね。茜音ちゃんが好きだよ。おやすみ」

その言葉を確認すると、トーク一覧に戻る。もう一度奏のメッセージを読み返そうかと思ったけれど、もうトラウマのように、彼の言葉を目にするのが恐ろしかった。


不思議と、緊張はしていなかった。手元から漂う、暖かく美味しそうな匂いのせいかもしれない。インターホンを鳴らして待つが反応がなく、私はスマホを取り出しLINE通話を掛ける。開いてるから入ってと言われ、ドアノブに手をかける。一歩足を踏み入れた瞬間、足のすくむような不穏な空気を感じる。パンプスを脱いで玄関を上がると、べたつく感触に自然と爪先立ちになる。

「奏?」

足を踏み入れたワンルームの空気は淀んでいて、いつものように暗かった。

「茜音、来てくれてありがとう」

奏の口調は映画でよく見る殺し合いのゲームやホラーの脱出ゲームの参加者に掛けられるものに似ていて、床に着いている足の面積がさらに狭くなった。ベッドから降りようと苦労している奏に、いいよ無理しないでと言いながら歩み寄る。目が落ち窪んでいて、顔が茶色くすんでいるように見えた。ベッドの端に座って、肉まん買ってきたよと明るい声を上げると、ありがとう茜音、と奏は上半身を起こして私の手を握った。

「来てくれてありがとう」

「あんなこと言われたら、放っておけないよ」

出勤時間ギリギリで起きたため昨日のＬＩＮＥを読み返せないまま昼休憩に入った私は、奏から届いたＬＩＮＥを見て思い切り眉間に皺を寄せ、一緒に立ち食い寿司に並んでいた同僚の美梨《みり》さんにどうしたのと覗き込まれた。いや、何でも、と言いながらメッセージを読み返した。家に食べるものがなくて困っているという内容で、その簡潔な内容は、彼が買い物をしたり、誰か他の人に頼ったりということが不可能である事実を告げていて、救急に連絡をして保護してもらった方が良いんじゃないかと思いながら、夜まで待てるか、待てないなら救急に連絡するけどとメッセージを送った。返事は「ありがとう」で、話が通じていなかった。

考えてみればもう三ヶ月もウニを食べてない！　今日は三ヶ月分のウニを食べる！　三ヶ月分って言ったら十貫くらいかな？　と意気込んで寿司屋に並んでいた私は、なぜか奏のメッセージを見てからトロッとしたものに食指が動かなくなってしまい、あんなにウニウニ言ってたのにと美梨さんに不審がられながらかんぴょう巻きやアナゴや卵など、生物《なまもの》を避けて寿司を食べ終えた。今思えば、奏の胃が弱っているのを想像して、私も引きずられたのかもしれなかった。

「奏の好きな駅前の肉まん買ってきたけど、もっとなんかお粥とかの方が良かったかな」

「大丈夫だよ。食べる。ありがとう」

でもまだいいやと奏は言って、ごつごつした手で私の手を撫で続ける。枕元の小さなランプしか点いていない部屋は暗くてあまり様子が分からなかったけれど、あちこちにあらゆる汚れや埃が蓄積しているのが何となく分かった。

「ひげ」

言いながら顎に触ると、彼は見られたくなさそうに俯いた。

「トイレまでが限界で、最近剃れてなくて」

「シェーバー取ってきてあげようか？」

「いい。ここにいて」

すがるように腕を摑んで奏が言った瞬間、獣のような臭いがした。生活が人間的でなくなると、人は臭いも人間的ではなくなるのかもしれない。それでも抱きしめられると、以前の奏の匂いが微かに残っていて、唐突に息苦しくなる。奏に頼られても、奏に会っても、奏に触れられても息が苦しくならないように、息があがらないように、波が立たないように、メッセージを読んだ時からずっと気をつけていたのだと改めて気づく。

「病院に行こう。そうじゃないなら、叔父さんと叔母さんにもう一回頼った方がいい。こんな状態で一人で暮らすなんて絶対に無理。病院行くなら入院手続きとか手伝うし、叔父さんたちに頼るなら私が連絡してあげてもいいから」

「大丈夫。茜音がいれば大丈夫」

大丈夫と言い続けて、私が本当に大丈夫なのかと合点した瞬間、奏はもう駄目だと言う。もう分かっているし、今の姿の奏の言葉に納得する人などいないだろう。日本では、こういう人を助けるための福祉は機能していないのだろうか。精神病について素人である自分が関わってしまうのは、逆効果かもしれない。救える人が救えなくなってしまうかもしれない。何か奏が受けられるサポートがないか、明日保健所や市役所に連絡してみようと思いながら、同時に私にも何かサポートが必要な気がして一体これはどういうサポート欲求なのだろうと不思議に思う。

「ねえ奏、ちょっと部屋掃除しようか？　結構汚くなってるみたいだから」

「いい。大丈夫。いいんだ」

「物を片付けて、掃除機かけるだけでも」

「いい。ありがとう」

奏はまた私を抱きしめて、たくさん話したいことはあるんだけど、今は無理なんだと囁くように言う。横になってと言うと、茜音もここにきてと布団を持ち上げる。隣に横になると、肉まんはちゃんと食べるからね、掃除をするために掃除用具を買ったんだ、多分もう宅配ボックスに入ってるから、明日取りにいく、と奏は仰向けで天井を見上げたまま言う。

「あとで取ってくるよ」

「いいよ」

「でも無理でしょ行けないでしょ」

「茜音、俺が寝るまでここにいてくれない？」

「いいけど」

言いながら部屋の壁にかかった掛け時計に目を凝らすと、九時半だった。彼はいつ寝付くのだろう。不意にスマホが気になり、落ち着かなくなる。ここにくる途中の電車で送ったＬＩＮＥに、とっくに返事が来ているはずだった。普段この時間帯、会食や飲み会が入っていなければ連絡が途絶えることはないから、一時間も返信をしなければ龍太は心配するだろう。

この人と去年の今頃には普通にセックスしていたのだと、信じられなかった。性欲が強い方でも、精力が強いわけでも、変態性が強いわけでもなかったけれど、普通に激しいセックスをしていたのだ。海岸に打ち上げられた流木のようだ。彼の体を撫でながら思う。

茜音。ねえ茜音。入眠しかけているように見えた奏が突然すがりついてきて、私は声をかけながら体を撫でる。しばらく撫でていると落ち着いてきたようで、奏はまたぼんやりと天井を見つめる。一緒にいながら目が合うことの少ない奏を見ながら、千ヤードの凝視、という言葉を思い出す。少し前に読んだノンフィクションの本に、戦場に行きＰＴＳＤになった兵士が、しばしばこの千ヤード先を見つめるような目をすると、そしてそれは自殺前の兆候の一つでもあるとも書かれていた。身体中に蝶が舞っているようなざわつきに鳥肌が立ったのが分かった。それでも私が奏にしてあげられることはほとんどないのだろう。

「私ちょっとトイレ行ってくるね」

そう言って布団を出ようとすると、奏は目を見開いて私の手を摑み「行かないで」と言う。

「でも、トイレ行きたいんだけど」

「下のコンビニのトイレに行って。ユニットバスには入らないで」

力のない目に込められた激しい狼狽に一瞬絶句して、うんと頷く。龍太にＬＩＮＥを返そうと思っていただけで、トイレに行きたかったわけではなかったため好都合でもあった。ベッドを出てバッグを持ち、何かいる？　と聞くと奏は黙って首を振った。部屋を出ると、玄関でパンプスに足を入れながらトイレと洗面所に続くドアを見つめる。そこに何があるのか、知りたくなかった。奏の隠したいことを、私は暴きたてる気になれない。

「東横線の終電12時43分だってよ！　遅すぎない？笑」「ねえ茜音ちゃん。茜音ちゃんは俺とどうなりたいと思ってる？　俺は普通に外を手繋いで歩けるようになりたいって思ってるよ」「茜音ちゃんの俺への好きってどういうニュアンスの好き？　旦那さんのこともまだ好き？」「しつこくごめん、なかなか既読にならないから不安になって。この時間連絡がこないと、旦那さんとご飯食べてるのかなとか考えちゃってざわつくんだ。ここしばらく会ってなかったし」

　彼の軽快さが私の救いだったのに、俄《にわか》に霧が立ち込め始めた気がして、やけに広くて落ち着かないコンビニのトイレに座ったまま思わず天井を見上げる。何も立ち込めていない。ここしばらくとは何日か考えて、カレンダーを起動させて五日だと知る。私が離婚をしたら、龍太は仕事以外の時間をずっと私と一緒に過ごすつもりなのだろうか。

「連絡遅くなってごめんね。家に帰ったあと友達から電話があって話し込んじゃって。まあ向こうの愚痴ばっかりだったんだけど。。」「私も龍太とずっと一緒にいたいと思ってるよ。旦那とは会話がなくて、何を考えてるのか分からないけど、私が他に好きな人がいるってことは分かってるみたい。今すぐにってわけにはいかないけど、手を繋いで外を歩けるようになりたいって私も思ってる」「そういう好きだよ」

そこまで送信すると、何かを振り払うように立ち上がり、トイレを出る。マンションの入り口でふと思い出して、宅配ボックスに向かう。前に何度か一緒に帰宅した時に開けていたことがあったから、番号は覚えていた。

「ただいま」

おどろおどろしい部屋に似つかわしくない言葉を吐いて空気が少しでも和めばと思ったけれど、逆にホラー映画の恐怖展開が起こる直前のような雰囲気が漂ってしまい苦笑が溢《こぼ》れる。リビングのドアを開けて入ると奏の姿がなく、いよいよホラー感が高まった時、後ろに気配を感じて振り返る。

「触らないで」

奏の背後に水の流れる音がして、トイレに行っていたのだと分かるが、奏は青ざめた顔で私の手から乱暴にダンボールを奪い取った。ごとごとと中で音がして、唐突にこの人は浴室やトイレで練炭自殺を計画しているのではないかという想像に支配される。すでに七輪やコンロが用意されているから、彼はトイレと洗面所に入るなと言ったのではないだろうか。さっきまでマリファナやオナニー用具でも隠してるんだろうと楽観的に考えていたのに、取り上げられたダンボールの重さを慌てて思い返す。クローゼットの中にダンボールを押し込むと、奏は落ち着かない様子で「ごめんね」と「ありがとう」を繰り返し、またベッドに入るよう促した。

奏はうとうとし始めたと思うとすぐにはっとして私の名前を呼んだ。その度うとうとしていた私もはっと目を覚ました。時折奏がうとうとしている隙に、サイレントにして床に置いておいたスマホを手に取り龍太にＬＩＮＥを送った。

ようやく寝付いた奏を起こさないようにそろりと布団から出たのは、深夜二時を回った頃だった。ローテーブルに置かれた、袋に入ったままの肉まんを見つけて、静かに袋から取り出すと音を立てないよう気をつけて冷蔵庫に入れた。バッグを持って床が軋む箇所を避けて歩き部屋から出る。暗い廊下にはトイレからの光が漏れていて、その隙間から奥に視線を走らせる。隙間は狭くほとんど何も見えなかったけれど、トイレ内の冷たい空気を感じた瞬間ひどい悪臭が鼻をついた。靴裏のゴムの山にヨーグルトをひたひたに入れて何十日も煮詰めたような刺激臭だった。それ以上中を探る気にはなれず、私は音を立てないよう気をつけて外に出た。生ぬるい湿気た空気だったけれど、ようやく肺の隅々まで空気を満たせた気がして、一時間ほど前に龍太から届いていたＬＩＮＥも開かず、延々人気のない道を歩き続ける。

私は自分の力では制御できない獰猛な欲望を抱えていて、その欲望をどうにか夫と暮らすことで手なずけてきた。しかし夫が手綱を緩めた瞬間その欲望は暴れ出し、その手綱を奏に委託した。奏は私のせいか他の原因か分からないがとにかく自ら手綱を手放し、その手綱は今龍太の手の中にある。手綱を握らせるには心許ないが、私は彼といれば現実世界で心身ともに満たされている。

しかしこの獰猛なものの正体はなんだ。客観的に見れば過大な承認欲求ということになるのかもしれない。しかしだとしたら、現在のこの満たされなさは何だ。夫との間にセックスがあって会話も少しずつ戻ってきて関係は改善しつつあり、奏には助けを求められ、龍太は心身ともに私を満たす。それなのに依然としてそこに漫然と横たわる、心身とは別のものが満たされていないこの孤立感はなんだ。人の中には、心と体とそれ以外にブラックホールのようなものがあるのだろうか。私はブラックホールに手当たり次第腹が膨れそうなものを投げ込み満たそうとしているのだろうか。それともこれは結局、誰しも人間は一人、人類皆孤独、といった手垢のついた言葉で表されるような事象でしかないのだろうか。皆そこで諦めるのに、自分はそこで諦めも満足もできず足掻き続けているだけなのだろうか。自分のことを考えれば考えるほど、真っ暗な谷の底を覗いているような気分になる。手を伸ばせば届くところに谷底はあるのかもしれないし、何百メートルも下まで谷は続いているのかもしれない。

一歩歩くごとに、私の中の無駄な物ものがパラパラと乾いた泥のように落ちている気がして、ひたすら足を踏み出すことに専念した。でもこの慢性的な疲労と睡眠不足を思えば、深夜にひたすら足を踏み出し続けるのは無駄すぎる。無駄と無駄を掛けて導き出された、打ち勝つことのできない強大な無がそこに佇んでいるようでもあって、それでも歩き続ける私は無と溶け合うため祈り続ける行者のようでもあった。

ようやく限界まで疲れ果てると、タクシーに乗って帰宅した。三時半になっていた。玄関から洗面所に直行し、時間をかけてじっくりとクレンジングをすると保湿をしてリビングに入る。結局何も食べていなかったことを思い出して冷蔵庫を開けたけれど、顔に冷気を浴びた瞬間、さっきの奏の家のトイレの臭いが蘇った気がして一気に食欲を失う。一瞬で眠ってしまいたくて、ストロングを開けて押し込むように飲んでいると、「おかえり」と声がして飛び上がる。リビングに敷きっぱなしだったマットレスで、夫が上半身を起こしていた。缶から溢れ、口元を濡らすストロングを二の腕の袖口で拭った瞬間、それがお気に入りのカットソーであることに気づいた。

「びっくりした」

「寝室で眠れなかったからこっちで寝てた」

「ごめん、起こしちゃった……」

「別にいいよ。こっちに来て」

まだ着替えたりしてないんだけどと言うと、いいよと言われ渋々マットレスの脇に座り込む。

カットソーの裾から手を入れる夫に、今日は無理かもと言っている途中で押し倒された。

「本当にやめて。シャワーも浴びてない」

「そのままでいい」

どういう了見？　馬乗りになった夫を睨みつけて言う。疲れ切って、気が立っていた。

「浮気してるの知ってて何も聞かずに襲うばっかり。寝取られとかそういうの萌え？　本当に今日はそういう気分じゃない」

「人が人を所有する不可能性を知る現代人にとって、NTRは一つの命題と言えるんじゃないかな」

「NTRって言わないで。逆に生々しい」

「我思うから我があるんだと思う？　それとも我があるから思うんだと思う？」

「もうずっと眠いの。頭がおかしくなりそう」

「茜音には我もないし、思いもない。良心もなければ意識もない、理想も理性もない、美意識すらない」

起き上がろうとすると、夫は私の両手首を摑む。

「意識というものは十七世紀以前は存在していなかった。現代に於いて意識と訳されるコンスキエンティアというラテン語は、デカルト以前は良心と訳されていた。デカルト以降、人間の行動は己の意識が支配しているという考え方が普及した。でもその考え方が普及したのは、当時の人間が神や宗教といった価値観から脱却し、自分で思考するにあたって必要な概念だったからだ。でも意識で自己をコントロールしていても、人は結局幸福にはならない。幸福は脳刺激によって引き起こされる恍惚状態でしかない。人の幸福がセロトニンという神経伝達物質に左右されていることは現代人なら誰でも知ってる。死の間際に後悔しないことは自分が犯した悪事だけである、という言葉があるように、人は強固な意志や倫理に従って生きて満足して死んでいくような存在ではない。俺にとって明瞭な意識を持たずに生存し続ける茜音と向き合うということは、人間とは何者であるのかという問いに向き合うことなんだ。そしてその答えは恐らく陳腐なものでしかない。つまり茜音と直面するということは、人間の陳腐さと愚かさという本質に直面するということに等しい」

「ごめん、すごく眠いの」

夫がのしかかってきて無理やり服を剝がされていく。攻撃と抵抗の力が拮抗して、途中何度かブチブチと音がして髪の毛が抜けるのが分かった。何故ここまで抵抗しているのか、もう自分でも分からなかった。もみ合っているうちにマットレスから体が落ち、ごとんごとんと肘や膝、踵《かかと》がフローリングにぶつかる音がする。夫の四肢が私の太ももや二の腕を押しつぶしあまりの痛みに声が上がる。指が入れられると、これ以上暴れると膣の中が傷つくかもしれないと抵抗を止めた。怒りと屈辱とどうしようもなさをコントロールするように、ゆっくりと息を吸い込み、吐き出す。夫とのセックスは、これまでのどのセックスよりも長く感じた。

　射精した夫が床の上で眠り始めたのを、上半身を起こして見つめながら、私はあの奏のトイレの臭いが夫にうつる気がしてこんなにもセックスをしたくなかったのだと気づいた。夫への気持ちが、思考回路が、完全に崩壊していた。訳のわからない、ビンゴの紙のように無秩序な数字の連なりを見つめるような思いだった。私は自分の原理が分からない。私は何の為に生きているのか分からない。夫の言う通り、私は我思わない故に我がない。しかし夫は意識と幸せの間には相関関係がないと言う。そもそも私は幸せを求めているのだろうか。脳刺激による幸せを求めているのだろうか。そもそも我がない人が幸福を感じることは可能なのだろうか。我が明確でないならば、我以外が明確に存在するはずもなく、我が明確でないのならば、脳刺激もまた明確には作用しないのではないだろうか。そもそも人間を幸福に導く脳刺激とは恋愛によってもたらされるものなのだろうか。そもそも私がしているのは恋愛なのだろうか。なんの情報もない真っ白な正方形のキューブの中に放り込まれ延々中を走り続けているような気分だった。右も左も、上も下ももう分からない。ここが中なのか外なのか、夢か現かも分からない。這うようにしてマットレスに寝そべると、吐き気に襲われていることに気づいたけれど、手を伸ばして掛け布団を被り、そのまま目を瞑った。体中が痛かった。でも吐き気とも、体の痛みとも、自分は切り離されている気がした。

原田さんの車が遅れているそうで、最大三十分押しの可能性があります。申し訳ありません。秘書から連絡を受けた私はすぐに、すでに撮影のセッティングを始めていたファッション誌のチームにそう伝えた。開始時間がずれ込む可能性ありと伝えていたこともあり、全然問題ありませんと皆が笑顔で答えたが、夕方始まりの取材で三十分押すとなれば、編集者、ライター、カメラマンそれぞれの夜の予定を締め付けるに決まっているし、この後にも二件の取材が控えている。じりじりしながら、このファッション誌の後に入っているコスメ誌と、コスメサイトの取材スタッフに電話を掛ける。

謝罪する時も平謝りにはならないように気をつけてと、三年前、この会社に入ってすぐの頃直属の上司に注意されたことがあった。人気商売なんだから、足元見られないように常に強気でいなさいという意味だ。時代は少しずつ変化している。そんな前時代的な感覚でいたら、今にも競合他社、特にハイエナのように安く早く仕事をする気鋭の企業にシェアを奪われるに違いないと、私は入社早々上司に反発心を抱いた。実際、これまでの高級路線では立ち行かなくなると経営陣が危機感を募らせ、私たち若い社員を中心にチームが結成され、低価格の新ラインを立ち上げることが決まったのだ。第一弾企画として有名服飾デザイナー原田悦司《えつし》とのコラボレーションが決まり、発売に先駆け原田さんのインタビュー記事を自社の広告を出している雑誌に半タイアップで載せてもらうことになったというのに、ここまでですでに原田さん側から二回日程を変更され、もう流石に変更はないだろうと思っていたところにきての遅刻だった。

「大抵の人にできるのは一つのことだけです。僕はデザインしかできない。こうして人と話すことだって向いてない」

取材陣が笑って、そんなことないですよとライターが大げさに言う。

「話すことには、ライターのあなたの方がきっと向いているはずだ」

不穏な人だ。企画段階からずっとメールを交わしていたし、打ち合わせも重ねていたけれど、会えば会うほどその印象は強まるばかりだ。プライドと生来の卑屈さが拮抗して出来上がった人格、と勝手に想像しながら、奏も彼のように仕事で評価されていたら、あんな風にはならなかったのではないだろうかと思う。鬱の人が頼れる福祉について調べようと思っていたけれど、今日は朝もぎりぎりに出社したし、結局このプロモーションの準備に追われて何もできなかった。

「肉まんおいしい」昼過ぎにそれだけ入っていた。しばらくサポートをした方が良いのだろうか。流木のような奏がベッドに硬く横たわる姿が頭に蘇る。

「小路《しょうじ》さん」

広告の資料に視線を落としたまま奏の記憶に浸っていた私は原田さんに唐突に名前を呼ばれ慌てて顔を上げ、はい、と微笑む。原田さんの目尻に走る皺を見て、彼は龍太より二十年も長く生きているのだ、という事実を不意に思い出す。

「小路さんが送ってくれた企画書と依頼書が良かった」

「え……」

「物を売って生きている人々の多くが、今のこの経済難の中で暴力的に顧客を奪い合っている。一つでも多く売れる商品を作りたがっている。自己実現とは大凡《おおよそ》、資本、趣味、倫理の三つの面からアプローチする。金持ちになりたいという欲望、好きなことをやりたいという欲望、倫理的正しさを追求したいという三つの欲望が人を突き動かす。売れればいい、という考え方は暴力的だし、好き嫌いで物事を捉える趣味判断も幼稚で愚か、倫理的正しさの追求はそれと相反する自分自身の小さからぬ側面を絞め殺す諸刃の剣で、物作りと倫理の追求は本質的に相容れないところがある。物を作る人は大抵、その内なる欲望のバランスと矛盾に悩み続けているものだとも思う。僕は趣味判断に重きを置いて、資本と倫理についてはそこまで比重を置いてない。でも社員のために稼がないと、とも思うし、作りたい物と作るべき物の差にいまだに思い悩むこともある。そこにきて、今回の仕事の依頼は斬新だった。おそらく弛《たゆ》まぬ努力と愛を持ってコスメに挑み続けてきたであろう小路さんの言葉には、その三つの自己実現に向かうアプローチのどれも感じられなくて、端々に諦念が感じられた。最初はシニカルな態度にも見えたけど、それは一日の半分も過ぎれば崩れて、一日の最後には自ら落としてしまうメイクというものに魅せられた人間の刹那性によるものなんじゃないかと企画書を読み込む内に思うようになった。それは山があると登らずにいられない登山家に通じるものがある。売れたいでも、好き嫌いでも、正しさでもなく、目の前に洗いたての顔があれば、今日の終わりには落としてしまうと知りながら自分の持ち得る技術を最大限駆使して、今日一日のために今できる最高のメイクをするというスタンスは、未来永劫これを所有したいと願うものを作っている僕には眩しかった。抗えない衝動に突き動かされて最高地点を目指すという点においては、登山もメイクも芸術と言えるのかもしれない」

原田さんはそう言い切ると、満足そうに微笑んだ。この会社に来て初めて、自分で企画立案の段階から担当してきた商品だった。前にいた会社では部署全体で商品を作り上げていくスタイルだったから、自分の作りたいものがどんどん自分の作りたくないものに出来上がっていく絶望を味わってきた。じわじわと喜びがこみ上げてくるのが分かって、曖昧に微笑みながら私は視線を手元に落とす。

「なるほど。では、今回の仕事が原田さん自身に対して与えた影響はありましたか？」

ライターの質問に、原田さんは更に饒舌に語っていく。自分のことも分からないくせに人のことなど分かるはずがないと思いながら、原田さんの言葉をより理解したいと、レコーダーも回しているというのに断片的に彼の言葉を手帳に書き留めている最中にポケットの中のスマホが何度か震えた。やっぱり少し遅くなるから会社出る時連絡するねと伝えた龍太からの返信だろう。

ほんとごめん、ここまで遅くなるとは思ってなかった。私の言葉に龍太はいいよと微笑む。でもなんだよ原田って、遅刻した挙句設定時間延ばすって、しかもこんな夜にさ。みんな文句言わないの？　龍太の言葉に、言うわけないじゃんと笑う。若者ばかりの店で働いているせいか、龍太と私の仕事に対する姿勢が対立気味であると気づいたのは最近のことだ。そんなの仕方ないじゃない仕事なんだから、と思うことに、龍太はなんでそれが仕事なの？　断れないの？　と突っ掛かる。それが単に自分の常識と違うということで突っ掛かっているのであればまだしも、そんなことに時間を費やして自分との時間を削らないでほしいという苛立ちが籠っているから、その子供っぽさに私は少し引く。夫も奏も私の仕事を尊重し素直に評価するタイプだったからこそ、彼の感情的な私見には耐え難いものを感じた。

ラストオーダーが迫っているので、お食事のご注文はお早めにお願いします。入店と同時に店員に言われた言葉にも、龍太は苛立ちを募らせているように見えた。ピニャコラーダというカクテルで乾杯しながら、会社を出る前に奏から入ったＬＩＮＥが気になっていた。「肉まん食べたらすごく元気になったよ。今日は部屋の掃除してるんだ。明日はお風呂に入って、久しぶりに外に出て、駅前に新しくできた卵サンドが有名なサンドイッチ屋さんに行こうと思ってるんだ。甘い卵焼きが挟まってるんだって」。一読してほっとしかけた時に、ふと思い出した。千ヤードの凝視について書かれた本に、これから何々をするとか、未来について計画したり、楽しげに語ったりして、周囲がうつ状態から回復してきたと安心した矢先に、自殺は起きやすいとも書いてあったのを。

「どうだった？　原田某は。俺はEtsujiの最近のデザインは好きじゃないんだけどね。茜音ちゃんのところでやったコラボも、デザイン性が先走りすぎてない？　茜音ちゃんが丹念に研究して立ち上げた新ラインなのに、消費者を寄せ付けないデザインになってる気がする。それにせっかくの低価格ラインなのに単価上がっちゃったんでしょ？」

「単価は当初の予定より上がっちゃったけど、デザインだけじゃなくて機能性も優れた設計になってるし、全国のコスメオタクに自信を持って勧められるものになったよ」

「茜音ちゃんが満足してるならいいけど」

「大満足だよ。原田さんが、メイクと登山は自己実現を目指すのではなく、衝動に突き動かされて最高地点を目指す芸術だって言っててね」

「あの人いい歳して厨二病？」

龍太がバカにしたように笑って言うのを、半ば啞然として見つめる。私が耐え難いと感じるのは、彼が主に言葉のやり取りに於いて一元的な価値観に固執しているからだ。多層性、複雑性を認めず、人にしても言葉にしても一番外側の表皮しか見ようとしないし、真意を摑もうという殊勝な姿勢もない。でも同時に、私は彼のそういうところに惹かれたのだということも理解していた。

「私はその言葉に救われたよ。原田さんに言葉にしてもらって、ずっと抱えてきた孤立感が少し癒えたような気がした」

「茜音ちゃん孤立感あるの？　俺がいるのに？」

何だかもう呆れて、笑って口を噤む。今の会社に転職して三年、どこかで馴染めていない気がしていた。いや、私は最初にＢＡとして働き始めた時から一度も、自分が職場に馴染んでいると思ったことはなかった。イベントや企画を成功させても、上司に評価されても、後輩に慕われても、どこかで疎外感を抱いていた。そもそも仕事で満たされるタイプではないのだろうと、湧き上がるコスメへの衝動に突き動かされ、粛々と一人研究に力を入れていた私は、今日ほとんど初めて自分が何者かを知っている人間と出会ったような気さえしていたのだ。

「まあでも原田さんも落ち目だよね。買収されるんじゃないかって噂も流れてるし」

自分の趣味でないものを頭ごなしに否定するのは、若い男にありがちな傾向ではあるが、そういう子供っぽい面を見せても大丈夫な相手と思われているのかと思うと情けなくなる。結局のところ、私が原田さんを評価している限り、龍太は原田さんを否定したいのだという意思が見え、私はやってきたサボテンのサラダに美味しそうと声を上げ話を逸らした。

龍太の一押しだというナチョスが出てきた頃、龍太が何かを振り切ったような表情で「ちょっと聞きたいんだけど」と切り出した。

「言いたくなかったら何も言わないでって最初に言っとくよ。暴きたてたいわけじゃないし、俺は茜音ちゃんと仲良くしていられればそれでいいと思ってるから」

「なに……」

「茜音ちゃんは俺の他にも不倫してる人がいるの？」

由梨江だ。私はずっと懸念を持ちながら、関係を疑われることが怖くて口止めをすることができずにいた地雷を改めて思い出す。私の個人的な話を弟に漏らすことはないだろうと踏んでいたが、由梨江と龍太はきょうだいの割に友達感覚で接していたからあり得なくはないとも思っていた。今日会った時から、何となく苛立ちを感じていたけれど、原田さんのことだけではなかったのかとようやく気づく。

「昨日母さんの誕生日で、ちょっと夜家族で集まって、姉ちゃん飲んでたから車で送ったんだけど、その時に茜音ちゃんの話になって。ちょっと前に二人で飲みに行ったって言ったら、茜音に手出すなよって、もう泥沼不倫に嵌ってるからって言われて。聞いてもそれ以上は何も教えてくれなかったんだけど」

「龍太の前に付き合ってた人がいたのは事実だよ。でも、龍太とそうなった時にはもう終わってた。もうずっと夫と関係が破綻してたから、離婚する気でいた」

「その人と付き合ってた時、離婚しようと思ってたの？」

「思ってたんだけど、彼が参っちゃって。結局長くは続かなかった」

「姉ちゃん、現在形で言ってたけど、別れたこと姉ちゃんには言ってなかったの？」

「彼が不安定で、何回ももう会わないとやっぱり会いたいを繰り返されて。最後は本当にもう無理お終いってお互いに納得して別れて、そのことは由梨江にも話したんだけど、どうせまたヨリ戻すだろうって思われてたのかも」

「その人と別れたの、いつなの？」

四ヶ月前だけど四ヶ月前とは言いづらくて、由梨江に別れたと告げたのがいつだったか猛スピードで脳内を巡らせる。確か二ヶ月ほど前に飲みに行き、もうすっぱり別れたと告げたはずだった。限界までサバを読んで「半年前くらいかな」と答える。龍太にとっての半年は、私にとっての半年よりも長く感じられるはずという打算もあった。

「そっか。もう別れてるなら、別にいいんだ。なんかどっかですごく不安で、旦那さんのこととか他の男のこと考えると耐えらんなくて」

「私はそんなに器用じゃないよ」

「その彼とは、もう連絡取ってないの？」

「別れた後ＬＩＮＥがきたことがあったけど、返してない」

「茜音ちゃんの気持ちは、もう割り切れてるの？」

「どっかで、引きずってるところもあったかもしれないけど、リュウがいるから今はもう平気」

「そっか。ならいいんだ。ごめんねなんか、聞かれたくないことだったよね」

「ううん、私は全然大丈夫。もう終わったことだし、自分の中でも片付いてたから」

チーズが固まり始めたナチョスの味が分からなかった。あの奏の家のトイレの臭いが鼻をかすめた気がして、顔の筋肉が強張る。いつものノリに戻った龍太も、どこかぎこちなく感じた。龍太を失いたくなかった。この人に全てを差し出したいと願った。私はなぜこんな願いを持つのだろう。全てを差し出したら私はなくなってしまうし、向こうだって全てを差し出されても困るだろうに。龍太に全面的に迎合するようなコミュニケーションを取られ、疑問を抱いている自分だっているというのに。

まだメトロの終電すら出ていない時間、私たちは手を繋いでホテルに入った。二人きりになった解放感もあってか、あるいは歩いている内に最後に飲んだテキーラが回ったのか、さっき納得したと思ったばかりの龍太はごね始めた。前の彼と付き合ってた時は離婚したいと思ってたのにどうして今は離婚しようと思わないのか。自分と結婚する気はないのか。このままだらだらと不倫を続けるつもりなのか。結局遊びなのか。茜音ちゃんとずっと一緒にいたいんだよと、抱きしめてくる龍太を抱きしめ返す。

「私もリュウと一緒にいたいと思ってるよ。このままでいいとは思ってない。離婚のことだって考えてないわけじゃないよ」

「茜音ちゃんを責めるつもりはないよ。でも旦那さんはおかしいと思う。旦那さんは他に好きな人がいるって知ってるんだよね？　それで容認してるってどういうこと？　おかしくない？」

夫は容認しているわけでもないはずだ。私の愚かさと陳腐さに、夫は困っている。でもそんなことを仕事で遅くなることや過去の恋愛に割り切れない思いでいる龍太に伝えるわけにもいかなかった。

「私もリュウと一緒になりたい。時間がかかるかもしれないけど待っててほしい」

わかった、と呟く龍太の頭を撫でる。めんどくさいこと言ってごめん、という言葉に、めんどくさくないよと答える。それは本心だ。夫や奏に比べて、彼は全くめんどくさくない。龍太は同棲なり結婚なり、一緒にいる時間なり、具体的なものだけを求めているからだ。めんどくささの臨界点を越して尚捻《ねじ》れ続ける夫や奏に対して、龍太は臨界点で折れるか、爆発するかのどちらかだろう。でも正直、どこかでここまで乖離《かいり》性のない人間がいるのだということに戸惑いも感じていた。どこかで、そろそろ表を制覇して、人間的な不可解さ、矛盾、非合理性に触れるのではないかという期待をしていたのだ。どこまでいっても恋愛の成就が頂点に君臨し、ひたむきにそこを目指して愚直に表の面だけで生きている龍太に対して、私は不可解さを抱かずにはいられない。彼は、自分の望みを全て自分で把握できると思っている。把握できないものの存在を完璧に無視し、具体的なものだけに執着し、抽象的な思考を徹底的に排除している。その徹底した即物的な生き方は、側で見ていると逆にその底知れなさに空恐ろしくなる。彼のめんどくさくなさは、私にとって最大の謎でもあり、闇でもある。

シャワー浴びる？　キスをしながら聞いてきた龍太に、一緒に浴びようかと言うと、じゃあせっかくだからお風呂張ろうよと彼は立ち上がる。ベッドに横になって目を閉じていると、一瞬で眠気が襲ってくる。冷たい手の感触ではっとすると、龍太がワンピースの裾から手を入れていた。

「まだ寝ないで」

甘えたように言う龍太に思わず笑って首に手を伸ばす。長いキスの後に、ワンピースがたくし上げられる。痛くなってきた、と言いながら龍太がズボンを脱ぐと、私は上に乗って彼のシャツのボタンを外していく。

「なんかちょっと久しぶりだから」

「だから？」

「あんま耐えらんないかも」

ボクサーパンツの上から、睾丸《こうがん》から亀頭までゆっくりと刺激する。深く息をする龍太に愛しさが募る。

「なんかちょっと、今日はヤバいかも。一回目短くても許して」

許さない、と笑ってパンツを脱がせると、両手で刺激していく。ちょっとー、と起き上がり、龍太はワンピースの裾から手を入れパンツの中に手を入れる。互いの声が上がり始め、しばらくすると水の音が止まった。お風呂は？　と聞くと無理かもと龍太は言う。

「いいの？」

「なんか今日は色々無理かも」

顔を上げると笑っていると思った龍太は少し悲しげな顔をしている。指を入れてしばらくすると、龍太はパンツを脱がせて膝を立てた私の足元に移動する。彼は毎回必ずセックスの前に潮を吹かせる。なんかすごい出そう、と警告すると、すごい出していいよと龍太はクリトリスを擦ってから、人差し指と中指をゆっくりと挿入する。

「ちょっと待って」

我に返った声を出して指を抜いた龍太は「なに」と私が訝りながら上半身を起こすと同時にワンピースをたくし上げ一気に脱がせた。ブラジャーだけの姿になった私は突然のことに言葉を失っていたけれど、龍太の視線の先を見て更に言葉が見当たらなくなる。

「どうしたの、これ」

右太ももの付け根に手の平サイズの痣ができていて、膝にも二箇所大きな痣ができていた。太ももの方は濃い紫から赤のグラデーションになっていて、自分でも驚く。昨日の夫とのセックスが頭に蘇り、龍太の視線をかいくぐるように俯く。両手を取られ、じっと見つめられる。両手首もうっすらと赤くなっていた。

「何されたの？」

「昨日喧嘩して、ちょっと揉み合いになって」

「は？」

龍太の語気の強さに固まっていると、彼は私の背中を覗き込み、ここも、と肩甲骨の辺りに触れた。確かに、体がギシギシしていると思っていた。奏が寝付くまで待っている時ベッドに肘をついて上体を反らしていて腰を痛めていたのと、もみ合ってセックスをして疲れているのだと思っていた。シャワーを浴びていれば気づいただろうにと思うけれど、そもそも私は夫とセックスをしたあと一度もシャワーを浴びずに龍太とセックスをしようとしていたのだとも気づいて呆然としていた。今にも潮を吹かんとしていた濡れた性器が、少しずつ冷えていくのが分かった。

「旦那さんに会いに行く」

ベッドの上でブラジャー一枚のまま、私は絶望する。何言ってんのと笑うけれど龍太は笑わない。

「やめて。私は行かないよ」

「じゃあ俺一人で行くよ。前に車で送ったことあるから場所分かるし。それにその方がいいと思う、茜音ちゃんはもう二度と旦那さんに会わない方がいい。ここで待ってて」

言いながら龍太は服を拾い上げ次々身につけていく。ぴったりとしたグレーのパンツに、ネイビーにネオンカラーの黄緑色の模様が映えるてろんとしたシャツは、さすが龍太と思わせるコーディネイトだ。それで靴が深いバーガンディのエナメルだったから、もう完敗とすら思っていたつい二時間前の自分があまりに呑気だったことに気づく。手首の痣にすら気づかなかったのはワンピースの袖が長かったからで、今日これを着たのは龍太が前に可愛いと褒めてくれたからだった。

「会ってどうするの。落ち着いてよ。リュウは私と不倫してて、もしこの状況で旦那に怪我でもさせたらとんでもない額の慰謝料請求されるかもしれないよ」

「茜音ちゃんは自分が何されたか分かってる？　暴力振るわれたんだよ？　そんなことされて何とも思わないの？　そんな男とこれからも普通に暮らしていくつもりなの？」

もし龍太が夫に会って、夫から昨晩セックスをしたと聞いたりしたら、完全なレイプだと思い込んで夫にひどい怪我をさせる可能性もある。もちろん無理やりではあったけれど、本気で拒んでいれば彼はセックスを完遂できなかったはずだ。ここまでの痣ができているのだから、私が激しく拒んでいたのは間違いないけれど、レイプされたという意識はなかった。そしてこれは、意識の低い女がいるから自分たちの立場まで危うくなる、とフェミニストから批判されるべきニュアンスの意識のなさではない。ハードなSMプレイをする者同士は、パートナーとギブアップサインを設定するのが一般的で、設定したワードやジェスチャーで相手に本当にもう無理だと伝える。夫は私から本当のギブアップサインが出されていないのが分かっていたから、無理矢理セックスしたのだ。もちろん本当に嫌だった。でもギブアップではなかった。嫌なセックスだったけれど、レイプではない。もちろん、本当のギブアップサインを分からない人、勘違いした人によって性被害を受けてしまう人がいるのも事実だが、乗り気でないセックスを十把一絡げにレイプとすることは、セックスそのものの持つ意味を矮小化させてしまうし、そんな意味なくていいと切り捨ててしまうことは、人間の意味を矮小化させてしまうことにも繋がる。でもそんなことを龍太に言っても無意味で、目に見える世界だけを信じている彼にとって、セックス＋痣＝レイプに違いなく、それは1＋1＝2であるのと同じくらい当たり前かつ正しい公式なのだ。

　ちょっと待ってよ、言いながら慌ててワンピースを被って、パンツを探す。焦ったまま掛け布団を完全に剝ぐけれど何故か見つからない。諦めてノーパンのまま、服を全て身につけた龍太の手を取る。

「お願いだから冷静になって。そんなことして、困るのはリュウだよ？　私も困る」

「向こうだって自分が暴力振るっておいてこっちの暴力咎められないでしょ。表沙汰になったら俺は不倫してる暴力野郎だけど、向こうだってDV夫ってことになる。茜音ちゃんは何も心配しなくていい。今日からうちに住んだらいい。そんな暴力振るう人と一緒にいさせられない。でもそれだったら茜音ちゃんも一緒に行って荷物取ってきた方がいいね」

「夫と私の関係は、きっとリュウには理解できないところがあると思う。私だって暴力的なことをされるのは耐え難いよ。でもそれはリュウが思ってるような暴力ではなくて、六年間の夫婦生活で積み重ねてきた関係性の中で振るわれた暴力なんだよ。揉み合っただけで、殴られたり蹴られたりしたわけじゃないし」

「どうして庇うの？」

　初めて聞く龍太の大声に固まった私の様子を見て、龍太は落ち着こうとしているのか深呼吸のように大きく息をする。

「……茜音ちゃんが結婚したのは五年と七ヶ月前だ」

「え？」

覚えてるの？　と言いながら思わず笑ってしまう。頭を撫でようとすると、龍太はその手を優しく摑み、両手で包み込んだ。

「茜音ちゃんが暴力振るわれる状況なんて理解できるわけない。茜音ちゃんはそれでいいの？　積み重ねてきたからって許されることじゃないよ」

彼の真っ当さが愛しくて、耐え難いほど息苦しかった。

「俺と一緒になってよ」

項垂《うなだ》れる龍太の手を握って、ベッドに誘導する。さっき私が潮を吹かんとしていた場所に彼は腰掛け、泣き始めた。

「こんな思いし続けるの無理だ。耐えられない」

肩を震わせる彼の背中を、何も言えないまま撫で続ける。龍太はその晩何度試しても一度もセックスができなかった。私を痣だらけにしてもセックスをする夫と、痣を見ただけで勃たなくなった龍太は皮肉なまでに対照的だなと呑気なことを思う。泣きはらした目をして、勃たなかったという事実に打ちのめされている様子の龍太を置いていくことができず、私は朝の六時までホテルにいた。行かないでと懇願する龍太に、次何かされそうになったらすぐに逃げるからと約束して、私はホテルを出てタクシーに乗った。龍太はなんの欠点もない男だ。落ち度もなければ欠陥も何もない。それでも私はあそこまで乖離性のない人間と一緒に居続けることは不可能なのではないかと思い始めていた。彼が即物的に世界を捉えているからこそ抱いた怒りと悲しみに触れた瞬間、足がすくんだ。可愛いと思って一目惚れして買ったペットが、大きくなるにつれてその飼いづらさを発揮し始めたようだった。フェレットが自分よりも大きいワニに育ったようで、その変貌ぶりがすごいのか、それとも私の無責任さがすごいのかよく分からない。いや違う、彼は変わってなどいない。ワニにならなければ打ち勝てない現実に対して、フェレットのまま打ち勝とうとしているのだ。そして私はその変わらなさにビビっているのだ。それで飼いにくくなったなどと思っている私は、一体何者なのだろう。

奏から追送LINEが入っているであろうスマホを見るのが億劫で、私はまずスナップチャットを開いて飲み会に誘う友達のメッセージに返信し、次にメールを開いた。迷惑メールを一括削除しようとチェックを入れている途中で、Ｈａｒａｄａという名前を見つけて胸が躍る。

「小路さん　今日はお疲れ様でした。もう少し小路さんと商品についてお話ができるかと思っていたんですが、本当に満遍なくプロモーションでしたね。良かったら今度内々の打ち上げをしませんか。好きなお酒を言ってくれればそれに合うお店を探します。」

二人で行くつもりか仲間を同行させる体か、わからない形で誘っているが、好きなお酒を挙げろということは二人だろうか。「原田さま　昨日はお世話になりました。改めて原田さんのお話が伺え、幸福な時間でした。アイシャドウの粉が舞わないよう設計していただいたパレット内の歪みや、角度を変えられるパレットのミラーなど、変態的なこだわりを言語化していただいたことで、この商品にかけられた情熱がより伝わるだろうと確信いたしました。打ち上げ、ぜひぜひやりましょう。お店選び、お任せしてしまって良いのでしょうか？　こちらでも良さそうなところをご提案できますので、もし必要でしたら仰ってください。私は日本酒が好きです。原田さんはモルトウィスキーがお好きだと仰っていたのを以前エルプレスのインタビューで拝読しました。ウィスキーには疎いので、今度お会いした時には美味しいものをお教えいただけると嬉しいです。」

何度か読み返した後送信する。ため息を一つつくと、LINEを開く。

「茜音、買ってきてくれた肉まん全部食べたよ。部屋もすごく綺麗になった。全部茜音のおかげだ。ありがとう。茜音はいつも、自分は俺に何もできなかったって言ってたけど、そんなことないんだよ。茜音がいなかったらここまで生きていることもできなかったかもしれない。ずっと自分のことで精一杯になってたから、茜音には辛い思いをさせたと思う。茜音が何を思ってるのか、ちゃんと聞きたい。もしもまだ俺と会おうと思ってくれるなら、今度はきちんと茜音に向き合いたい、全てを受け止めたいと思ってる」

LINEが入っていたのはつい一時間前だった。激昂してヒステリックに自分の憤懣《ふんまん》や怒りをぶちまける女に向き合う時の男はこんな気持ちなんだろうか。奏といると、よくそんなことを思う。彼はいつも自分自身のことで精一杯で、自分の中の衝動や絶望に振り回されていて、一緒にいても一緒にいることができなかった。彼が向き合っているのは常に自分自身で、私はずっと蚊帳の外だった。自分で蚊帳の外に追いやったくせに時折手を伸ばして蚊帳に引き入れたと思ったらもう一枚蚊帳を張っていて結局私を拒絶する。私が彼にどんなに時間や言葉や手間をかけても、彼は私の中に自分しか見ていない。私は必要な時にクローゼットから引っ張り出される全身鏡のようなものでしかない。奏のことが腹立たしかった。呆れてもいた。

掛ける言葉が一つも見当たらず、返信しないまま静かにスマホをバッグにしまった。家に帰ると、キッチンのトースターの前に夫が立っていた。おかえりと声を掛けられ、私はただいまと呟く。

「昨日の夜バゲットを買ってきて夕飯に食べたんだ。その残りを食べようと思って」

夜ここで一人バゲットを齧る夫を想像して虚しくなる。

「体中痣だらけだった」

「彼に見つかったの？」

黙ったまま夫の背中を見つめる。彼、何だって？　可笑しそうですらある夫の言葉に胸をえぐられたような痛みを感じた。でも次の瞬間にはすっとどうでも良くなる。夫の乖離性が心地よかった。安堵してすらいた。いい香りを漂わせるトースターを開け、夫はバゲットを皿に取り出した。

「生ハムとか、チーズとかあったはずだよ」

「もうないよ」

そう、と言いながら、もはや自分がこの家の冷蔵庫の中のものを何も把握していないということに気づく。仕事と男にかまけて家を空けることが増え、私は少しずつこの家のあらゆるものから切り離されてしまった。何かと激しく癒着したかった。会いたい、ほとんど反射的な欲望が湧き上がったけれど、会いたいのが夫なのか奏なのか龍太なのか分からなかった。バゲットを頬張る夫を、私は冷蔵庫に背を凭せて立ち尽くしたまま、金魚が餌にパクつくのを観察するように眺めていた。びっくりするほど滑稽だった。私も、夫も、バゲットも、この家の全てが滑稽だった。

「今日会議なんだ」

「ふうん」

「茜音は何時に出るの？」

「化粧したら出る」

「八時くらい？」

「かな」

「じゃあたまには一緒に出る？」

「そうだね」

化粧する。と呟くと私は洗面所に入り、一から手順を踏んでメイクを落としていく。肌にハリがなかった。しばらくパックをサボっていたし、長時間メイクを落とさなかったし、徹夜だし、三十を過ぎた肌にはあまりに過酷な状況だった。それでもすっきりと全てを剝がされた顔になるとメイクをする気力が漲ってきて、私はドレッサーに向き合う。下地、リキッドファンデ、コンシーラー、ノーズシャドウ、フェイスパウダー、ハイライト、次々にベースメイクを施していくと、極細のアイブロウペンシルで眉毛の輪郭を描き、パウダーを載せてぼかし、アイブロウマスカラを薄く塗る。

この間出来上がったばかりの、原田さんのデザインした新商品のアイメイクパレットの見本品を手に取り、ボタンに指を掛けてパカっと開ける。八色のシャドウと四色のジェルライナーが詰め込まれたパレットの宇宙がどっと広がり自分が真っ暗闇に包まれた気がしてそのどこにも行きようのなさにほっとする。真っ暗闇の中で、パールやラメのアイシャドウが、メタリックやマットのアイライナーが、輝く惑星のように感じられる。迷子になりそうな自分を、この惑星たちが繋ぎ止めてくれる。そんな気がした。

震えたスマホを手に取ると、今入ったばかりのメールを開く。「急なんですが今晩空いていたりしないですか？　空いていなければ来週か再来週の空いている日を教えてください。日本酒の品揃えがいい、一軒家の地鶏専門店にお連れしたいです。」宛名と署名のなくなったフランクなメールに、「今晩、八時以降なら大丈夫です。地鶏のお店、空いてるでしょうか。。」と返す。「連日僕の顔をお見せすることになりちょっと恐縮ですが笑。じゃあ後ほど店の情報送ります。取れなかったら僕の行きつけの淡路島料理のお店にお連れします」とすぐに返事が入る。

アイホール全体と、下まぶたにブラシでマットなベージュを、二重の線から五ミリ上までオレンジの偏光パールのクリームシャドウを指で叩いて載せ、黒目の上から目尻にかけての二重幅に濃いオレンジを載せる。下まぶたの目尻側三分の一にもオレンジを、斜めにカットされたアイブロウブラシで細く塗る。アイラインはリキッドのグレーで、目の真ん中から目尻の五ミリ先まで細く引き、下まぶたにはペンシルのグレーのライナーで、目尻から三分の二まで引き僅かにぼかす。生え癖があり、左目の目頭一センチだけ下向きになってしまうマツエクをホットビューラーで持ち上げ、まつ毛の先端にマスカラを塗ると、乾く前にピンセットで程よい束感をバランスよく仕上げていく。このメイクを落とすとき、私はすでに今の私を喪失しているのだろうか。そう思いながら、メイクをフィックスするためフェイシャルミストをスプレーし、Tゾーンだけティッシュオフする。

鏡を見つめる女。斜めから、正面から、右から、左から、顎をあげて、顎を下げて、様々なアングルで最後のチェックをすると、リップライナーで縁取った唇にリップを塗り化粧を完成させる。リップの形を確認するため形式的に微笑む女。訳も分からず、彼女は準備万端である。

ストロングゼロ
Strong Zero

デバッガー
Debugger

コンスキエンティア
Conscientia

アンソーシャル ディスタンス
Unsocial Distance

テクノブレイク
Technobreak

十歳の時、非常階段から何時間も下を眺め、生まれて初めて本気で自殺を考える。十三の時、彼氏と喧嘩した挙句初めて手首を切る。リストカットはその日以降数年間に亘り繰り返すこととなる。十六の時脱法ドラッグにハマって廃人化し高校を中退。過食と拒食を繰り返しながら大学検定を受け、大学に入学。周囲との温度差、明度差にうんざりしながら大学生活を送りつつパパ活に勤しむ。ゼミの一年先輩であった幸希《こうき》と付き合い始めパパ活を止める。点滴を腕に固定されたままベッドに横たわって曇りガラスの窓を見上げ、久しぶりに自殺を本気で考える。↑New！！

どうしてこんな人生なんだろう。どうしてこんな人間なんだろう。ぐるぐるする疑問が点滴から注入されている安定剤のせいで思考力を奪われた頭に渦巻き、手を窓のロックに向かわせるかと思った瞬間、「小嶺《こみね》さん」と控えめな呼びかけが聞こえてドアに顔を向ける。「そろそろ行きましょうか」という禍々しい何かをオブラートに包んだような言葉に頷くと、私はベッドから起き上がり点滴スタンドを引いてくれる看護師さんについて歩く。いつもある指輪がそこになくて、親指で薬指の付け根をなぞる。処置台の上で、両腕と両脚を固定され、数を数えてくださいと言われ一から二十四まで数える。

本当に視界ってぼやけるんだ、と思う。ぼやけた視界の中に幸希の姿を見つけた時、ぼやけた視界の中に初めて見つけたのが彼で良かったと思う。彼以外のものが目に入っていたら、きっと私は酷く傷ついていたに違いなかった。

「大丈夫？」

控えめな声に頷いて、「寝てていいよ」という声にまた僅かに顎を動かし目を閉じると、幸希の手に包まれ左手が暖かくなった。幸希はいつも「大丈夫？」と聞く。私がぼんやりしている時、言葉が少ない時、歩みが遅くなった時にも聞く。うんと微笑んで答えると、彼はいつもほっとしたような表情を見せる。彼は私が苦しむことを忌んでいる、いや、恐れていると言ってもいいかもしれない。でも、愚かな彼はうんと答える私をそれ以上疑うことはなく、うんと言われれば沙《さ》南《な》は大丈夫なのだと信じ込んでしまう。

「あれ、私寝てた？」

「十五分くらいしか寝てないよ」

「そっか。さっきより全然意識がはっきりしてる」

「お水飲む？　もう飲んでいいんだよね？」

「うん。バッグの中にあるから取ってくれる？　あと指輪もちょうだい」

役割を与えられた幸希はどこか安堵したように私のバッグを取ってきて、ペットボトルの蓋を開けてから私に手渡し、自分のポケットに入っていた指輪を取り出す。十五時間固形物を、八時間水分を絶っていたためゆっくりと飲み込み、指輪を嵌める。少しずつ、非常事態から日常に戻っていく自分を感じた。

「どこにいたの？」

「すぐそこのファミレス」

「本読めた？」

「うん。読んだ。クソだった」

笑いながら「全部読んだの？」と聞くとうんとこともなげに言う。

「絶対流し読みでしょ」

「中身空っぽだもん」

術前の点滴が入れられるまでここにいた幸希は、入社前に読まなきゃいけないんだよと、内定先の社長が書いた本を嫌そうな顔で私に見せていたのだ。

「目次からすでにマッチョな資本主義感滲み出てたもんね」

「憂鬱だよ。こんな会社の社員になんてなりたくない」

こんな時にも、私は幸希のことを心配する。私たちは弱々しすぎて、お互いに心配し合って、支え合っている。大丈夫？　大丈夫だよね？　二人してそうして心配し合うことで、何とか自分を保っている。こんな時に愛や悲しみや死について考えるための文学作品などではなく、こんな耄碌《もうろく》じじいの戯言《たわごと》が羅列されているような俗悪な本を持ってくる気の利かない幸希が、心から心配だ。

　彼はきっといつか挫折する。初めて会った時に抱いたその予想を裏切り続け、彼は無難に単位をとり無難にレポートを書き無難に発表をし無難に就活をし無難な会社に内定を得た。「嫌だな」、と彼はいつも言う。授業に行くのもレポートを書くのも人前で発表するのも飲み会も家に帰るのも予約の電話をするのも勉強も就活も就職も、彼は「嫌だな」と言う。嫌ならやめれば？　という言葉を、私はいつもすんでのところで堰《せ》き止める。彼は「嫌」だけど、どんなに「嫌」でも何でもそつなくこなせるし、「嫌」な世界に「嫌々」生きることができるからだ。七転八倒しながらここまで生きてきた私とは、彼は違う。人付き合いも勉強も、嫌でもそれなりにできて、致命傷を負わないまま生き延びられる人なのだ。

　どこにも本気で参加したいと思ってないくせに大体どこにでも腰掛け程度に参加して誰からも嫌われないし別段好かれもしないけどそこにいることに誰も違和感を抱かない立ち位置をキープして中身が薄いくせに小賢しく世渡りしてる奴。私の第一印象はそうだった。だから彼が唐突に吐露した「自分が嫌いだ」という言葉は意外で、死ぬことを考える？　という質問に「考えるよ」とこちらの反応を窺うように呟いた憂鬱さと自信のなさを滲ませた表情を見て、彼は初めて恋愛対象になったのだ。

　左手を握る彼の手を右手で覆うと、彼は空いていた手をそこに載せる。私たちは何か共通の使命を持つ生命体の最小ユニットのようだ。

「もう妊婦じゃないのか」

妊婦って、と彼は悲しげに笑う。私と幸希の赤ちゃんが搔爬《そうは》され吸引器によって吸い取られ、死んだ。私のどこかも死んだ。産めるんじゃないか、どうにかして産めないか、産むのも怖いけど堕ろすのも怖い、何か抜け道はないか。ずっと考えていたことが、もう考えなくていいことになった。私は地獄から追放され、元の地獄に舞い戻った。どっちも辛いけれど、張った胸や下腹部の違和感、始まりかけていたつわりから解放されるのかと思うと、これはある種の「解決」なのだという至極凡庸で最悪な結論にたどり着く。

「今回はタイミングが悪かったけど、ちゃんと幸せになろう」

私は幸希のこの普通さが、普通に幸せになることを求めているところが、この世界が生きるに値する可能性を純粋に考えられているところが愛おしくて嫌いだ。この世の99%のことが「嫌」で、人と勉強と付き合いが嫌いで、本当はほとんどのものを見下しつつ無害な好青年を気取ってそれなりにうまくやっているところが、カーブの強い歪みを私以外の誰にも見せないところが、いい人そうで全然いい人じゃないところが、自分勝手な人に憧れながら自分は全く自分勝手になれないところが、そんな自分が好きじゃないくせに変わろうと努力をするほどの気概もなく、何となく無難に生きて死んでいく人生を予測しながら実際にそのレールを「嫌だなあ」と呟きながらとぼとぼと歩いている彼が、大嫌いで好きだ。

術後の診察を終え、抗生剤と子宮収縮剤を処方してもらうと、私たちは産婦人科のドアの外に置かれている手指消毒液を手に塗り込みながら病院を後にした。こんな時に妊娠してる人は大変だねと、待合室で待っていた妊婦さんたちを思い出しながら言って、妊婦さんでいられなかった自分への残念さを改めて思う。大丈夫？　と言いながら私の手を取る幸希に、お腹が空いたと呟く。


「もう食べていいのかな？　何か食べてく？」

「夕飯食べていいって言ってたから、もういいんじゃないかな。幸希は家大丈夫なの？」

「大丈夫だよ。この辺で食べて行こうか。帰りはタクシーで家の前まで送るよ。ふらついたり、吐き気はない？」

「うん。思ってたより普通。出血も大したことないし」

良かった、と言う彼から不安が伝わってくる。彼は少しずつ、私のせいでレールを外れている。私と付き合わなければ不用意に彼女を妊娠させるなんてこともなかったはずだ。悶々としながら近くの中華料理屋に入り、割と即決で五目そばとチャーシューの辛ネギ和えとビールを頼む。

「アルコール駄目なんじゃないの？」

「幸希が飲んで。私は何口かもらうだけにする」

「そっか。薬は一日何回？」

「朝晩二回。五日間」

「そう。じゃあ朝晩確認するね」

子供じゃないしと笑うと、沙南は絶対忘れるんだよと幸希も笑う。コロナウイルスとゼミの友達の話で盛り上がって、少し元気が出てくる。非日常が終わった。漠然とそう思う。私はこれから説明会を渡り歩き、インターンを経験し、OB訪問をしまくって、履歴書を送りまくり、筆記試験や面接を受けまくり、まだ全く想像もつかないけれどどこかの企業に内定をもらい、就活を終えたら卒論に励み、それら全てを既に終えた今の幸希のように、就職したくないなあとぼやくのだろう。

「駄目だ。胃が小さくなってるみたい。お腹いっぱいになっちゃった」

俺食べるよ、幸希はそのほっそりした体に私が半分ほど残した五目そばを詰め込んでいく。

「さっき、ファミレスでパスタ食べたんだよね？」

「うん。でも大丈夫だよそんなに多くなかったし」

「今日、私と会うって言ってないんだよね？」

「うん」

「夕飯、用意されてるんじゃない？」

「だろうね」

「大丈夫なの？」

「まあ、控えめに食べるよ」

「食べてきたって言えばいいのに」

「誰と、とか何食べたのとか干渉されるのが嫌だから」

ふうん、とビールを飲み込む。私は彼のお母さんに嫌われている。私の名前が出るだけで露骨に嫌そうな顔をするお母さんに私と会うとは言えないようで、彼は大抵何かしらの嘘をついて家を出る。気が弱いとも、意志薄弱とも違う、彼は事なかれ主義なのだ。でも、事なかれ主義とは気が弱く意志薄弱な人の選ぶ道とも言えるのかもしれない。自分の許せないものを徹底的に拒絶し排除し続けて何とかここまで生きてきた私と、事なかれ主義の彼は、本質的な面では共鳴しているけれど、その他は正反対なのかもしれない。

「もし中絶のことがお母さんにバレたら、お母さんはどうするのかな」

「もう沙南とは会うなって言うだろうね。あの人は俺と沙南の間に起こったことは全部沙南のせいだと思ってるから。頭おかしいよ」

「でもそれは、幸希が自分の気持ちをお母さんにちゃんと伝えられてないからじゃない？」

「俺は言ったよ。沙南とは本気で付き合ってるし、結婚も考えてるって」

「でもお母さんは、私に洗脳されてるから幸希がそんな戯言《たわごと》を言ってるって思ってるんでしょ？」

「だから、俺の言葉は母さんには全く信用されない」

全ての恋愛は洗脳的な側面を持っている。それは宗教が恋愛に似ていることによって証明されている。くらいのことを言い返してくれるような人だったら良かったのに、幸希は弱々しく、邪悪なものと闘う気力がない。自分の意見を拒絶されたり否定されたりすると反論もせず、この人は分かってくれない、と自分の殻に閉じこもるのだ。面倒なのは殻に閉じこもり誰とも心を通わせないまま、それなりに誰とでも問題なく付き合えてしまうところだ。

「夕飯、無理して食べないでね」

そして私もまた、そんな殻に閉じこもった彼を「出てこい！」と引っ張り出せない。そんなことをしたら弱くてデリケートだからこそ殻を強化することで自分を守ってきた彼は、原始時代の土器のようにばらばらに砕け散ってしまいそうな気がするのだ。めんどくさいやつ、という私の苛立ちは、彼の寝起きのとろけそうな表情や、鏡で寝癖を見つめて浮かべる絶望的な表情や、私が抱きついたりキスをした時に浮かべる全てを許されたかのような安堵の滲む表情や、不器用なのに頑張って料理を綺麗に取り分けようとする手つきや、セックスの時絶対にこっちを満足させてからでないとイカないところや、裸の時どんなポーズをしていても彫刻のように美しく見えるそのスタイルの良さや、程良くついた筋肉の陰影なんかに紛れていつも消えてしまう。

勉強も服装も生活態度も全く問題なく、親の財布からお金を抜き取ったことも、傘泥棒さえしたことのないような彼が、私のような彼氏に道を踏み外させることに関しては超弩級のメンヘラと付き合うという事態に、母親はどうしても納得できないのだろう。きっと彼はずっと、親に反抗することもなく、教師に逆らうこともなく、世間と闘うこともなく生きてきたに違いない。

「ちょっと思ったんだよ」

「うん？」

「沙南と俺の子供だったらいいかなって」

私もちょっとそう思ったよ、と答えると、幸希はテーブルの上で私の手を握った。

「子供を欲しいと思ったことがない」「自分のことが嫌いだから、そういう人間を再生産してしまうのかもと思うと子供を持つことに前向きになれない」「この関係を邪魔されたくないし、二人で生きていく方が良くない？」外で赤ちゃんや小さな子供を見ると愛おしげに頰を緩める割に、自分の子供の話になると幸希はそんな言葉ばかりを口にしてきた。最後まで全く実感は湧いてなさそうだったけれど、それでも出来る限り真正面から考えてくれたのだと、ほっとしている自分がいた。私一人が、我が子の生死を真剣に想像し検討しているのかと思っていた。そう思わせる時点で幸希の残念さは自明のものではあるけれど、残念さを知りつつ付き合っている私には彼の言葉が小さな救いになった。

もしかして産むっていう未来はないのかな。もう手術の予約を入れXデーを待つのみとなった頃そう提案すると、幸希は何とも言えない表情を浮かべた。俺は今はタイミング的に良くないと思うけど、沙南がどうしても産みたいって言うなら精一杯働くし、どこまでできるか分からないし我慢をさせることになるかもしれないけど、沙南と子供を養っていけるようできる限りの努力をする、今はとにかく沙南の決断を尊重したい。それが彼の答えだった。子供を持つことに前向きではない男が、彼女に出産の可能性を提案された時口にする言葉として、ほぼ満点に近い回答だ。ああ、彼はいつも通り無難だ。私の感想はそれだけだった。

「きっと、またいつかいいタイミングが来るよ」

何故か私が彼を慰め、彼は涙を目に浮かべながら頷いた。ほとんどビールをはんぶんこした彼はもうすでに顔が赤くて、私は彼の骨張った頰から顎に手を滑らせる。「ちょっと赤い」と言うと、彼は弱々しい表情のまま私の手を自分の手で覆った。

＊

ただいま。言いながら洗面所に直行し手を洗う。日本でコロナウイルスの感染者が出て以来、元々神経質だった母親のヒステリーが爆発して、家に帰ってきた時はどこかを触る前に手を洗うよう言われていた。Twitterでヒステリー仲間のような人たちを中心にフォローしているようで、完璧に除菌できる手の洗い方動画や、コロナウイルスがどの素材に付着したら何時間生き延びられるかを比較した表、感染リスクを減らすためにどんなことが有効かといった記事なんかを定期的に送ってくるから、いつも適当なスタンプで返している。

「おかえり。ちゃんと手洗った？」

「洗ったよ」

「完全に除菌するには一分は必要よ。それで、本は買えたの？」

「あー、ちょっとなんかどれがいいのか分からなかったから、レビューとか見てから決めようかなって」

「だから、ネットで買ったらいいのにって言ったのに」

「ね」

「本屋の後はどこにいたの？」

沙南と会ってたのか聞きたいなら聞けばいいのに。そうすれば嘘はつかないのに。

「色々」

「こんな時に不要な外出をするべきじゃないと思うけど。大学生くらいの若者たちは軽症なケースが多い上に行動範囲が広いからウイルスの媒介をしてしまうってあちこちで言われてるのよ」

そうだね、気をつけるよと言いながら、こっちはそれどころじゃないんだと思う。堕胎手術の日程が決まってから、日に日に不安定になっていき最後の数日は堕胎のことだけでなく自分たちの行く末や将来について悲観し涙脆くなり、俺の過去の言動や自分の過去の言動をあげつらって他罰的に、自罰的になって悲嘆に暮れていた沙南に引きずられ、堕胎自体は仕方のないことと思いながらも割り切れず、手術について調べれば調べるほど恐ろしくなり、経済力も沙南のことを支えていく自信もない自分をいつにも増して情けなく感じ続けてきた妊娠が判明してからの二週間の中でダメージが蓄積されていた。

大学在学中に高校生の彼女を妊娠させ、結婚、出産を決め双方の両親を頼りながら家庭を築くことを決心した予備校時代からの友達のことを、何度か思い出した。思い切った決断ができる人のことを羨ましいと思うと同時に、そんなこと自分には絶対にできないとも思う。何より、そんなこと自分には絶対にできないと思う自分自身が一番大きなハードルだ。

例えば沙南と誰も自分たちのことを知らない街に行って、二人で子育てをしながら慎ましく暮らすことはできないだろうか。沙南の妊娠を知った時、ふとそんなことを考えた。あまりにも非現実的だし、誰も自分たちを知らない街なんてポエム臭くて抽象的だし、自分が田舎での過酷な貧乏暮らしに耐えられるとも思えなかったし、より傷つけたり悩ませたりすることになりそうで、沙南にさえ言えなかった。それでもそれは、これまで超現実的に生きてきた自分が抱いた、最も非現実的な想像だった。

「今は入社を控えた大切な時期なんだし、健康管理しっかりしないと。あと、自分だけじゃなくて周りの人のこともちゃんと考えないとダメよ。コロナはそれぞれ個人が高い意識と正しい知識を持たないと打ち勝てない疫病なんだから」

そうだね、と呟いて二階の部屋に上がっていく。母さんが何故あれほどまでに沙南を嫌うのか、最初はよく分からなかった。でも、自分が何故沙南といるとあんなにも気が楽なのか、誰にも見せられなかった自己嫌悪やペシミズムを「嫌われるかも」という恐怖なく吐露することができたのか考えると、その答えは自ずと見えてきた。

母親や昔付き合っていた彼女なんかに象徴される、自分に倫理や従順さを求めてくる世間や社会といったものの中で、真っ当な人間でいなければこんな取り柄も面白みも自慢できるところもないような自分を認めてもらえないだろうという呵責によって形成されてきた自分の人格が、沙南によって初めて溶かされたのだ。社会からも世間からも外れたところで生きている沙南が、生きやすさを与えてくれた。ガチガチの規律に縛られたイギリスの寮で一度もルールを破ることなく生活してきた子供が、アフリカの子供達とサッカーをしてその自由さに驚くような感じだ。彼女は幼い頃からずっとキシネンリョがあるとことあるごとにこぼすけれど、俺には本能的、野性的で、生命力に溢れて見える。それは彼女が本気で死を考えながら生きているからだろうし、そんな死にたい彼女に、生きることに前向きになれない俺は救われている。

ベッドに横たわりスマホを見ていると、ＨＩＬＤＥからメールが届いていた。四つもらった内定の内、化学製品の専門商社とＨＩＬＤＥというパソコンメーカーの二つで最後まで悩んでいた時、「両方の人事に有給取得率と平均残業時間を聞いてみな」と沙南がアドバイスしてくれた。その天才的なアドバイスによって、俺はそれ以降仕事内容や両社の将来性なんかについて思いを馳せることはなく、有給取得率が高く残業時間が少なかったＨＩＬＤＥに決めたのだ。これまでも勉強やスポーツや人付き合いに力を費やせなかったように、仕事にも熱を上げることはないだろうし、人から疎まれずに定時帰宅ができて、飲みニケーションの強制力が強くなく、正当な有給をあるだけ取れて、平均的な賃金をもらえる会社なら別にどこでも良かった。沙南のアドバイスは、そんな俺のことをよく知っているからこそのものだったに違いない。

メールはコロナウイルスに関するもので、今後社員に感染者がでた場合の対応や、親睦会や歓迎会の禁止、人が集まる場所や海外渡航、不要な外出を控えるよう注意喚起を促すものだった。

「HILDEからメール来たけど、研修に関しては何の言及もなかった、、」

沙南にＬＩＮＥを送ると「結構あちこち研修延期になってるのにね。ブラックかな」と返ってきて落ち込む。「でも直前で延期になるかもよ。感染者数伸びてきてるし」と追送されてきて、「だよね。ロックダウンも現実的になってきてるみたいだし」と返す。「ロックダウンになったら、私たち会えなくなるのかな」。沙南のＬＩＮＥに、指が止まる。沙南の家とうちは電車を使ってドアツードアで約五十分だ。すでにロックダウンが行われている海外の様子をTwitterで見ていると、大抵の国で近所への買い物や軽いスポーツなどは可能なようだが、電車を使う距離に住んでいる沙南とどれだけの頻度でどれだけの時間会えるのかさっぱり見当がつかないし、そもそも経済優先で利権でしか動かない日本政府がどんなロックダウンを実行できるのかも分からない。卒論が終わって以来、外や大学や沙南の親がいない時に沙南の家で、週に四日は会っている。一週間以上会えない生活など想像もつかない。まあ多分罹《かか》っても死にはしないだろうくらいに考えていたコロナは、ロックダウンの可能性が出始めたことで初めて実感できるストレスとなった。

*

ゼロから何かを生み出すことなんて、できるんだろうか。レポートを書く時、就活でこれからやるべきことを考えている時、これから挑まなければならない卒論について考える時、眠っている間に砂漠の真ん中に置き去りにされたような不安に捉われパニックを起こしそうになる。コロナはそんな弱気な私を嘲笑うかのように世界に蔓延し、人々に取り憑き、今も勢いよく拡大を続けている。何もなくても日に日に死に取り憑かれ力を喪失し鬱になっていく私と違って、コロナはＥＤＭのフェスでアメフト出身のガタイのいい男に肩車をさせ踊り狂う陽キャなセレブパリピ女のように、この世に敵なんて存在しないと本気で思い込んでいるかのように、向かうところ敵なしの勢いで人々を汚染していっている。

次々に、インターンの中止、説明会の中止が決まっていく。ゼミの先生も多くの企業の内定縮小は避けられないだろうと言っていたし、コロナによる経済損失によって多くの企業が経営危機に晒されるというのは全国民のみならず世界中の人々の一致した見通しだし、欧米のロックダウンの影響で、外資企業は今後リストラを検討せざるを得ないところが少なくないようだ。「内定取り消し」という言葉がトレンドに入るような状況で、高校中退ＴＯＥＩＣ六百点以下特に資格なし長けているのはメンヘラ思考のみの私に就活なんて無理ゲー。そんなことを考えていると、本当に幸希は全てに於いて逃げ馬だと思う。勉強だって就活だって卒論だって、全くやる気はないのにさらっと平均より若干上くらいの成績を出して勝ち上がっていくのだ。どうして私は何もうまくいかないんだろう。あらゆることがうまくいかな過ぎて、この世の全てのものから嘲笑われているような気がする。

コロナウイルスのため卒業式がなくなり、ゼミ内の卒業式のみの実施となった幸希を学食で待ちながら、一番の本命だった化粧品会社の企業説明会中止のメールを受け取り、意気消沈していた。ビデオ通話が苦手な私は、きっと動画面接になれば瞬殺に違いない。画面越しだと緊張感が保てず、相手の話す言葉が記号のようにしか感じられなくなっていって、記号のような返答しかできなくなっていくのだ。そして不採用になった私は自信をなくし次の面接でまたやらかす。負のスパイラル。そういうものに巻き込まれて、ずっと生きてきたような気がする。正のスパイラルで世界中を竜巻のような勢いで巻き込み人々を蝕み命さえ奪うコロナには、負けっぱなしでウイルスに感染せずとも死にかけている私のような人間の気持ちは一ミリも分からないだろう。

でもずっとそうだった、コロナは世間に似ている。人の気持ちなんてお構いなしで、自分の目的のために強大な力で他を圧倒する。免疫や抗体を持った者だけ生存を許し、それを身に付けられない人を厳しく排除していく。生きている限り自分は何も成し遂げない。漠然とした確信が、年を重ねるにつれどんどん強くなっていっている。コロナ関連のＴＬを映し出すスマホを握る手に力が入らなくなっていく。

「お待たせ。なんか写真撮影の時間がすごく長かったよ」

「なんなら卒業式って写真撮影のために集まってる説あるからね」

袴を着てスマホやカメラの前でポーズを取っている女子たちを尻目に、スーツ姿の幸希と私は正門に向かって歩いていく。就活の時に何度か見てはいたけれど、今しがた卒業してきたスーツ姿の幸希はもはや社会人のように見えた。

「四年間お疲れさま」

「最初から最後まで憂鬱な場所だったよ」

「幸希はちゃんと溶け込んでたよ。普通に」

「擬態して目立たずに生きるのが特技だからね」

「入社してもこれまでと同じように明るく無難な社員続けるの？」

「そうだろうね。ポジティブで誰とでも仲良くできますまあまあ自分の意見も主張できますでも反抗的な側面は皆無ですってキャラで内定取ったわけだし」

「自分実はそんなんじゃありませんって曝け出せばいいのに」

「そんなん詐欺だし、向こうの欲しい人材演じるしかないよ」

「社会を騙くらかして生きてけばいいんだよ」

「そんなんじゃ左遷されてリストラ対象になる」

「じゃあ社会人であり続ける限りずっと擬態しながら生きていくの？」

「物心ついた頃からずっとそうだったからね」

「自分の本質を見せて生きていきたいとは思わないの？」

「自分の本質が嫌いだからずっと隠してきたし、人に見せたいとも思わない」

「でも私といて楽なのは、私にそういう面を見せられるからなんでしょ？」

「沙南がいればそれでいいよ。皆に分かってもらいたいなんて思わない。それに皆多かれ少なかれ、そういう自分を隠して社会に溶け込む術を持ってるものなんじゃないかな」

暖簾《のれん》に腕押し。幸希といるとよくこの言葉が思い浮かぶ。彼は憂鬱な自己嫌悪の隠れ陰キャとして完成され過ぎている。ずっと人にひた隠し一人で守ってきた個があるから、誰かの存在に影響されて変化することがない。プロの陰キャだ。

「大丈夫？」

歩みが遅くなったことに気付いて振り返る幸希に、首を振る。

「フィオラも説明会中止になった。就職決まると思えない。幸希が入社したらもうこんな風に会えなくなる。ロックダウンになっても会えなくなる。新しい環境に入ったらきっと幸希は別の女と浮気して私は捨てられる」

「俺は沙南が好きだし、俺が浮気するなんてこと有り得ないよ。貯金ができたら家出るから、そしたら一緒に住もうよ。それにそれ言ったら松永《まつなが》のことはどうなるの。俺だって沙南と離れるのは不安なんだよ」

松永絢斗《けんと》はゼミの同期で知り合った頃からずっと言い寄ってきている男で、何だかんだ幸希と付き合うまではしょっちゅう二人で飲んでいた仲だった。聞かれてないから言ってないけれど、一回だけセックスをしたこともあった。でも一回セックスをした後に付き合わなかったということは、もう付き合う可能性はゼロということだ。セックスがどうこうではなく、人としてあれは「ない」のだ。それでも幸希と付き合い始めたからもう二人では会わないと伝えても、空気を読まず「飲もうよ！」「スマブラやらない?!」「本当に俺と付き合わないの？」とＬＩＮＥを入れてくるから、スルーしつつその精神力を静かに祝福している。

「絢斗はないから。何があっても」

「根拠は？」

「根明《ねあか》すぎる」

確かに、と弱々しく笑いながらスマホを取り出し通知を確認した幸希は、「あ……」と呟きスマホをタップする。

「何？　研修中止？」

これ、と私に画面を向けた瞬間「公演中止」という言葉が目に入る。えっ、と呟いた後、「ハンザップ」という文字を見つけてどっと体から力が抜けていくのを感じる。もう四ヶ月前に取ったチケットだった。取れた時は二人で飛び上がってほとんど涙目になって喜んだ。付き合い始める前に一度観に行ったバンドで、二人の思い出のバンドであり、仲良くなるきっかけになったバンドと言っても過言ではなかった。顔面が熱くなって、胸の底がせり上がってくる感じがして、目元が水っぽくなってくるのが分かった。このライブに行けるんだからと我慢してきた嫌なこと辛いこと、全てが今、切り干し大根が水を吸ってどっと重くなっていくように、重圧としてのしかかってきた。幸希が入社することへの不安、ゼミで同調圧力をかけてくるめちゃくちゃ嫌な女、就活の憂鬱、幸希の母親への苛立ち、この間新宿でキャットコールをしてきたホストへの怒り、満員電車でイヤホンから音漏れをしていたのかこれ見よがしに睨みつけ舌打ちをしてきたサラリーマンへの怒り、来週提出の課題、ESを送っても一向に返答のない会社、前時代的な書類文化を捨てきれない社会への呪詛の言葉を唱えながら履歴書を書きすぎてペンだこが痛い人差し指と中指、登録解除した会社の情報を停止せず送り続ける就職サイト、視界を埋め尽くすスーツと袴姿の浮かれた奴ら。苛立ちのあまり咆哮《ほうこう》を上げそうになったその瞬間、パキッと音がして繋いでいる右手が引っ張られる感覚がする。隣を向くと、幸希がしゃがみ込んでいた。幸希は屈伸をする時必ず足首が鳴る。

「だめだ」

左手で手を繋いだまま、彼は右手で目を覆っている。

「幸希、大丈夫？」

隣にしゃがみ込んで幸希の頭を撫でる。こっち向いてと言うと彼は目に涙を浮かべて私を見つめたけれど、すぐにまた耐えきれないように顔を俯けた。

「入社一週間後にハンザップが見れるならくだらない研修にも意味のない入社式にも耐えられるって、それでライブを全力で楽しめばしばらくは働くことも苦手な人付き合いも耐えられるはずだって自分に言い聞かせてたんだ」

「私もそうだよ」

「もう駄目だ。無理だ、全部嫌だ」

彼の言葉にあまりにも強く共鳴したせいで、私は言葉を失う。きっと私たちは同じ気持ちで、「もう駄目」以上の言葉は見つからない。一本の糸で何とか保ってきたものが、完全に切れてしまった。ここまで我慢してきた溜め込んできたドス黒いものものを堰き止めていたダムが決壊し、嵐がきて、竜巻が街を襲い、洪水が巻き起こっているようだった。私たちはこの渦の中に巻き込まれ、次の瞬間には消えてしまうような気がした。

＊

いろんなバンドがライブを延期していたから、どこかで覚悟もしていたはずだった。それでも五周年記念ライブだったし、ハンザップは常に反骨精神を押し出しているからやってくれるような気がしていた。普段キャパが五百から千くらいのライブハウスで活動している彼らがツアー初日だけキャパ百五十のライブハウスでやるという超レアなチャンスで奇跡的に当てたチケットだったし、抽選に申し込む前に二人で当たりますようにと神社にお参りまでしていた。キャパ百五十のハンザップのライブに行くんだと思えば大概の嫌なことが我慢できた。ＨＩＬＤＥの五冊もある通信教育の教材も、母親の小言も、くだらなさと無意味の極みゼミの卒業旅行も、自分と沙南の子供を諦めるという事実も、どこかで、これを耐え忍べばハンザップのライブが見れるんだからと自分に言い聞かせて耐えていた。

公演中止の通知を受けて初めて、自分がそこまで耐えていたことを知った。そんな重荷が自分にかかっていたことすら、気づいていなかった。初めて生で観た時から何度も思い返して日々の息苦しさを紛らわせてきたあれを体験できない、延期じゃなくて中止、次いつ観れるか分からない、それに入社後だったら開演時間と場所によってはチケットが取れたとしても行けない可能性もある。

まじか、と放心状態で何度も呟いていると、沙南が心配をして新宿まで連れ出してくれて、二人放心したままランチを食べ、フリータイムのラブホに入った。術後二週間は性交渉不可と言われていたためセックスはしなかったけど、パンツ越しの素股の後フェラで一回イカされた。

「こんな時でも精液は出るのか」

「出なかったら病気だよ」

「これから自殺するって人でも、フェラされたら精液は出るのかな」

どうだろうね、ともうすっかりへなって自立しない性器をいじりながら沙南は興味なさそうに言う。俺の両足の間で頬杖をついたままもう片方の手で性器を臍の方に伸ばしては手を離し、何で必ず左側に垂れるのかな？　生え方が僅かにこっち向きなのかな？　と興味深げに何度も試す。

「服着てる時もこっち側にあるの？」

「あんま意識してないなあ」

「でも考えてみれば勃ってる時も若干左側を向いてる気がする。外出しで射精する時も若干左側に飛ぶよね？」

「ねえ沙南」

「うん？」

「おかしいと思わない？」

「何が？」

「six mix とか、trips とか、ランドゥマンも、皆公演延期か中止だよ。ライブハウスでクラスターが出たからっていうのも分かるよ。でも政府は補償出さないし保険も下りないから事務所大きくないバンドはもうやっていけないかもしれない」

「うん。こないだ美容室のお姉さんが、バンドやってる友達がツアー最終日の公演が中止になって五百万くらい被ることになったって言ってた。初日から中止になったハンザップのことを考えたらむしろ最終日で良かったねって思うけど」

「音楽がなきゃ、ライブがなきゃ死んじゃう人はどうしたらいいのかな。やる方も観る方も、このままじゃ死んじゃうと思わない？　でも政府は何の補償もしてないくせにライブハウスを名指しで攻撃する。このままじゃ小さなライブハウスはどんどん潰れていくよ。コロナが過ぎ去った後俺たちの好きなバンドはもう音楽を続けられなくなってて、ライブハウスも軒並み潰れてるかもしれないんだよ」

　沙南が手を離して、性器はまた左側にてろんと垂れる。さっき出損なった精液が垂れてきて、沙南はそれを指先でくるくると亀頭に擦り付ける。また少しずつ硬くなってきた性器に元気だなと他人事のように思いながら、沙南の頭を撫でる。

「じゃあさ、二人でテロでも起こす？」

悪戯《いたずら》っぽい表情で沙南は言って、舌を裏筋に這わせる。

「テロか……。こんな無難に生きてきた奴がテロって笑えるかもね」

「三島の金閣寺でも読んでみたら？　罪と罰もいいかも。そういえば最近カミュのペストが売れてるって記事になってたな。皆新しい世界に適応するのに精一杯なんだろうね」

「俺は活字が駄目なんだよ。大切なことは全て音楽に教えてもらった」

「ライブハウスとアーティストの窮状を演説して切腹でもする？」

唾液で濡れた性器を指と掌でくにゃくにゃと音を立てて擦りながら、沙南はこっちを見上げる。

「幸希はどうしたいの？」

こんな時にさえ自分がこうしたいというはっきりしたビジョンがないのだということに改めて気づく。「ただ、ライブに行きたいよ。沙南と初めて一緒に観に行ったバンドだよ。それに沙南と初めてホテルに行った時もずっと聞いてた。だからかな、なんか、自分たちが葬られたような気がして辛い」

「テロする？」

でもなーと反射的に声を上げると、また性器が萎えていくのが分かった。させるか、と言わんばかりに沙南が奥まで咥《くわ》え込んでディープスロートをする。思わず声が出て、沙南の乳首に手を伸ばす。

「じゃあとりあえず官邸に脅迫文でも出す？」

ふっと笑って、沙南を仰向けにさせると脚を開かせパンツ越しにクリトリスを擦る。

「沙南はどうしてそんなに攻撃的なの？　俺は絶対に誰かに危害を加えたりとかはしたくないんだけど」

「犬死にしてもいいの？」

「犬死にか、まあ、事件を起こすよりは自殺の方が可能性は高いだろうとは思うな」

「幸希のそういうところ、嫌いだけど嫌いじゃない」

沙南は複雑なのか気持ちいいのか顔を歪め、俺の後頭部を摑んで引き寄せキスをした。


フリータイムが終了した後、フラペチーノが飲みたいという沙南とスタバに行き、ライブ中止をポツポツと愚痴り合い、お互い落胆したまま改札前でまた明後日ねと手を振った。名残惜しそうに二度振り返って無理やり微笑む沙南が心配で、背中が見えなくなるまでその場に立ち尽くしていた。自分の線に向かう途中、いつものこの時間帯の新宿よりも人が少ないことに気づく。外出自粛している人が増えているのだろうか。ゼミの同期の半分くらいは、すでに研修中止や中止見通しの連絡が来ているというし、大阪に単身赴任をしている父親の会社もリモートワークに切り替えたという。自分は普通に出社することになるんだろうか。嫌だな。行き交うサラリーマンたちを見つめながら思う。だっさいスーツ着てだっさい鞄持ってだっさい仕事すんのか。内定もらって〜卒業まで—卒論期間、の時間が永遠に続いて欲しかった。

去年の六月頃俺がいくつかの内定をもらって就職先を決めると、幸希と付き合うまでパパ活してたから、と沙南はあっけらかんとカミングアウトをした。だから二人でいっぱい贅沢しよう！と沙南に引っ張られるようにしょっちゅう美味しいものを食べに行って、ラブホに泊まってを繰り返していた。「今日は北京ダックが食べたい」、「今日はタコス」「今日はフォアグラ」「今日はウニ」「今日はラーメン」気まぐれに、それでも欲望に忠実に食べたい物を食い尽くしてやるという意志に溢れた沙南にあちこち連れ回されるのは楽しかった。自分じゃ絶対に行かないようなお店に連れて行かれ、満足げにお酒と料理を楽しむ沙南は、知り合ってから「ずっとどこかで死にたいと思ってる」と何度も伝えていたキシネンリョというものを、その時だけ忘れているようにも見えた。

夏休みには国内だけれど何度か旅行にも行った。旅行中の沙南は、本当に幸せそうだった。一日に二回くらいセックスをして、観光をして食べ歩きをして地物の料理を楽しんだ。そして帰宅する前日くらいになると沙南は大抵落ち込み、不機嫌になってぐずぐずと泣いた挙句帰りたくないなあここで死んじゃいたいなーと物騒なことを言い出した。

昨年の秋くらいに沙南の貯金は底をつき、普通の学生のように、激安の居酒屋とか定食屋、ファストフードなんかでご飯を食べるようになり、安くて長いフリータイムを探して朝八時から夕方六時までみたいな時間帯にラブホに行くようになった。それはそれで分相応な生活で、むしろ働いていない身としてはまあまあ贅沢でもあって、考えてみれば内定から妊娠判明まで自分は夢の世界にいたようでもあった。あの時間が永遠にループしてくれれば良かったと、先行き不明のコロナのせいか、ブラックみを感じさせる会社のせいか、堕胎と就活と俺の入社のせいで不安定な沙南のせいか、ノイローゼ気味の母親のせいか、後ろ向きなことしか考えられない。

子供の頃から預けてたお年玉ってどうなった？　とさりげなく話を振り母親からもらった預金通帳に入っていたお金と日雇いの肉体労働で稼いだお金を堕胎費用に充てた。行きたくないめんどくさい絶対つまらない、と思いながらも行かないと言える雰囲気ではなかったゼミの卒業旅行も日雇いを詰め込み何とか費用を調達した。現状貯金はゼロで、出かけようとするたびまた沙南さん？　と不快感を露わにしてくる母親が疎ましくて堪らないけれど、入社後数ヶ月は貯金をしないと引っ越し資金すら稼げない。無力感に苛まれるけれど、無力な自分にも慣れきっていて憤りもない。ホームに向かう階段を降りながら、結局二回フェラでイカされた性器から残っていた精液が垂れた感触に顔が歪んだ。


「おかえり。手洗った？　うがいした？」

「洗ったよ」

「うがいは？」

「してない」

「いい加減にしてよこの家に住む以上ちゃんとルールは守って。ほらやってきて。イソジンでね」

言い返すのも面倒で仕方なく洗面所に舞い戻る。コップに水を入れてイソジンを垂らした後、そのまま流した。

「卒業式の後どこにいたの？」

フリータイムのラブホにいたと正直に言えば満足するのだろうかと思いながら「ちょっとね」と流す。

「いい加減外出控えた方がいいわよ。遊び歩いて入社前に感染でもしたら印象も悪いし、もし会社でクラスター源になりでもしたら会社員人生どうなるか分からないわよ」

「ロックダウンになればさすがに出ないよ」

「ロックダウンになれば沙南さんに振り回されることもなくなるかしら。だとしたらさっさとして欲しいくらい」

イラッとするけれど、もう諦めの方が強い。俺たちの関係を理解しようという気の無い母親は、どれだけ話しても「沙南が俺を誑《たぶら》かして振り回している」という前提を崩さない。これまで付き合ってきた彼女たちが生徒会長的な優等生タイプだったせいか、身勝手な女に騙されて引っかかったとでも思っているのかもしれない。

「別に、振り回されてなんかないよ」

「幸希は沙南さんと付き合うまで無断外泊を繰り返したり、服装とか髪型を変えさせられたことはなかった」

「無断外泊になるのは母さんが沙南のことを露骨に嫌ってるからだし、外見的なことはアドバイスをしてくれたり買い物に付き合ってくれてるからだよ」

「ロックダウンになったら絶対に外出は禁止よ。自分の行動に責任を持ちなさい。これはあなた一人の問題じゃないの。全人類が共有してる問題なのよ」

「ロックダウンになってもＨＩＬＤＥが出社するように言ってきたらどうするの」

「出勤は仕方ないわよ。でもロックダウン下で出社しろとはさすがに言わないと思うけど」

「沙南と会うのは駄目で出勤は可なんて単なる母さんの好き嫌いの問題じゃん」

「幸希、あなた不要不急の意味分かってる？」

「新入社員に不要不急の出勤があるって本気で思ってるの？」

「皆それぞれの生活の中で社会的倫理を鑑みながら不要不急の外出を控えてるの。そういえば、おじいちゃんが就職祝い送ったって言ってたわよ。手渡ししたかったけど、今はあんまり出歩かない方がいいだろうから送金するって。ほら、感情だけで動かない、それが大人よ」

　この人には生まれてこの方、好きな人に会いたくて仕方なくて馬鹿なことをした経験なんてないんだろうか。そう考えながら階段を上がっている途中で「ちゃんとお礼の連絡しなさいよ」と追い討ちをかけられる。スウェットに着替えてベッドに横になると、Twitterをスクロールしていく。ライブハウスでクラスターが発生したことについてバッシングが巻き起こっているのを見て、苛立ちが募っていく。

　半年ライブがなかったら死んじゃうよ、さっき、もう半年くらいライブは見れないのかもしれないねと呟いた沙南に、情けない声でそう呟いた。無自覚な軽症者が感染拡大を招いているというのは理屈では分かる。でもじゃあ、ライブなしにどうやって生きていけというのだろう。それにバンドマンは、アーティストは、ライブハウス関係者、イベント関係者は、補償もなしにどうやって生きていけというのだろう。諸外国では次々とロックダウンと補償を行いコロナの封じ込めに向け舵を切っているというのに、和牛だの魚だの旅行だの布マスクだのと宣《のたま》いのたくたと検査数も増やさない政府に絶望は募るばかりだ。Googleで「政府　コロナ　テロ」「政府　コロナ　脅迫」「コロナ　補償なし　テロ」と検索してみるが、バイオテロの可能性についての記事ばかりヒットして、諦めてSafariを閉じた。テロの可能性をうっすらと想像する時にも、まず同じことを考えている人がいるのかグーグル先生に聞いてみる自分の小ささに呆れた。

くさくさした気持ちのまま、スマホで預金残高を確認する。入社祝いって三万くらいかなと思いながら指紋認証をすると１０２７３９円と出て一桁間違えてるのかと目を疑って、枕から頭を上げた。二度桁を確認して、すぐにＬＩＮＥをタップする。「就職祝いで十万もらったから旅行いこう！」すぐに既読がついて「まじ？　行こう！　どこにする？」と入ってくる。「江ノ島行きたいって言ってたよね？　熱海とか？　温泉とか行きたくない？」「行きたい。温泉がいいな！　ちょっと遠出して京都とかは？」「いいね。観光客いなくなって今すごい空いてるらしいよ。でも新幹線代二人分払ったら結構使っちゃわない？　近場の方がいいホテル泊まれるんじゃないかな」「確かに、今はとにかく綺麗なホテルに泊まりたい。あと温泉があったら最高」「明後日一緒にどこ行くか考えようよ」「うん！　めっちゃ楽しみ！」「何泊くらいにする？　でも沙南、来週筆記試験とか一次面接入ってなかったっけ？　カレンダーに入ってたよね？」「いいよ別に。フィオラとかダイアンとかの本命はしばらく入ってないし」「でも本命だけ受けるわけにはいかないし。間口広げとかないと。俺は別に何泊でもいいから沙南がまとめて時間取れるところで行こうよ」「いいの。なんか就活とか嫌になってきちゃった。この旅行で心中でもしない？」

冗談か本気か測りかねて、勢いよくキーパッドをタップしていた指が止まる。本気で言ってる？　そんなに就活が嫌なの？　二人でちゃんと幸せになろうよ、そのどれもが沙南を拒絶する印象を与えそうで、どれも打てない。

「心中しない？」

追い討ちがかかる。本気だ。沙南のメンヘラとキシネンリョが爆発している。

「あ、私幸希が運転してるところが見たい！」

卒業前にと慌てて教習所に通い始め、ようやくこの間取れたばかりだった。免許取得後初ドライブは絶対私が助手席に乗るからねと沙南はしつこく言っていた。

「いいよ。レンタカー借りよう」

「じゃあ車で行けるとこにしよう！　めっちゃ調べる！」

激しくとっ散らかった火花をバチバチ弾け飛ばしてふっと消える花火。沙南のことを思う時、いつもそんなイメージが浮かぶから、ずっと彼女の周りに風除けの手を差し伸べ、強い風から守ってきたつもりだった。彼女の火を絶やしたくなくて、風が当たらないように雨が降らないように生き急がないように、守り続けてきたつもりだった。絶対に幸せにしたいと思っていた。それでも結果堕胎をさせることになり、母親のことで嫌な思いをさせ、就活に関してもロクなアドバイスはできず、一緒に行くはずだったライブも中止、彼女に元気になって欲しくて誘った旅行で、心中を誘われることになった。「いいかもね」とゆっくり打ち、じっとその文面を見つめた後送信する。

「何が？」

「心中」

心中の一言に既読がついた瞬間、彼女の火花が見えたような気がした。彼女が喜んでいるのが、LINE越しに分かった。俺はこんなことでしか彼女を喜ばせられないのか。だったら別に彼女を喜ばせたいという理由で心中するのも悪くないのかもしれない。そう思った瞬間、これまでレゴを積み重ねるようにして作り上げてきた脆弱な価値観がひっくり返って、三半規管がおかしくなったような吐き気がした。

＊

ほんとちょっとごめんだけど話せない、めっちゃ怖い、もう運転なんてしたくない！　何で皆ちゃんとウインカー出さないんだよ、まじで手汗がすごい、沙南お願いだから音楽止めて、ナビが聞こえないからほんとお願い！　免許取得以来初めての運転でテンパっている幸希に笑いながらスマホで何枚も写真を撮る。運転してるとこすごくかっこいいよ！　と褒めても、コンビニ寄りたいと言っても、幸希は運転に気を取られていて「うん」としか答えない。幸希史上初の駐車場にバックで入れる瞬間はビデオで撮った。

「はあ疲れた……」

「ほんと必死に運転してたね」

「ごめんだけど全然余裕ない。到着するまでひどい態度取るかもだけど俺は沙南のことが好きだってちゃんと分かっててね」

「助手席からフェラするの楽しみにしてたんだけどな」

「それは確実に一瞬で事故る。チンコ触るのも禁止だからね」

「えー早く慣れてよ」

「フェラされながら運転なんて都市伝説なんじゃないかな」

　残念。と言いながらへとへとになっている幸希の頭を撫でる。高速は怖いと言うから一般道で行くことになったけれど、法定速度を絶対に超えず、カーナビに事細かくナビされているにも拘《かかわ》らずもう何度も道を間違えている幸希の運転では、ナビに出ていた二時間という予想時間を大幅に上回りそうだった。

　コンビニで買い物をして車内に戻ると、ほんとに鎌倉に辿り着けるのかなと幸希は落ち込んだ様子で言う。おにぎりを食べながらこれから走るルートを確認している幸希をさらにスマホで撮影する。これから心中しようと思っているのに、私は写真を撮る。死後の世界なんて信じてないけれど、Googleフォトに閉じ込められた画像は永遠に存在し続けるような気がするのだ。まあそれは私のGoogleアカウントのクラウドでしかないのも分かっているのだけど。

「ねえ幸希」

「うん」

「本当に心中する？」

バックミラーを見つめたまま車線変更に気を取られている様子の幸希はまた「……うん」と気もそぞろで答える。こんなに楽しいけど、私は数日後に死ぬ。そう思うと、全ての過ちが許されるような気がした。そもそも過ちは私が生きていることだったのだから当然かもしれない。巻き込んでごめんだって幸希は私と違ってうまく擬態しながら普通の社会生活を送れる人だから、私と付き合わなきゃ、なんかもっとアナウンサー志望の女の子とかと付き合えば普通に幸せで可愛い恋愛をしていずれ結婚とか子供とかいう人生が待っていただろうに。そんな思いが過ぎる。

「今日、お母さんには何て言ってきたの？」

「うん？」

「家には何て言って出てきたの？」

「ああ、卒業旅行行くって言ったよ」

「誰と行くってことにしたの？」

「友達とって」

「私とって分かってるんじゃない？」

「どうかな」

「怒ってなかった？」

「すごく怒ってたよ。私は感染したくないからもう帰ってくるなって言われた」

「何でそういうこと、聞かれるまで私に言わないの？」

「俺の中でもう母親は関係ない人だから」

ふうん、と呟いて黙り込む。やっぱり幸希は頼りない。別に私と行くと言ったって向こうに止める権利なんてないし、もう心中を目前に控えているのだから正直に言えばいいのに。関係ないのだったらもっと分かりやすく対立したり衝突してしまえばいいのに。私の心中への欲望は、あもう色々めんどくさいし色々憂鬱だし色々不安だから全て消えてしまえという衝動に近い。そしてこの衝動は、幸希の頼りなさとまどろっこしさに起因している部分も僅かながらある。彼はあやふやなのだ。心中にだって乗り気なのか嫌なのかも分からないし、もっと言えば本気なのかどうかも分からない。何だか自分が押し売りになったような気分だった。買いますか？　買いますね？　買うんですね？　と意思の弱い相手につけ込んでいるような気持ちにさせられるのだ。だからいつも幸希の本当の気持ちが知りたくて「どうなの？　どう思ってるの？」と余計に押し売りみたいなことをしてしまう。

「本当に心中するの？」

「ん、うん」

「私は本気で聞いてるんだけど」

「聞いてるよ。心中するよ」

信号待ちで停まった彼はハンドルを両手で握り、真っ直ぐ前を見つめたまま言う。

「ねえ沙南」

「なに？」

「一昨日さ、父方の祖父母からも入社祝いもらったんだよ。十万」

「すご！　入社祝いってそんなにもらうもんなの？」

「いっぱい美味しいもの食べて、行きたいとこ行こう。本当は俺には待ってない未来を祝福された金で豪遊しよう」

幸希はハンドルを握る手の力を緩め、私の方を向いて穏やかに言う。だからこうして彼が僅かしか持っていないのであろう意思を露わにしてくれる時、私は彼に溺れて死んでしまいたいと思うのだ。うん！　と答えると、幸希は満足そうに微笑む。

「別に今車ん中でフェラして事故で死んじゃってもいいんだけどね私は」

「だめだめ。俺たちはこれからめちゃくちゃ楽しむんだよこの旅行を。それに死ぬ前に死ぬほどセックスしないと」

声を上げて笑って、私はビールを飲み込む。ちょっとだけ飲む？　と缶を差し出すと、幸希はむりむりと私の手を押し退け、身を乗り出してキスをするとすぐに前を向き真剣な表情に戻って信号機を見上げた。


ドンキに寄りたい絶対寄りたいと騒ぎ、行くんなら絶対に走ってる車線側にあるドンキにしてくれと言われ、ナビと格闘してようやく見つけたドンキで、18禁コーナーのグッズを端々まで見て回りキャッチコピーやネタ系グッズにきゃっきゃと盛り上がった挙句、バイブリングをカゴに入れた。チンコの根元に装着するとセックスしている時クリトリスに当たる小型バイブで、以前はよく使っていたのだけれどちょっと前から充電器に反応しない故障を起こしてすっかり使わなくなっていたのだ。家に忘れたホットビューラー、パックやヘアクリップ、おつまみなんかもがんがんカゴに入れていると、四泊でこんなおつまみ食べる？　と心配そうに幸希が言う。

「全部一口ずつでいいから食べたい。心中前くらい贅沢しようよ」

まあ、そっか、と呟き、幸希はＤＥＡＴＨと書かれた激辛柿の種をカゴに入れた。

「謎チョイス！」

「心中前に度胸試ししようよ」

「度胸試しのレベル低すぎない？」

「じゃあさ、今日の夜は世界で一番怖いホラー映画観ない？」

「世界で一番の基準は？」

「それはグーグル先生に聞いてみないと」

出発から三時間半経ってようやく到着した鎌倉で、返却前にとセルフのガソリンスタンドに寄る。運転中ハイオクとレギュラーのどちらを入れるべきなのか調べてくれと言われ、なんかガソリン入れるところに書いてあるらしいよと言うと「本当かなあ」と不安そうだった幸希は、停車位置から随分ずれてしまった車を降りるとしばらく給油口と格闘したのち窓から「給油口が開かない！」と助けを求めてきて、「あの人に聞けば？」と店員を指差すと「お願いだから給油口、開け方、でググって！」と人を頼ることを嫌がる幸希らしいことを言った。爆笑しながらグーグル先生に聞き、運転席の下にレバーがあるらしいと伝えると、そういえば教官の人がそんなこと言ってたような気がする、とレバーを探ってようやく給油口を開け、給油機に貼られた手順を几帳面すぎるほど丁寧にこなしていった。

レンタカーを返却し、徒歩で到着したホテルはロココ調の猫足バス付きホテルで、五十平米ある部屋は何だかがらんとした印象だったけれど、早速ビールとおつまみを開け、ポータブルスピーカーでハンザップを流し、軽く踊りながら荷ほどきをすると体が馴染んでいくのが分かった。

少し部屋で休んだあと鎌倉駅前でお土産屋さんを散策し、ガラス工芸品のお店でお揃いのグラスを買い、食べログで探した地物を扱う魚介系の居酒屋に入った。もう二週間くらい生魚は食べたくないと思うほどの大量のお造り、こぼれ雲丹軍艦や朝獲れ生しらす、ホルモン炒め、しらす焼きそばまで食べた。ホテルに戻ると世界で一番怖いホラー映画を検索して、そもそも怖いにも色々あってスプラッター系とか幽霊系、人間が怖い系のどれを見るべきかの議論になって、今日は人間が怖い系にしようとなって結局二人とも観たことあるけどほとんど忘れていた「シャイニング」を観始めたけれど中盤でいちゃついていたらどうでも良くなってしまい、停止させると新しいバイブリングを使ってセックスしたあと瞬寝した。


二日目はゆっくり起きて朝勃ちからのセックスをするとだらだらと支度をして七里ヶ浜の人気のパンケーキ屋さんに行き、コロナだからお客さん少ないと思ったのにと愚痴りながら三十分並んでステーキとパンケーキを食べた。観光客も多くて、皆がお店の看板の写真を撮っていくのを見ながら、コロナなんて嘘のように感じる。皆が普通で、普通に観光をして普通に美味しいお店に並び、普通に美味しいパンケーキを普通に食べて普通に帰っていく。Twitter のトレンドにコロナ関連のニュースが出るたび、まだどこか映画を見ているような気になる。

大仏を見に行き、銭洗弁天でお金を洗い、近くに鎌倉文学館というものがあると知り行こうとするものの、途中でコロナ感染拡大のため臨時休業との張り紙を見つけて引き返すとぶらぶらソフトクリームとお団子を食べ歩いた。他に何か面白いものはないかとネットサーフィンをして、日没の時間を調べると絶景スポットだという稲村ヶ崎の日没を見に行った。風が強くて髪がぼさぼさで、指を通すたびに絡まって不快だったけれど、とにかく壮大な日没が見れた。日没を見ようと思って日没を見に行った経験が初めてで、とある場所のとある時間に行けば天気の影響はあってもまあまあ確実に日没が見れるんだという事実に、ただただ「地球とか宇宙ってすげえ」と思った。私にはまだ分からないことだとか、知らないこと、知ってても実感できてないことがたくさんあるんだろうなと、純粋に卑小な自分を感じた。そして改めて、自分が卑小なまま死んでいく事実を思い知る。でもこれから十年生きたって二十年生きたって、自分が卑小であることに変わりはないような気もする。

三日目には湘南の海岸線に建つ温泉旅館に移動した。チェックアウトぎりぎりになってもなかなか化粧が終わらなかった私に代わって荷造りをしていた幸希は「ヘアアイロンってこのまま入れていいの？」「この下着はもう着たやつだよね？」と律儀に聞くから、全部適当でいい！　と丸投げしたけれど、旅館について荷ほどきをするとまあまあ丁寧に詰め込まれていて、やっぱり幸希だなあと思う。彼ほど丁寧に生きている人を私は知らない。幸希は旅行中、朝起きると朝ごはんを食べ、歯磨きをし、顔を洗い、寝グセ直しウォーターを使って髪をブローし、着替えをして、お財布、イヤホン、iPhoneをポケットに入れて出かける。私が飲み過ぎたり疲れきっていて適当な場所で寝かけていると、幸希は必ず歯磨き粉をつけた歯ブラシを持ってきて歯磨きをさせ、ベッドまで連れて行ってくれる。そういう律儀な人と付き合ったことがなかった私は、幸希が懇切丁寧にルーティンをこなす様子を見ていると少し幸せな気持ちになる。

海辺にある定食屋さんでしらす丼と鯵のなめろう丼を交換しながら食べ、もうしらすはしばらく食べたくないねと言いながら店を後にすると、江ノ島観光をした。たこせんべいと貝せんべいを回し食べして、サムエルコッキング苑を散歩し、展望台に上ると、あの辺が私の家かな、幸希の家はもう少しこっちかな、スカイツリーってあれかな？　スカイツリーはもっと邪悪な形してるよ、富士山見える！　とベタにはしゃぎ、夜はちょっとお洒落な肉バルのお店に行き、ハラミや鴨肉のロースト、キッシュや生ハムという重たいものだらけの夕飯を食べた。お腹いっぱいで旅館に戻ると、私たちは浴衣とタオルを持って部屋を出た。

海に面した旅館の九階にある温泉フロアは最高で、幸希と手を振り合うと露天風呂サウナ水風呂大浴場サウナ水風呂大浴場露天風呂大浴場サウナ水風呂大浴場、と巡り巡った後フラフラになって脱衣所に舞い戻った。浴衣姿で髪の毛を乾かしちょっとした好奇心で体重計に乗ったら47キロと出てこの間まで44だったのにおかしいなでももう死ぬし死ぬ前に食事制限するほど意味のないことないしこの旅行中は一切の欲望を我慢しないと決めたんだと決意を新たにする。

お風呂を出てウォーターサーバーで水を汲み二杯一気飲みすると、私は喫煙スペースと書かれたドアを開ける。白熱電球のライトで照らされた小さなテラスには誰もおらず、この旅館の中で最もシックな場所に見えた。部屋は禁煙だし、幸希も煙草を吸わないから、肉バルを出て以来きっかけがなくずっと吸えていなかった。幸希は直接的に苦言を呈しはしないけれど私が煙草を吸うことを快く思っていないため、温泉と同じ階に喫煙スペースがあることを知り、温泉後の煙草を密かに楽しみにしていたのだ。ベンチが二つと、スタンド灰皿があるだけのその場所で、手すりに肘をつけ外を見下ろす。波の音が聞こえて、思わず身を乗り出す。真下に駐車場、そのすぐ向こうに小さな崖がありその先が海だ。海は音でしかその存在を感知できないほど真っ黒で、面白いくらいおあつらえ向きなシチュエーションだなと思う。幸希はもうとっくに部屋に戻っているだろう。そろそろ遅すぎやしないかと心配しているに違いない。ベンチを手すりの前に置けば、スリッパを脱ぎ捨て簡単に飛び降りられるだろう。波の音と煙草がジリジリと焼けていく音が混じり合って、重なり合って、少しずつ音量が上がり耐え難いほどの爆音になっていく。

ジリジリザンザンジリジリザンザン、頭から被ったビニール袋の中の空気を掃除機で吸われるように急激に周囲から圧迫され追い詰められ息ができなくなっていく。この旅行に出かけてからの楽しかった思い出がどんどん脳裏に蘇りその楽しさ故に吐き気がしてくる。手すりに寄りかかって大きく煙を吸い込み、煙とともに今日のご飯を下の駐車場に向かって吐いてやろうと思ったけれど、体勢のせいか全くご飯が込み上げてこない。虚しくなって、涙目のまま煙草を根元まで吸い乱暴に灰皿に投げ捨てる。

＊

大浴場から部屋に戻って四十分以上が経っていた。あまりに遅くないだろうかと電話を掛けようとして、沙南のスマホが充電器に繋がれ部屋の隅に置かれていることに気づく。九階に戻ってみようかと思うものの、沙南が待合所でのんびりしたり、マッサージチェアに座ったりするタイプとは思えないし、いなかったとしても女湯と書かれたその向こうに行くことはできない。でももうお風呂の入り口でじゃあねと言ってから二時間経っている。サウナで倒れている可能性はないだろうか。さっきのお店で結構日本酒を飲んでいたし、酔っぱらって溺れた可能性は……。嫌な予感は一度始まると爆発的に想像力を掻き立て、カードキーとスマホを持って館内履きのスリッパに足を入れると、浴衣姿のまま部屋を出る。

何となく、この旅行に出かけて以来、沙南が最後の最後のところで何かを堰き止めて自分に吐露してくれていないような気がしていた。何でも言ってくれていいのに、なんでもやるのに、一緒に死ぬとまで言っているのに、最後の最後で拒絶されているような気がするのだ。心中するという言葉も、沙南にはどこかで本気にされていないような気もする。沙南が生きることの絶望や死について話す時、いつも超えられない属性の壁を感じるのだ。実際、自分は死んでもいいと思ってるし、この世界にも、取り柄もやりたいこともない自分にも、特に執着はない。でもそれは、沙南の死にたさとは全くもって性質の違うものなのだと分かっている。沙南にとって死は絶対的なものだけれど、俺にとって死は選んでもいいし選ばなくてもいい相対的なものでしかないのだ。

でもだからと言って、それは沙南が俺を見捨てていい理由にはならないはずだ。

気が急いて、エレベーターで9のボタンを連打した。エレベーターのボタンとかドアの取手とかも素手で触らない方がいいわよと話していた母親の声が蘇って、「閉」のボタンを殴りつける。九階に到着して休憩所を見てみるが人っ子一人いない。もう深夜二時を過ぎている。そう言われれば、深夜一時以降はサウナと露天風呂は清掃のため使用不可と書いてあった気がする。自動販売機コーナーは薄暗くて誰もおらず、焦りが増していく。もしも沙南が一人で死んでしまったとしたら、俺は後追いをすることはできないだろう。置いていかれる。執着の強い母親に育てられたせいか一度も抱いたことのなかった不安が全身に渦巻き始める。俺は俺の生も死も決めることができない。だから生き続けてきた。ようやく自分自身のみならず自分の死をも心から認めてくれる人に出会えたと思っていたのだ。沙南が一人で死んでしまったら、俺は生も死も選べないまま、生きることも死ぬこともできないまま呼吸を繰り返すだけの人生を送るのではないだろうか。死に損なった俺は沙南のいない世界でどんな風に生きていくのだろう。沙南の死を知り、可哀想にと悲しげな表情を浮かべつつ陰でほくそ笑む母親の表情が浮かぶ。俺は体の奥底から、沙南とともに死ななければという衝動に突き動かされていた。

自販機コーナーの向こうは宴会場がいくつかあるだけで、もうすでに廊下の電気は消えている。そうだ、一階に喫煙所があったはずだ。そう思い出してエレベーターに舞い戻ると、下のボタンを連打する。開いたドアを潜《くぐ》って1のボタンを押した瞬間、館内案内に9階・大浴場、露天風呂、サウナ、宴会場、喫煙スペース、と書いてあるのが目に入って、閉まりかけたドアに手を差し出す。ガコンと音がして開いたドアをもう一度出て、温泉の反対方向の廊下を歩いていく。喫煙スペースという看板が薄暗さの中辛うじて確認でき、勢いよく煙草マークの貼ってあるガラス戸を開けると、ベンチに腰掛ける沙南の姿が目に入った。

「沙南」

こっちを見上げる浴衣姿の沙南に見惚れながら、隣に腰掛ける。

「どうしたの。心配したよ遅すぎて」

「煙草吸ってたの。外を見下ろしてたら、ここなのかなって気がしてきて」

「ここって……？」

「最適な場所が」

「今日はまだ三泊目だよ。明日もここに泊まるんだよ」

「明日になったら悲しくなる。旅行の帰宅前日はいつも悲しくて耐え難い」

「どうして部屋に戻ってこなかったの。一人で死ぬつもりだったの？」

「心中直前のカップル間では大概行われる議論だろうけど、結局のところこの心中案は私にしか意味がないものでしかない問題が勃発してる。二人ともが同じような死にたさを抱えてるカップルなんてまずいないからね」

例えば、俺が入社する。仕事自体はつまらないだろうけど、ここまで嫌いな学校に十六年通い続けてきたのだから、よほどブラックというわけでなければ労働に耐えられないこともないだろう。ちょっと前に不動産屋に沙南の家の近くの物件を何件か問い合わせ、初期費用を聞いたら大体家賃の五倍程度と考えてくださいと言われていた。家賃が八万なら四十万、七万なら三十五万だ。引っ越し費用や冷蔵庫洗濯機なんかの家電を考えて、五十万程度あれば何とかなるだろう。実家から通勤して三ヶ月分くらいの給料を丸々貯められれば引っ越せる。六月の給料日まで、あと三ヶ月くらいだ。何とか三ヶ月沙南が耐えてくれれば、俺たちはワンルームのアパートで幸福な生活を送れるようになるんじゃないだろうか。もし沙南がコロナ就職難で職にあぶれたとしても、軽くバイトをしてくれれば、贅沢はできなくとも慎ましく二人で節約生活を送ることができるんじゃないだろうか。その生活に邪魔が入らなければ、沙南だってささやかな幸福を感じながら生きていくことができるんじゃないだろうか。

「ねえ沙南、ちょっと聞いて欲しいんだけど」

「俺たちに待ってる仄かに明るい未来の話でしょ？　そんなの私は考え尽くしてる」

「全く聞く耳を持ってくれないの？」

「ロックダウンになったら一ヶ月とか二ヶ月まともに会えない生活が続くかもしれない」

「でもロックダウンにならないかもしれない。日本じゃ緊急事態宣言が出たとしても罰則付きの強制力のある外出禁止命令は出せないってTwitter に書いてあったよ」

「ロックダウンになったらお母さんが私と会うことを許してくれるはずない」

「じゃあ例えば、五十万サラ金に借りて入社と同時に二人暮らし始めちゃうのはどう？　この間シミュレーションしてみたんだよ。初任給の手取りが十七万くらいとするよ、家賃光熱費食費が十万に収まれば月七万返せる。もちろん十万に収まるっていうのは楽観的かもしれないけど、少なくとも四万くらいずつ返していけば一年後には完済できると思う。今のサラ金は百万以下の借り入れの場合年の金利が約十八％。つまり十万で年一万八千円、五十万借りたとしても年間九万。毎月返済していけばもちろん利子も下がってく。返済中は切り詰めた生活になるかもしれないけど、一時の出費と思って借金するのもアリなんじゃないかな。もし沙南がバイトで三万でも五万でも稼いでくれればもっとずっと早く完済できる」

「そういうことじゃない。もう無理なの」

「そういうことじゃないのは分かってる。これはプランBだよ。可能性の話だよ。政府だってコロナのことでプランAにしがみついてプランBに移行できないことを批判されてるよね？　可能性を検討したって損はないはずだよ」

　沙南が煙草に火をつけて立ち上がり、手すりに両腕を置くから、慌てて隣に立ち沙南の左手を強く握る。手すりの向こう側を見つめて、真っ暗な外を、死を見つめて、彼女は涙を流していた。

「一人でここから飛び降りようと思ってた。でも幸希が私が戻ってこなくて部屋で不安そうにしてる姿が浮かんだ」

「不安だったよ。もうあんな思いはさせられたくない」

「それでそのあと、赤ちゃんができたって分かった時散々不安で泣きながら、幸希と私と赤ちゃんの三人で一緒にいる姿が見えたのを思い出した。私と幸希が、赤ちゃんをあやしながら幸せそうにしてた。あの時見えた画だけが私をあと一歩の死に向かわせてくれない。これまでの自分にもこれまで築いてきた人間関係にもどんな過去にも何の執着もないのに、あの時見えた未来だけが私に執着させる。堕胎したことが死にたい理由にもなってたのに、妊娠したことが私に生に執着させるなんてひどい話」

「だったらもう少し、生きてみようよ。沙南と一緒に死ぬ幸せはかけがえのないものだけど、沙南と一緒に生きていく幸せもなくはないんじゃないかって思うんだよ。俺は沙南と付き合い始めて、初めて生きてて良かったって思ったんだよ。生まれて初めて感じたその喜びを、もう少し俺に味わわせてくれない？」

「そんなずるいこと言わないで」

「ずるいかどうかはもう少し生きてみてから考えてみようよ」

「そんな風にゆるっと死にたさと生きたさを受け止めるの？　どうして」

「ごめん」

左手で浴衣の袖を内側から握り、沙南の頬の涙を拭っていく。次から次へと溢れてくる涙を拭い続けながら、沙南の涙を拭う仕事があればいいのにと思う。右手を握り返してくる沙南の手が震えていた。いったん部屋に戻ろう、寒いでしょ。そう声を掛けると沙南は俺の胸元に顔を埋めた。泣きじゃくる沙南の頭を撫でながら、死に損なったのかと、自分でも改めて物足りなく感じた。

部屋に戻って求められ一度セックスをしたあと眠りにつき、昼前まで寝ると、その日沙南は力が出ないと繰り返しずっとホテルに籠っていた。浴衣から着替えもせず、化粧どころか顔を洗いもせず、敷きっぱなしの布団でごろごろし続けていた。お昼ご飯は俺が旅館近くのレストランで売っていたテイクアウェイのカレーを買ってきて、夜には旅館内の和食レストランからルームサービスを取った。すき焼き膳と焼き魚膳を取ったけれど、何を目の前に出しても沙南は箸が進まずもういいとすぐに箸を置きストロングを飲み始めた。最後の夜だし、近くのバーとかに少し飲みに行かない？　と人生で初めて口にしたバーへの誘いは「行かない」と無下に断られた。どうしたらいいのか分からず、手を繋いだり後ろから抱きしめたりしたけれど、沙南の目にはもう自分が映っていないようで焦りと悲しみが募っていく。

「コロナみたいな天下無双の人間になりたい」

窓に向けたカウチに座り一時間も外をぼんやり見つめていた沙南が唐突に振り向き突拍子もないことを言いだすから、えー、と呟き閉口する。

「どうして私も幸希もこんなに弱いんだろう」

「ごめん」

「何があっても死ぬことなんか考えないようなガサツで図太いコロナみたいな奴になって、ワクチンで絶滅させられたい。人々に恨まれて人類の知恵と努力によって淘汰されたい」

「俺は沙南が何を目的として生きてても沙南の味方だよ」

「幸希のそういうところ好きじゃない。間違ってるって思ったら間違ってるって言って欲しい」

「沙南が間違ってるなんてことないんだよ。それは、別にコロナが間違ってるわけじゃないのと同じだよ」

「もちろん相対的な視点は必要だけど、それが過ぎると幸希みたいに何の判断もできなくなる」

「判断する必要なんてあるのかな。俺は沙南の犬でいたいよ。ボール取っておいでって言われたら取ってくるし、ご飯を待てされるならいつまでも待つし、死のうって言われたら死ぬ。でも沙南を傷つける人がいればちゃんと闘うよ」

「彼氏ができたと思ってたら犬飼ってたってことか」

「犬飼ってたから、犬を置いて死ねないって思ったんじゃない？」

「犬は私を妊娠なんてさせないけどね」

ごめん。と呟き、手を握る。いいや、もう面倒だから吸っちゃおう。怒ったような声を出して沙南は立ち上がり、二十センチほどしか開かない窓の前に座りこみ煙草に火をつけた。煙めっちゃ中入ってるけどと言っても、一本だけと意に介さない様子で窓の外に灰を落とす。強い風が吹いているのが音でわかって、沙南の後ろに座り腰に手を回す。

「煙草吸ってる人はコロナにかかると非喫煙者よりずっときついらしいって、Twitter で流れてたよ」

「コロナに罹ると症状が急に悪化して死ぬケースが多いから、割とコロっといけるんじゃないかって書いてた人もいたよ。癌になって転移と手術と放射線治療のループよりマシかもって」

「不謹慎の極みだな」

「希死念慮持ちの不謹慎な人ばっかりフォローしてるからね」

「沙南らしいね。俺のＴＬは真面目な人とバンドマンばっかりだよ」

「考えたんだけど、やっぱりこの窓を破って二人で飛び降りるのはどう？　向こうにあった栓抜きとかで思い切りやれば割と簡単に割れるかも。割れたらきっとすごい音がするし外にガラスが落ちるから、すぐに人が駆け込んでくる。だから私たちは人が来る前にって、焦って飛び降りれるんじゃないかな」

「それは、人から責められたりルールから外れることを極度に恐れる俺の弱点をついた提案だな」

「ガラス割って責められるより死ぬほうがマシでしょ？」

「それは死ぬほうがマシだね」

よわっ、と笑って、沙南は振り返って俺の頬を撫でる。煙を外に排出することを諦めた様子の沙南の手の中の煙草の煙が室内をもくもくと汚染していく。キスをすると苦い味がした。

「でも死なないんだよ。私たちはコロナに罹っても多分死なない。嫌だなあって言いながら生きてくんだよ。私たちみたいな生きてるのか死んでるのか分からないような弱い人たちが死ぬウイルスだったら良かったのにね」

「いや、弱い人たちじゃなくて、俺の母親とか、ブラック企業の経営者とか、利権しか考えてない政治家とか、人を抑圧したり搾取したりする人たちが死ぬウイルスの方がいいよ」

「科学者になってそんなウイルス作ってバイオテロ起こせたらいいのになあ」

夢見るように言う沙南の横顔を見ながら、沙南と俺がこの旅行のどこかで、例えば初日に行った店員が注文を受けるたび大声で注文を厨房に伝えていた狭い居酒屋、二日目に行った国内外の観光客がごった返していたパンケーキ屋の行列、たこかいかか貝かと相談しながら並んでいた江ノ島のせんべい屋の行列、あるいはワインや日本酒を頼むたび店員がご丁寧にどんなお酒かを解説していた昨日の肉バルなんかでコロナに感染していて、一週間後くらいに発症し微熱の症状を報告した俺には出社禁止令が下り、俺から感染していた母親には症状が出るものの保健所にも病院にも検査を断られ自主的に自宅隔離を始めるが、小康状態を保っていた母親は突如症状が悪化して救急搬送されるも死亡、俺と沙南は軽症のまま回復という想像をしてみる。母親が死んだら、父親は単身赴任だから、母親のいなくなった風通しの良い実家で沙南と二人で住むようになるだろう。コロナ陰性の結果が二回出たら無事に会社員生活が始まって、帰り道で待ち合わせて夕飯のおかずを相談しながらスーパーを歩き回り、帰宅後は一緒にご飯を作ってご飯の後は一緒にお風呂に入って、バイブリングを使って一時間くらいかけてセックスをしてもきっとまだ十二時は過ぎてなくて、腕枕のまま三十分くらいくだらない話とか明日の夕飯の話なんかをしていつの間にか俺は寝落ち、沙南はそんな俺を見つめて微笑んでから、眠りに落ちる。俺は朝ギリギリに起きて慌てて朝ごはんを食べて、身支度を終えた頃に起きてきた沙南とキスをして会社に通勤する。あるいは、会社はコロナの影響で在宅勤務が増えているかもしれない。そうしたら在宅で仕事をしながら合間に沙南とセックスをしたり、リモート会議中にフェラをしてもらったりという楽しいこともできるかもしれない。運転中は無理でも会議中なら何とかなりそうな気がする。沙南の就職活動は難航するだろう。今日も後輩から、本命だった会社が新卒採用を中止したという嘆きのLINEが届いていた。今のところ政府には何の期待もできないが、コロナ就職難の今、今年度の就活生たちに何かしらの救済措置や補償が行われる可能性もなくはない。それに家賃を払う必要がなければ俺一人でも沙南と二人で暮らすくらいの給料はある。心配なのは父親が東京に戻ってくるという事態が訪れることだけれど、ここ一、二年明らかに父親が東京に来る回数が減った原因、母親の父親への怒りに満ちた言葉をちょくちょく耳にするようになった原因はどうやら父親の浮気のようだった。この旅行のことを知った母親は俺を罵倒し詰り尽くした挙句、「あんたたちは親子揃って悪魔に騙されてる！」と悪魔のような形相で叫んだのだ。その瞬間、「母さんとの生活は大丈夫か？」と数ヶ月に一度定型文のようなＬＩＮＥを入れてくる父親の意図がようやく分かった。母親なきあの家で沙南と二人で暮らしていると正直に話せば、父親は別の女の人とどこか別のところで二人暮らしを始めるのではないだろうか。実力行使でさっさと沙南と結婚してしまうのもいいかもしれない。結婚式なんてしなくていい。婚姻届だけ出して、コロナが収束した頃にウェディングドレス姿の写真だけ撮りに行くのはどうだろう。そうだ、二人の生活が落ち着いたらずっと母親に「絶対ダメ」と言われていた犬を飼うのもいいかもしれない。

「ねえ沙南、犬飼うんだったらどんな犬がいい？」

なに急にと沙南は笑って、犬はもう大きいのが一匹いるよと俺の頭を撫でる。

「全部俺が世話するし、何なら毎晩一緒にランニングするよ。そしたら俺も体型維持できるし。小さいのと大きいのどっちがいい？」

「あれがいいな、あのぬいぐるみみたいで可愛いけど地頭が悪そうな、幸希みたいな犬」

「なにそれひどいな。ハスキーとか？」

「違う、えっと、そうだ、ゴールデンレトリーバー」

「レトリーバーか。賢そうな顔してるけどね」

「人に好かれるのは得意だけど命令がなきゃ何もできなさそうな感じが幸希にそっくりだよ」

「母親がコロナで死んだらうちで二人で暮らそう。それで結婚して、レトリーバーを飼おう」

何考えてたんだかと呆れたように笑う沙南が僕の頭をワシワシと撫でつけ、抱き寄せた。胸に抱かれながら、沙南が窓の隙間から煙草を投げ捨てたのが見える。その場で押し倒すと、すでにはだけている浴衣の紐を解き下着を剝ぎ取る。幸福な想像のせいか気分が高揚していて、沙南の性器を舐めてびしょびしょに濡らすと畳の上まで沙南を引っ張りすぐに挿入した。自分を苦しめるもの、自分の好きな人を苦しめるものの絶滅を強く願う。テロとか殺人事件を犯すことは想像もできないけれど、コロナが蔓延し始めた世界の中で、こんなにも幸福な想像ができることに初めて喜びを感じた。こんな幸福な世界は、コロナがなければ想像もできなかっただろう。よわっ、というさっきの沙南の言葉が蘇って思わず苦笑を漏らすと「なに？」と沙南が嫌そうに両手で俺の胸元を軽く叩く。

「してる時に笑わないで」

「幸せだなって思ったんだよ」

沙南に覆いかぶさって首筋にキスをする。私も幸せだよ。沙南の腰の下に手探りでソファから取ったクッションを挟み込むと、声が一層大きくなる。腰を摑み、腰を押し付けながら、畳に擦れる膝の痛みを無視しながら、二人の湧き立つエネルギーが混ざり合うのを感じながら、コロナが蔓延する時も、コロナが収束した時も、世界経済が破綻した時も、しなかった時も、沙南を愛し敬い慈しむことを誓いますと冗談のような言葉を頭に浮かべる。誓います。小さな囁きは沙南の絶頂を伝える声によってかき消され、小さな自己満足は射精の衝撃によって打ち砕かれた。

畳の上に転がった死体のように力ない二つの体は、それぞれ僅かに呼吸で上下している。

「今さ、ヤってる時ね、そこのテーブルにある醬油差しから吹き出しみたいな形の煙みたいなものがぽこんと出てきてすっと消えていったのが見えたの。私醬油差しから魂が抜ける瞬間を見たのかな」

一瞬間が空いて、笑い声を上げる。私だってびっくりしたんだよと俺の肩に拳をぶつける沙南を抱きしめ、そっかと頷きながら髪の毛を撫でる。それで俺と沙南は、他のどんな物にどんな形の魂が入ってるかなという話題で一時間くらい盛り上がって、また悲しいとか嫌だなとか言い合って、無慈悲なような希望のような朝を迎え、コロナが拡大を続ける東京に戻っていくのだろう。

それぞれの名前を冠したピンが地図上に散らばっている様子を目にするたび、「ぐちゃっ」と音がしたような気がする。その様子は、すごろくの盤にいくつかのコマを落としたかのようで、どことなく投身自殺を思わせるのだ。

知ってるこれ？　とやけにポップなアイコンのアプリを皆に紹介したのはナナちゃんで、好奇心旺盛な大学生たちは何それと食いつきそれぞれスマホで調べ始めた。「位置情報共有アプリ？　GPSみたいなこと？」「そうそう、どこにいるか分かるし、移動速度とか、バッテリー残量も分かるの」「何それ怖くない？」「だから、自分の居場所を知られてもいい友達だけ登録するんだよ。あ、ミナミン近くにいんじゃん合流しない？　みたいな感じで近い人誘えるし」「え、これ家とか学校とかも分かるの？　住所登録するってこと？」「ううん、夜を寝て過ごす場所に勝手に家マーク、毎日通ってるところに学校とか職場マークがつくんだよ」ナナちゃんは装っているのか分からないけれど、無邪気に言う。

「えー怖い」「犯罪起きそうじゃね？」「恋人同士で使ったら絶対浮気できなくない？」などとほ

とんどの人が冗談めかした懸念を示したけれど、その場にいた二十人の内十二、三人が「卒業して皆が散り散りになってくのも見てて楽しいかもな」とか「関西行く時とか関西組に会いやすくなるよね」とか言いながらノリで、あるいは「誰かと繋がっていたい欲望」からゼンリーをインストールした。

「芽衣《めい》もやる？」

遼《りょう》がそう聞いてきて、「遼は？」と聞き返すと「一緒にやってみようよ、芽衣の場所分かったら安心だし」と屈託のない笑みで答えたから、私も入れた。いつもそうだった。その日も遼の友達が多くアウェー感のあるバーベキューに誘い、迷っていた私を「行けば楽しいって！」と鼓舞したのも、就活の頃ほとんど興味のない説明会に「何か出会いがあるかもしれないじゃん」と連れて行ったのも、消極的な選択をしがちな私を「あっちに行こう！」とバカの一つ覚えみたいに光の差す方に向かって引っ張ってくれたのはいつも遼で、バイトもあるしとゼミの卒業旅行を辞退しようとしていた私に「先生とゼミ仲間たちとの最後の思い出になるんだよ」と真剣に行くよう勧め、さらに遼のテニスサークルの軽井沢への卒業旅行にもほとんど無理やり連れて行かれることとなった。卒業する頃、もはや彼のその資質は私には重苦しく、卒業旅行のあれこれで就職に向けての心の準備が間に合わず環境の変化に散々メンタルをやられたため、もう遼のペースには振り回されないと心に決めたのだ。そしてそう決めてしまうと、あんなに眩しく見えたポジティブさが、子供向けのアニメに出てくるような妖怪じみたものに感じられるのが不思議だった。単純に、恋愛というステージを降りてみれば、私は彼のような人が人としては好きではなかったのだ。

明らかに属性の違った私たちはそれぞれのクラスタ向きの仕事に就き、当然の流れとして自然と疎遠になり、「俺たち別々の道を歩んだ方がお互いのためなんじゃないかと思うんだ」という最後までポジティブに別れようとする遼に、私は呆れつつホッとしていた。本当に芽衣の幸せを心から願ってる、ずっと友達でいようね。妖怪ポジティバーの言葉がどこまで本心なのか分からなかったけれど、ゼンリーの友達登録を外されることもなく、ゴースト機能にされることもなく、私は別れたあとしばらく、遼のピンを見続けていた。夜になると新宿三丁目や渋谷の方にしょっちゅう出かけている遼は、もう新しい彼女がいるのか、それとも合コンや仕事の飲みに出かけているのか分からないけれど、私と違って恋人一人と別れたところで遊ぶ人に困らないのは明らかだった。何だかんだで二年以上付き合っていた遼との別れは本質的な痛手ではなかったものの、自分自身が自分自身だけでは本当に狭い範囲でしか活動しない、コミュニケーション能力の低い陰キャであるという事実を改めて思い知らされるきっかけとなり、ゼンリーは陽キャな彼氏がいた証のようなものとして、私のスマホに残り続けた。

自分に近い趣味趣向を持つ蓮二《れんじ》に出会った時、私がほとんど反射的に彼を好きになってしまったのは、そんな元彼と付き合っていたからというのもあったのかもしれない。映画や本の趣味も、激辛料理好きというところも一致していて、キャロライナ・リーパー、トリニダード・スコーピオン、ブート・ジョロキアなど激辛唐辛子の種類の話で盛り上がった時には、もうこの人と付き合いたいと思っていた。デートはもっぱら辛いもの巡りで、中野の激辛担々麵、五反田の激辛火鍋、渋谷の激辛麻婆豆腐、新大久保の激辛ヤンニョムチキン、歌舞伎町の本格四川料理屋、去年の夏激辛グルメフェスが開催された時にはラウンドが変わって店が入れ替わるたび食べに行き、毎週肛門が焼けるような思いをした。

辛さを感じているのは味覚ではなく痛覚だという。味ではなく痛み、刺激を私たちは辛味と感じるのだ。激辛グルメフェスでそれまでとレベルの違う辛さに完食不可かと思われたキャロライナ・リーパーカレーを灼熱の太陽の下汗だくで食べながら、私たちは涙目でなぜ辛味はある一定のレベルを超すと苦味に変化するのかと話していた。単なる痛覚が限界を超えたことによるバグ説、痛みが限界を超えて「これを口に入れてはならない」という危険信号として人が嫌う苦味に変換しているのではないか説、激辛カレーの対抗策として買ったレモンサワーの氷を噛み砕きつつ私たちはそんな話をして、何とかかんとか完食するとそのまま歌舞伎町のラブホテルに入った。

カレーで滲み出た汗が引く前に私たちは全裸になって、シャワーも浴びずにベッドに入った。汗だくになってセックスをする。それが私たちの恋愛のテーマとも言えた。会うたびにセックスをして、セックスの精度を上げていくことに二人で尽力した。バック、正常位、騎乗位、座位、それぞれの体位で互いがどの姿勢になると一番奥まで入るか、どの姿勢になるとクリトリスが擦れるか、どの姿勢になるとGスポットに刺激が与えられるか、どの姿勢になると締め付けが強くなるか。研究し尽くした私たちはセックスをするたびにセックスを好きになり、互いの体に親しみと愛情を高め続けているようでもあった。相性が良くないかもしれないと最初の数回は思ったけれど、大きすぎると感じた性器は次第に性器に収まるようになり、しっかり奥まで届くその快感を、もうこれ以上でも以下でもない性器では得られないだろうという確信を得るまでになった。性依存の傾向など一切なく、あんまり性的なことに貪欲なタイプではないよねと、遼にはやんわりと物足りなさを表明されていたほどだったというのに、蓮二と付き合い始めてから私の性欲は留まることなく高まり続けていた。毎回、今ここで死んでもいいむしろ死にたいという思いを募らせる。蓮二と最高のセックスをしたいがために付き合い始めて数ヶ月でピルを飲むようになった。彼が中に射精するたび、ピルは私たちのために開発されたのではないだろうかと錯覚した。蓮二とのセックスなしに生きていくことはもう不可能なのではないだろうかとさえ思った。嫌な仕事も、上司のパワハラすれすれの発言も、嫌な仕事相手との打ち合わせも、死ぬほど面倒臭い給湯室の掃除当番も、これを我慢すれば蓮二とセックスができると思うことで乗り越えた。というよりも、全ての嫌なことのご褒美に蓮二とのセックスを設定していた。

カレーの汗がセックスの汗で全て流れ落ちるくらい激しいセックスの果てに蓮二が射精すると、真っ裸のまま仰向けで息を整える。私よりずっと運動量が多いはずの蓮二は全く息が乱れておらず、スタミナ不足を痛感する。

「ずっとセックスしてられたらいいのに」

「芽衣はすぐにもうだめって言うからね」

「すぐじゃない。今だって一時間はしてたよ」

「入れてたのは三十分くらいじゃない？」

「蓮二はずっとしてられるの？　もうだめってならないの？　どうしてそんなにもつの？」

「コントロールしてるんだよ。別に五分でイクことだってできるし、一時間くらい入れてることもできるよ。皆そんなもんじゃないの？」

「私の経験上素人男性の平均挿入時間は十分から二十分だと思うよ」

「玄人男性としたことあるの？」

「ないない素人だけ。どうやってコントロールしてるの？」

「呼吸かな。あと精神力」

「精神力？　根性論的な？」

「じゃなくて、自分の気持ちよさに集中しないようにする精神力」

「気持ちよさに集中してないの？」

「何ていうか、気持ち良くなりながらも気持ち良さに身を委ねないように気をつけるんだよ。長い時間かけてイク方が気持ちいいからね。だから、常に頂点を目指してる感じかな。せっかくだから、限界を目指したいじゃない」

　目指したいよ、私は笑って蓮二に抱きつく。この二人にしか目指せない限界があって、その限界を私たちは真摯に志していく。その事実だけで、ずっと生きづらかったこの世界を生きていく力が湧き出るようだった。蓮二が持ってきた水を一気に半分くらい飲むと、再び大の字になって天井を見上げる。その時はっと思い出して、私は横の蓮二を見つめる。

「蓮二、ゼンリーって知ってる？」

「何それ」

「アプリ。入れてるとお互いの場所とかが分かるの。大学の頃リア充の友達に勧められて入れたんだ」

「へえ。俺もやろうか？」

「ほんとに？　蓮二の場所が分かったらすごく嬉しいし安心する。一緒にやろうよ！」

別に不安にさせてなくない？　蓮二は笑ったけど、違うのだ。蓮二はまだ知らないのだ。ゼンリーを入れて互いに居場所が分かり、電池残量から充電切れまで予測でき、飲み会なんかの予定があると聞いている時には本当にその場所にいるか確認でき、電波が届かないところに行った時には再び電波が繋がった時に通知をしてくれたりするあの安心感を。こういうリア充アプリは苦手だと思っていたけれど、実際にやってみて遼が私に嘘をついていないという確証を得るたび、私は救われてきたのだ。あの時ゼンリーを入れた友達の中で最もアプリの起動数が多かったのは私ではないだろうかとさえ思う。もう一年くらい起動もしていなかったゼンリーを、排気口や照明やスプリンクラーやスピーカーや火災報知器なんかがやたら不規則に設置された天井を見上げて、それぞれのピンがあちこちに散らばっている様子をふと思い出したのだ。

蓮二と付き合い始めてから開いていなかったゼンリーはアップデートされていて、また機能が増えたようだった。一瞬「遼」と書かれたピンが目に入って動揺する。土曜日だというのに珍しく、あの中野のワンルームにいるようだった。あのバーベキューの時に一気に十人以上登録したフレンドも、皆少しずつ止めていったのか、今では六人に減っていた。まあ、社会人がやるようなアプリじゃないよなとも思う。きっとこの六人は、恋人と繋がってしまい止めるに止められなくなった人たちなんじゃないだろうか。恋人がどこにいるか分かる安心感、あるいは止めたら恋人に咎められるからという消極的理由で。

へえ、と覗き込んですごいな移動中とかまで出るんだ、何時間滞在してるのかも分かるのか、と独りごちる蓮二がチキらないか心配だったけど、すぐに彼もインストールして私たちはフレンド登録をした。何これ、俺たちのアイコン燃えてるよ。炎マークを指差す蓮二に、友達同士で落ち合った時に炎マークが出るんだよと教える。

「これって居場所を知られたくない時とかはどうするの？」

「ゴースト機能っていうのが二つあって、あいまいに設定すると大体のぼんやりした位置しか分からなくて、フリーズに設定すると、フリーズさせた場所のままピンが固定される。家にいてフリーズしたまま出かければ、ピンは家に固定されたまま。で、この機能は人によって使い分け可能で、この人には知られたくないって時にはその人だけフリーズとかに設定できる」

「ふうん。まあ俺は芽衣としかやらないから使わないけど。なんかすごいなあ。こんなものがあるって全然知らなかったよ」

裸のままスマホを覗き込んで感心する蓮二が可笑しくてくすくす笑いながら、これでお互い安心だねと腕を絡ませる。

「なんか最近、人類はどんどん虚飾とか、嘘とかを抜かれて、漂白されていってる感じがしない？」

「別に、いいんじゃない？　その方が安心だし」

「システム的に嘘をつけない状態が作り出されたら、俺たちはどんどん無思考になっていくんじゃないかな。例えば中国なんかで顔認識機能のついた防犯カメラが大量に導入されて、犯罪行為が公安に通知されるようになってるって知ってる？　今、中国では二人に一台とも言われる数の防犯カメラが設置されてるって話だよ」

「私は、人間の倫理に訴えかけるやり方は限界があると思ってる。システム型管理を導入した方が治安には効果があるはずだよ」

「俺もそう思うよ。人間一人一人がそれぞれ勉強して知識を身につけて善悪について思考を重ねて一定の平和を維持するなんて非合理的だと思う。近代ヨーロッパが目指してきた民主主義社会は、中国のハイテク監視社会に既に敗れてる」

「つまり、そうやって嘘を排除した人間に何が残るのかっていうこと？」

「そうだよね。乖離《かいり》や虚飾が認められなくなった人間がどうなるかって考えると、ただ無思考に食べて寝て交尾するだけの生き物になるんじゃないかな。人間の動物化は以前から指摘されてきたけど、なんかゼンリーを見ていよいよここまできたのかっていう気になって」

「私は蓮二といる時に動物でありたいって思う。動物みたいに交尾がしたい」

「動物は気持ちよさの限界を目指したりしないよ」

「じゃあ、性に貪欲な動物になりたい」

それが人間なんじゃない？　蓮二は真面目な表情を崩してそう言うと、私を抱きしめた。最近蓮二と別れたあと、セックスの余韻が残ってて、よくオナニーするんだ。俺のこと考えてるの？

AVも見るけど、蓮二のことも思い出すよ。ほんとかなあ。ほんとだよ、蓮二とのセックスが一番好き。じゃあ、オナニー用に撮影する？　彼はそう言ってスマホを指差す。私のスマホでならと言うと、彼は私に指紋認証させ、私たちは初めてのハメ撮りをした。スマホを片手に結合部を映しながらピストンする蓮二を見ながら、「2001年宇宙の旅」でモノリスに触れた猿の姿を思い出した。私たちはモノリスに触れて進化したのだろうか、退化したのだろうか。

「同じ部署にさ、高校の頃バドミントンの県代表だったっていう同僚がいるって前話したじゃん？　保岡《やすおか》さんていうんだけどさ、あの人すごいコロナ危険厨でさ。ドアの取手とか、エレベーターのボタン絶対手で触らないんだよ。ずっとマスクしてて、この間から伊達眼鏡かけ始めたと思ったら、今日とうとう手袋までし始めたんだよ。ラテックスみたいなやつ」

あの劇辛なカレーを食べ、初めてのハメ撮りをしてから半年経ち、中国で外出禁止令が出た頃、蓮二はそう言って笑った。周りの目を気にしてそこまではしていなかったけれど、本心ではその保岡さんと同じくらいの対策をしたかった私は、彼の嘲笑に静かにショックを受けていた。何か持病があるのかもしれないし、持病がある人や高齢者と同居してるのかもしれないし、未知のものを怖がる人を笑うのは良くないよと言うと、「でもあれは滑稽だよ」と蓮二はやっぱり苦笑気味に言った。今ではどんなに激しいセックスをしても息切れ程度で済むけれど、幼稚園から中学にかけて重度の小児喘息に苦しみ、何度も入院した経験があった私は、コロナの症状について情報が入るたび恐怖心を募らせていたのだ。その話もしていたというのに、蓮二は中学から発作が出てないならもう完治してるんじゃない？　と恐ろしく楽観的だった。

それから程なくしてコロナが猛威をふるい、マスクを何箱も買い溜め狂気じみた怖がり方をするようになっていった私に対して、蓮二は戸惑いと呆れを隠さなかった。コロナをさほど気にしていない人の目には、私のような人間は正義の剣を振るい誰彼構わず刺し殺す公害にしか映らないのだろう。コロナ情報を得るため Twitter を見ても、同じような危険厨である人の意見を読めば心が安らかになり、危険厨を揶揄するような意見を見つけると腹が立ち、そのリプライに私と同じ危険厨の批判を見つけては安心した。私はコロナに罹ってもいないのに、コロナに蹂躙《じゅうりん》されていると言っても過言ではなかった。

三月半ば、私の職場で在宅勤務が取り入れられ始め、皆がテレワークに移行し始めた。電子機器の説明書を翻訳するという業務は本来皆が「家でもできるのに」と思いながら九時五時でこなしていたため、恙無《つつがな》くそれぞれの自宅へ引き継がれたけれど、休業の可能性について社長が言及した途端、同僚たちがざわつき始めた。大してボーナスも出ないような中小企業の下請け会社がコロナで収入減となれば、休業の次に出るのはリストラの文字しかないと皆勘づいていた。それから程なくして、学術書の編集者である蓮二も原則在宅勤務が命じられた。蓮二の家と蓮二の会社の中間に私の家があり、会社帰りに泊まっていくことの多かった蓮二は、パソコンを持ち込みうちで一緒に在宅をすることが増えたけれど、一緒にいる時間が増えるのに比例して、私たちの気持ちは離れていった。

「悪いんだけど、うちに来た時はすぐに手を洗って欲しい。あと蓮二も外に出る時は必ずマスクをして欲しい。私は絶対にコロナに罹りたくないの」

　不織布マスクを何日も使いまわしたり、うちに来てのんびり着替えをしてビールを飲み始めた頃に「あ、手洗ってなかった」と洗面所に向かったりする蓮二に、うんざりでも呆れでもなく戦慄していた私は、緊急事態宣言が出るか出ないか世間が騒ぎ始めた頃、ストレスに耐えきれず蓮二にそう要求した。

「基本的にマスクはしてるし、手も洗ってるよ。俺だって罹りたくないし、芽衣にもうつしたくない」

「マスク、個包装のやついっぱいあげるから、その辺にポイって置いておかないで、帰ってきたらすぐにキッチンのペダル式ゴミ箱に捨てて、外に出る時は必ず新しいのを使って。手は帰宅後すぐに洗面所に行って洗って。常に洗面所のドアを開けておくから、洗面所のドアにも触れないで。玄関のドアは私が消毒しておくから」

　蓮二の引き攣《つ》った顔を見て、これが本当にこの間まで楽しくセックスをしていた男なのだろうかと、不思議だった。ステージが変わってしまった。蓮二と最高のセックスをするために生きていた私は、いつの間にか「マスクして！」「手を洗って！」と迫る人になってしまったのだ。

　緊急事態宣言は危険厨の追い風になるかと思いきや、事の重大さを愚民どもに教えてやれ！と強く願っていた私にとって政府の自粛要請は温すぎ、マジやる気あんのかちゃんと補償出して店には休業してもらって、厳しい罰則設けて無駄に出歩く奴らから罰金毟り取ってやれと苛立ってさえいた。そうしてじりじりとTwitter情報を追いかけているある日、蓮二が飲んで帰宅した。蓮二は私の地雷を踏まないよう気を付けているようで、かなり酔っているのをちょっと酔いに誤魔化そうとする姿は哀れだった。

「別にいいんだけどどこで飲んでたの？　今、どこも営業八時までじゃないの？」

細心の注意を払っている蓮二を怖がらせたくなくて、私は細心の注意を払って向こうを刺激しないよう軽い口調で聞いた。

「谷原《たにはら》さんと打ち合わせしてたんだけど、営業してる店知ってるからって連れて行かれてさ。言ったって自粛要請だから義務じゃないし、たまにあるんだって、ひっそりと営業してるお店も」

「二人で？」

「いや、編集長も」

「密じゃなかった？」

「まあ、隣の人とは一席空きで座ってたし、大丈夫だと思うよ」

Twitterで流れていた、飲食店で飲んでいる人たちの飛沫《ひまつ》を可視化した注意喚起の映像が脳裏に蘇り、身体中がざわついていくのを止められなかった。蓮二の服にコロナ感染者の飛沫が付着していてそれが今座っているソファに、そしてそこを触った私の手から私の口にコロナウイルスが、あるいは彼の鞄に付着したコロナウイルスが床に、そして床から私の足に、私の足からベッドシーツに、ベッドシーツを触った手から私の口に。あらゆる経路を考え始め、息が上がっていくのが分かった。

「ねえ芽衣」

頭を撫で、頬から首に手を滑らせる蓮二に、無意識的に体を引いてしまう。

「今日は何か使おうか？」

ベッド脇のサイドテーブルの引き出しには所狭しとアダルトグッズが詰め込まれている。それだけ揃っていても私たちがプレイにそれらの機器を取り入れるのは十回に一度程度だ。普通のセックスが懐石料理やフレンチのコースだとしたら、機器を使ったプレイはアメリカンなピザや、ポテトチップ、背脂系ラーメンみたいなジャンクフード的快楽で、毎日は嫌だけどたまに無性に食べたくなる系のプレイだ。たまのジャンクな快楽が蘇りその記憶だけで脳が痺れそうになると同時に、蓮二が今日どこに何人分の飛沫を浴びてきたのかの想像が膨らんでいく。居酒屋でマスクもせずに二人の飛沫を浴び、さらには店員や帰りの電車なんかでも飛沫を浴びたかもしれない。顔を寄せてくる蓮二を見て「ウイルスが近づいてくる」と思った私は、次の瞬間には腕をすり抜けソファから立ち上がっていた。

きょとんとした様子の蓮二は次の瞬間には意味を理解したようで、「店出る時にアルコール消毒したし、さっき手も洗ったよ」と怒られた子供のようにおずおずと申告する。でもご飯食べてる時マスク外してたでしょ？　口とか顔に飛沫を受けたかもしれないよね？　服だって洗濯してない、ぐるぐる頭を巡る言葉を口にはせず「一緒にシャワー浴びない？」と私は消毒され手洗いをしたという恐らくウイルスが付着していないであろう蓮二の手に触れ取り繕う。考えこむような表情を見せた蓮二に焦りが生じていく。

「最近お風呂でしてないし」

蓮二は私の手を握り返さない。ねえ、と覗き込んでも蓮二は「うん」と呟いたきり難しい顔で空を見つめていて、ソファにも戻り難くお風呂にも向かえないまま、私は立ち尽くす。

「しばらく会うのやめようか。少しコロナが収まるまで、自粛した方がいいと思う」

「確かに私は神経質になってるけど、そこまで蓮二を縛るようなことをしてる？　帰宅したらすぐに手を洗って欲しい、外ではマスクをつけて欲しい、セックスの前にシャワーを浴びて欲しい、それが度を越した要求だとは思わない。蓮二がそれだけ守ってくれれば私たちはこれまでと同じように仲良くできるんだよ」

「芽衣の過剰な恐怖の言葉を聞くたびに、人間は弱い生き物だって痛感する。俺はそういうメンタリティで生きていたくないんだ。ある種の全能感を大切にして生きていきたい。芽衣と付き合うことは、その全能感を強化することだった。一緒に辛いものを食べて汗だくになって、汗だくになって全力でセックスしてると、自分たちは世界を凌駕する存在だっていう気がした。でも今芽衣と一緒にいると、自分が無力でみすぼらしい存在に感じられる」

「子供のころ、母親が心臓に悪いって言うから、吸入器がすごく怖かった。吸わなくても死ぬかもしれないし、吸っても死ぬかもしれない。だから吸入器を使うことも、使わないことも、私にとっては緩やかな自殺だった。もちろん生きること自体が死に向かうことではあるよ。でも私はあの時自分が瀕してた恐怖にもう身を窶《やつ》したくない。ひたひたと死が迫ってくるんじゃない、ひたひたと死に向かっていく自分が怖いの。できる防衛をしないのは、死に向かっていくことと同じだよ」

「芽衣と辛いものを食べるのも、芽衣とセックスをするのも、俺にとっては死に近づく行為だった。死に近づくことで、全能感を抱くことができたんだと思う」

「私はセックスがあるから生きていくことができた。セックスがあると思えば、力が出た。でも、セックスの最中今ここで死にたいとも思ってた」

「何にせよ、俺たちは身体的に依存しすぎたんじゃないかな」

そう語る蓮二には、性欲が微塵も見えない。性欲が見えない蓮二は、別人みたいだ。

「身体がセックスで強く結びついていた時は良かった。でも今は、お互いの体が別の方向を向いてる。芽衣はセックスをする身体じゃなくて、コロナに罹らない身体を志してる」

え、気持ちは？　その疑問を口にできずにいると、蓮二は立ち上がった。私たちは別にセフレじゃない、身体的な結びつきについてだけ見解を述べて距離を取ろうというのはあまりに横暴ではないだろうか。体が別の方向を向いてたって、心が繋がってれば大丈夫なんじゃないの？

「私は今も蓮二とセックスしたいと思ってるよ」

でも私の口から出たのはそんな言葉で、言ってる途中で思わず情けない笑みが溢れた。

「俺もだよ。でもひとまず、緊急事態宣言が解除されるまで会うのは止めよう。俺は芽衣よりもどうしても出勤が多くなっちゃうし、芽衣だってきっと、その方が気が楽だと思う」

彼の言葉に頷けないまま、それでも彼が出ていくのを、私は静かに見送った。彼が連絡するねと手を振ってドアが閉まった時、ウイルスが去ったと思ったのも事実で、彼が通った場所全てに除菌スプレーをかけ拭き取るとホッとした。残り百五十枚を切り焦っていたマスクを次々彼に渡さなくて済むし、せっかく在宅なんだからこの辺の美味しい店網羅しようよと外食ランチに誘う彼を断りきれず本当はしたくない外食をしたり、向こうを嫌な気にさせずにランチを避けるためお昼ご飯用のおかずを前日から仕込んでおいたりする必要もないのだ。それにここ数週間ずっと、一緒にいる間蓮二がもうすでにコロナウイルスを保菌しているのではないかという不安を持て余していたことを、改めて思い出した。セックスしたいなんて、よく言ったものだ。

ゼンリーで蓮二がきちんと家に着いたのを見届けると、私はスマホでテレビと画面共有をして、Googleドライブに保存してある蓮二とのセックスの動画を大画面で流しながらオナニーをした。彼とのセックス動画はもう何本も撮影していて、スマホに保存していると容量が大きすぎてフリーズするためドライブ保存することにしていた。スマホ用のフレキシブルアームを使って定点カメラでの撮影、蓮二による手持ちでのハメ撮り、私の側からのハメ撮り、時に内側カメラでベッド上やサイドテーブルに置き撮り、私のスマホでならと始めたけれど結局すぐに蓮二のスマホも使い始め、様々なアングルで撮る楽しみを追求してきた。

気持ち良さそうな自分を見ながら気持ちいいことをするのは自己完結感があって、それでいてメビウスの輪のようにグルグルと同じ道を回っているトランス感もあって、不思議と心地良い。八の字に作られたレールの上を走る一本の電車は、誰からも追突されないし、線路を踏み外すこともない。恍惚とするほど安全だ。

緊急事態宣言が明けてから四ヶ月が経つ今、事態は深刻さを増していた。私の会社は海外の商品を輸入販売する専門商社からの仕事がほとんどだったが、海外の工場がほぼ完全ストップし、四、五、六月と前年比収益がほぼ八割減、その後も仕事はややもやとしか戻らず、私の部署では常に三割の社員が交代で休業となり、休業でない社員は出社率を五割程度に抑えつつ業務にあたるという体制になっていた。休業日は給料が三割カット、夏のボーナスは他の人は知らないけれど私は給料半月分だった。趣味は激辛巡りと映画を観にいくか本を買うだけという友達も物欲も少ないインドア派の私にとっても、もともと少ない手取りが減るのはなかなかの痛手で、陽キャなリア充たちだったら爆死に違いなかった。

八月の三十度を超える真夏日、休業でごろごろしていた私の元に、同じ部署の日吉《ひよし》さんがコロナに感染したと連絡が入った。四つ年上の日吉さんは、新入社員の頃私の教育係だった面倒見の良い女性で、仕事に関しては厳しいけれど個人の素行や考え方に関してはゆるゆるで、同僚女性の三股をかけている話や、社内の既婚男性二人と並行して不倫していた意外な方向のダブル不倫話、自分の彼氏を取った女に対してSNS上で攻撃を繰り返しており地獄まで追いかけて攻撃する所存だという決意表明、どんな話にも理解を示し「本人にも気付けない小さいことの積み重ねの先に、彼女たちの今があるからね」と遠い目をしていた。日吉さんの言葉は、人間には、自分でコントロールできない領域があるという諦めに似たものを感じさせた。独占欲や物欲、出世欲などあらゆる欲望から解放されていて、嫉妬や怒りなどの感情に支配されることのない身の程を知っている私は、自分で自分をコントロールできるからそんな諦めとは無関係だと思っていた。

コロナ禍に陥り始めて、ぼんやりと頭に残っていた日吉さんの言葉が響いてきた。私は今初めて、コントロールできない自分自身に直面しているのかもしれなかった。

消毒作業が入った二日後にはもう出勤できるとお達しが来て、濃厚接触者は自宅待機からのPCRということだったけれど、私は濃厚接触者と認定されなかった。在宅を駆使して日吉さんの感染発覚から一週間以上経ってようやく出社した時、日吉さんホスクラ通ってて感染したらしいよと別の部署の女性社員が噂しているのを聞いた。あの日吉さんが？　とか、このご時世に？とか思うより先に、そのお金はどこから？　という疑問が生じた。私たちの給料でホスト遊びなんてできるかよバーカ、と思ったけれど、もしホスクラ通いが本当なら日吉さんは風俗やキャバクラで仕事を掛け持ちしてその費用を捻出していたのかもしれず、だとしたらそっち経由での感染もあり得るんじゃないか、でもその場合彼女は会社にその事実を告白できるのだろうかとまで一瞬で考えた。コロナの特性が解明されつつある中、全てへの諦念が渦巻いていた。何をどうやっても、コロナを私たちの生活から排除することはできない。コロナ収束にどれくらいの時間が必要なのか、ワクチンはいつ開発され、いつ私のような金のない最底辺な人間でも打てる状況になるのか。確かなことはまだ何も分からなかった。「コロナが少し収束するまで」蓮二のその言葉は、やはりコロナを軽く考えている人の言葉だった。

感染発覚から一ヶ月経ってようやく出社時に顔を合わせた日吉さんは、罹っちゃったよーと戯《おど》けたように笑い、私も平静を装って「記念すべき我が社のコロナ第一号ですね。どうでした？」

と世間話をした。彼女もまた、こちらの出方を窺っているように感じた。休んでいた間の補償を受けるための追加書類を総務に提出しに行くという彼女を見送った後、デスクの下で手指消毒ジェルを大量に塗りたくり、マスクから露出していたおでこやこめかみの辺りにもサッと塗った。「滑稽だよ」。蓮二の言葉が蘇った。滑稽だった。

最大七割まで在宅ＯＫという社のガイドラインを最大限活用し、私の生活は大凡《おおよそ》、週一から週二で休業、週二から週三で在宅、週一出社で回っていた。実際さほど仕事も多くないため、在宅の日はすでに終わっている仕事を提出しないまま、昼寝をしたりTwitterや動画鑑賞をしていることも多かった。

週六で自宅にいる私は、それが食欲解消にも、ストレス発散にもなると気付いてからほぼ毎日のように激辛料理を食べていた。昼は激辛系カップ麵や激辛系焼きそばに激辛パウダーや激辛ソースを加えて、たまの贅沢はUber Eatsでバーガーや韓国料理や宅配ピザで、ハラペーニョやコチュジャン、デスソースを追加。夜は激辛ヤンニョムチキンや激辛スンドゥブ、タバスコとデスソースを大量に加えた激辛ミートソースや鷹の爪を大量投入した激辛アラビアータ、ホアジャオを大量に投入した激痺麻婆豆腐や、韓国コチュジャンを大量投入した火鍋もどきなどとにかく激辛ものばかり食べ続けていた。食べている間身体中が燃えるように熱くなり、トイレに行くたび肛門が焼けるように痛んだ。私の体内は爛《ただ》れていた。体内の熱さはそのまま性欲に繫がり、最近では激辛なものを食べながらセックス動画を見て、食べ終えるとそのままオナニーをするルーチンが出来上がっていた。在宅だった昨日は十二時になった瞬間韓国の激辛汁なし袋麵プルダックポックンミョンの辛さ二倍を作ると、アームで固定した定点スマホによる長回しの自宅セックス動画を見ながら食べ、十二時半からオナニーを始め、何度か巻き戻して調整しながら十三時半に動画の中の蓮二がイクとほぼ同時にイってから業務に戻り、今日中戻しの翻訳を一つ終わらせると、投げる前に会社のPCの隣に置いている自宅PCで蓮二側からのハメ撮り動画を三回立て続けにリピートして、十六時過ぎに部長に送った。もう今日はやることないから上がっていいよと電話連絡を受けると、テレビでセックス動画を流しつつソファでごろごろしながら今日はどんな激辛料理を作ろうか考え、結局、冷凍庫にあった唐揚げ用もも肉と玉ねぎ、芽を出し萎《しな》びかけていたさつまいもと冷凍シュレッドチーズを使ってチーズタッカルビを作り、そこにプルダックポックンミョンソースを足して食べた。恐らくプルダックポックンミョンソースは、既存のプルダックポックンミョンファンを魅了すると同時に、世界中に新規の激辛ファンを増やしていることだろう。ひと回しで激辛、二回しで極辛、三回しで地獄辛となる。ご飯を考えてからご飯を食べきるまで、セックス動画は流しっぱなしだ。昔読んだ漫画に、デリヘル嬢が事後即座にお弁当を食べるお客さんを見て「よく食べられるな」と思うシーンがあったけれど、私はむしろ食欲と性欲には強い繋がりを感じる。辛いものを食べている時の内臓の灼熱が性器に強い疼きを与えるのだ。口中、喉、食道、胃に至るまでがカッと熱くなり、ドクドクと脈打つ体の中でも性器は抜群に感度を上げていく。

蓮二の働く出版社は、刊行が後倒しになったり、緊急事態宣言中は売り上げが落ちたりはしたものの、そこまでの打撃は受けておらず休業やリストラという言葉とは無縁のようだった。緊急事態宣言が解除されて以降、二週間に一度ほど、食事に行こうと呼び出され近所に食べに行ったけれど、そこでの私の様子を見るたび蓮二は「まだすごく気をつけてるんだね」と確認するように言って、何度か誘ってみたものの一度も私の家には寄らなかった。毎日LINEはしているし、そこでは何事もない恋人同士の世間話が繰り広げられていたが、私たちの間に大きな溝ができているのは明らかだった。

蓮二とセックスがしたかったし、セックスをすれば元通りになるような気もした。でもセックスをするとなれば手洗いリステリンシャワーは必須で、こんなにも関係が後退してしまっている中、それらを迫ることは私にはできなかった。セックスがしたいと発情しながら、でもその前にあれしてこれしてと迫ることは両立不可能だ。本来セックスというのはある種の「他を凌駕する情熱」や「後先を考えられない思考停止状態」がないと成立しないものだ。最近では男に「ゴムつけて」と言えない女性や、生殖する生としての自覚を持たずゴムをつけようとしない男性が完全悪のように語られることが増え、望まない妊娠や出産をする人々が「猿」とか「ガキ」とか「人間未満」などと憎悪を剝き出しにされる傾向があるが、そもそもあなたの言う人間って何？人間の基準て何？　もっと言えば大人って何？　女って？　男って？　生物学的な基準？　どんな基準も人間が作ったものであって人間の作った基準に縛られているお前らは人間以上と言えるのか？　と考えれば考えるほど憎悪が止まらなくなる。相手の嫌がることをしない、妊娠を望まない場合経済的に出産育児が難しい場合は徹底的に避妊をする、完全合意の中で行われる「正しく安全なセックス」とは、オリンピック競技に選ばれた途端厳正なルールや採点基準を設けられその特質を喪失してきたあらゆるスポーツのように、厳正で細かいルールを設けられた裸で行うスポーツ、ではないだろうか。エロティシズムとモラルは両立不可能であるからこそ、エロティシズムにも、そしてモラルにも意味があったのではないだろうか。もちろん性的加害などあってはならない。でも私たちはそれぞれ己のそして他人の加害性被害性と無縁で生きていくことは不可能だということを自覚する必要もあるのではないだろうか。とにかく私はコロナによりセックスに対するある種の情熱と思考停止状態を失い、それを嗅ぎ取った蓮二は私に欲情しなくなった。失速し、足踏みし、引きこもることを選んだ私に残されたのは擬似セックス的オナニーだった。ゼンリーで友達同士が落ち合った時の炎マークが頭に浮かぶ。私たちはもう、炎上しない。

ひどいフラストレーションが溜まっている。休業に設定したため昼過ぎに起き、公式アカウントからの通知が溜まっているＬＩＮＥと迷惑メールばかり溜まっているメールボックスを確認して、冷凍唐揚げを三つチンしてプルダックソースを絡めて食べた私は気づく。陰キャ非リア非社交的な私には在宅は最適、休業でも給料七割出るならむしろラッキーかもねくらいに思ってきた。でも考えてみたら昨日も一昨日も三日前も、仕事とオナニーとＡＶを含むセックス動画鑑賞と激辛料理を作って食べることしかせず、その合間合間にはゼンリーを開き、皆がうじゃうじゃとゴキブリのようにあちこちを這い回っている様子を見つめていた。

ゼンリーを開き皆の居場所を確認することでストレスが倍増しているのを自覚しながら、私は一時間に一度はアプリをタップするのを止められない。移動速度45ｋｍ／ｈと出ている恐らく電車移動中の「Yumi」、ビルのマークに4時間と出ている会社滞在時間が四時間を過ぎた「ゆうた」、出発地点である会社から矢印が出ていて、20分以内に帰宅と表示されている帰宅途中の「nananan」。どいつもこいつも無神経に外出しやがって。お前らみたいな奴らが感染を拡大させ、疾患持ちやお年寄りを殺しているんだ。このクソ公害のゴキブリが。絶滅しろ。頭の中でそんな他罰的な言葉を繰り返す行為は細く尖った怒りを無抵抗な死んだ肉に突き刺すようで、大したカタルシスはないもののやらないよりは幾らか気分がましだった。生肉をマリネする時にフォークで穴を空けておくと味が染み込むように、どんなに社会的正しさを拒絶していても、穴を空けてそこに罪悪の味を染み込ませておけば、身勝手な彼らだって不意に「自分たちが無実の人々を殺しているかも」と居心地の悪い思いをすることもあるだろう。コロナのこととなると、私は思考が固まる。多角的な視点を持てなくなり、「コロナを怖がる私」から見えるものしか見えなくなる。想像力も冷静さも共感能力もゲージがゼロになり、外を出歩く人々を戦闘ゲームのように蜂の巣にしてやりたくなる。私が今手にしているのは、正義感という世界史上最悪の武器だ。

総合商社に勤めている「遼」は打ち合わせにでも出かけているのか、自分の会社ではなく丸の内のオフィス街にいた。「Renji」は、家にいる。在宅を増やしているのか、最近家にいることが多い。だったらここに来ればいいのに。ここで私と一緒に、在宅や料理やセックスをすればいいのに。蓮二が来なくなった家の玄関には、食べ終えたカップ麺や生ゴミ、口を拭いたティッシュやオナニー後に拭いたティッシュなどあらゆる汚物が詰められたゴミ袋が散乱している。蓮二と付き合い始めて二年弱、四ヶ月もセックスをしないのは初めてだし、連絡の頻度も日増しに減っていって、昨日と一昨日は挨拶のようなメッセージが一日一回入っただけだった。もう駄目なんだろうか。私たちはもう二度と、あのコロナ前の無邪気に快楽を貪り世界を凌駕しようとするが如く限界を目指し続けるあの何かの極みのような時間を持てないのだろうか。

気づけばもう三日シャワーを浴びていなかったし、一昨日ほんの十分Zoom打ち合わせをした時に上だけブラウスに着替えたのを除けば四日間同じスウェットを着ている。この四日化粧は一度もしていないし一瞬たりともブラもつけていない。母親からの元気にしてるかメールを一週間放置したため、三日くらい前に父親から連絡ないけど大丈夫かメールがきた。孤独死を心配されて家に来られたら困るなと思ったけれど、既読がつけば孤独死は心配されないだろうといつの間にか思い直していた。コロナ以来客の少ない時間帯を狙って完全防備をして徒歩五分のスーパーに通っていたけれど、二ヶ月ほど前に大型スーパーのネットショップを知って以来そこで配送料無料になるくらいの大量買いをしては冷凍庫にあれこれ突っ込み、一回の買い物で二週間くらい持たせるようになっていた。しゃきしゃき系の野菜はすぐに萎びるため、配送から一週間以上経つと基本根菜しか食べなくなる。少し前まで、コロナ禍の楽しみと思ってたまに安い服や化粧品をネットでポチっていたけれど、三割休業になってからは貯金をすり減らすのが怖くてそれもできなくなったし、そもそもデートもしないから服にも化粧品にもお金をかける必要がないことに気がついた。今食料品以外で私が買うのは、基本マスクと除菌系グッズだけだ。このままでは無気力という理由で死を迎えてしまうと、最大限の好奇心を発動させニコ動に落ちていたずっと前に観たいと思っていた映画を観たけれど、どういう経緯で観たいと思ったのかも忘れていたし特に面白くなかった。主人公の俳優がカッコ良かったから名前で検索したら不倫の記事ばかり出てきて、不倫の内容を読み漁るともう夜になっていたし、そのままあゲスい不倫内容もきっと明日の朝になれば忘れているだろう。

冷蔵庫を漁り何を作るか考えるけれど、思考が停止していて何も思い浮かばず、適当にヤバそうなものを処理しようと、四日前に炊いた冷蔵ご飯と賞味期限が十日過ぎた卵と賞味期限が七日過ぎたキムチと賞味期限が三日過ぎた納豆と賞味期限が過ぎていないウィンナーで納豆キムチチャーハンを作った。味付けは中華だし醬油塩胡椒、コチュジャンも加えたけれど物足りず、投げやりにプルダックソースを大量にかけた。ジュージューいう音とともに上がるプルダックソースの湯気が顔を直撃してそれだけで喉と鼻にダメージをくらい咳込む。辛い湯気を吸い込んで咳き込むという当然の反応をする肉体でありながら誰とも交わらない孤立したこの体が、少しずつ物に近づいてきたような気がする。最近の家ご飯は、辛くて美味しいものを作るというテーマは崩壊し、もはや最終的にプルダックソースをかけて激辛になればそれでいいというなんのこだわりもないエネルギー補給になっている。味見をすると身震いするほど辛く、どっと頭皮に汗が滲んだのが分かった。さすがに入れ過ぎただろうか。そう思いながらそれでもご飯を足したりする気力はなく、そのまま皿に盛った。

乳首を刺激し合い、少しずつ服を脱がせていき、蓮二は舌先を使って周囲から柔らかく刺激し始め、核に近づくと下から舐め上げ、最後は口をつけて真空状態にしてゆっくり強弱をつけながらクリトリスを吸う。入れ替わってのフェラは裏筋、睾丸を刺激しながら少しずつ亀頭を刺激し始め、濡れている先端を掌で覆って扱《しご》き側面を舐め上げていく。大きなストロークと浅いストロークを繰り返し、口蓋《こうがい》に亀頭の先端を擦り付けるように動く。手で扱きながらカリ首に唇を密着させて上下運動をしていると、蓮二は私を上に載せた。小さくピストンをして少しずつ杭打ちされると、密着しての騎乗位、起き上がっての騎乗位、体を逸らせての騎乗位、蓮二が上体を起こして互いに座ったまま密着しての座位、体を逸らせての座位、私が寝そべり正常位になると、蓮二は性器を抜いて指を入れて潮を吹かせ、再び挿入しては指を入れて潮を吹かせた。正常位の中でいくつかのマイナーチェンジを繰り返した後、一度抜いてバックになった。四つん這いになってのバック、腰だけを上げて突っ伏してのバック、寝バック、最後はまた正常位になって、私が限界を伝え、蓮二が射精の意を伝え、彼は中に射精する。

あ、出てこない、奥で出したからかな、あ、出てきた、と笑いながら、私たちはティッシュを何枚も引き抜いていく。ここのホテルには水があったかなかったかと話しながら蓮二はベッドから立ち上がり、あったあったと封を開けながらペットボトルを持ってきて「はい」と手渡した。三分の一ほど飲むと、ボトルを返す。

「スマホ大丈夫？　容量オーバーしてない？」

大丈夫大丈夫、この間全部 Google フォトとドライブに移行したからこっちは空っぽのはず、言いながら彼はスマホに手をのばし録画を終了する。

蓮二の手がアップで映った画面のまま停止したテレビを見つめ、びりびりに痺れる喉とひりつきが治らない口中を冷やすため口を開けたまま犬のように息をする。目がチカチカするほど辛かった。大画面で自分と蓮二のセックス動画を見ていると、この画面の中が現実で、今自分の生きている世界が非現実に思えてくる。あるいは、私はホルマリン漬けの脳味噌が見ている夢の世界の住人なのではないか。倉庫の奥底でホルマリンに漬かり、コロナで引きこもり激辛料理を食べ延々セックス動画を見てオナニーをする人間という壮絶に馬鹿げた設定の夢を見る脳味噌を想像すると愉快になった。

動画の保存日時を確認すると、今年の二月だった。場所は新宿のよく利用していたラブホだ。コロナが拡大するまで、私たちは気が向くと金曜や土曜にラブホに入っては家ではできない派手な潮吹き系のプレイをして毎回必ず録画していた。今年の三月だっただろうか、セックス後に初めて蓮二の潮吹きを成功させた様子が容量不足で録画できていなかったのが悔やまれる。射精後に亀頭を刺激され続け悶絶する様子も、降伏するように潮吹きした様子も、潮吹きの激しさに自分で戸惑っている様子も、すべて克明に保存しておきたかった。蓮二の陰茎と下腹部に力が入り、勢いよく潮吹きをする様子をある種のカタルシスと共に見つめていた時のことを思い出しいてもたってもいられなくなり、海外アダルトサイトで「male squirt」と検索すると無修正の潮吹き動画をテレビで流した。右手で電マを持って性器に当てながら蓮二への想いが高まりゼンリーを開くとやはり蓮二は家にいる。今呼び出せば家に来てくれるだろうか。二時間もあれば、きっと部屋も綺麗にできるはずだ。コロナのことはもう何も気にしなくていいから一緒に限界を目指したいと言えば、前と同じようにセックスができるかもしれない。あの蓮二とのセックスが手に入るのなら、死んでもいいのかもしれない。そもそも大してやり甲斐も意義も感じていない仕事をしてその会社でも社員総お荷物状態となり、ゴミ溜めのような部屋で定期的に激辛なものを食べセックス動画鑑賞とオナニーをするだけの生活を送る人生に何の意味があるというのだろう。こんなことならコロナに感染してもいいから永遠に蓮二とセックスの、気持ちよさの限界を目指している方がずっと有意義ではないだろうか。こんな引きこもりの辛いものを食べることにしか高揚できないブタに、一体どんな存在価値があるというのだろう。今すぐに蓮二と会いこの事態をどうにかしなければならないという焦りに襲われ、左手でピンをタップした瞬間、手に力が入らなくなり電マを床に放り投げる。

何これ、そう呟いて、私は画面を凝視する。蓮二のピンを見る限り、現在電池の残りは52%だ。そして昼過ぎに見た時も、52%だった。彼はゴースト機能を使って、このピンが指している自宅とは別の場所にいる。その事実に息が止まるような衝撃を受けていると、テレビの中の白人男性が大きな声を上げて派手に潮を吹いた。激しく潮を噴射する、色が薄く長い性器を見つめながら、電マがたてるヴーッという音を聞きながら、血管という血管にみっちりと怒りが詰められぐわんぐわん体内を駆け巡るようにして全身を熱くしていくのが分かった。身体中が、内臓が、焼けそうだ。半ば吐き気を催しながら、突然訪れた腰が砕けるような腹痛に喘ぎながら電マのコンセントを抜いてトイレに駆け込むと、だくだくと辛み成分を含んだウンコを排出する。肛門が痛くて熱くて、ウォシュレットを使うと刺激に耐えられず慌てて的を外し水圧を最弱にする。

コロナ気をつけるよりも激辛料理を控えた方が健康にはいいかもよと、二人で在宅していた時、辛さ30倍のレトルトカレーでも食べようかと提案した私に蓮二が言ったことがあった。そういうことじゃない、私は健康を志しているんじゃなくてコロナを避けているだけなんだ。必死に伝えようとしたけれど、うまく伝わっている気はしなかったし、それまで一緒に激辛料理を楽しんできたというのに突然そんなことを言うのは、今度一緒にソフトSMしようと話していたにも拘《かかわ》らず手錠と鞭を用意した途端「自分を大切にしなよ」などと言う手のひら返しのようなものではないかと憤った。そして今改めて気づく。私がコロナにここまで過剰な反応をしているのも、蓮二にとっては手のひら返しだったのかもしれないと。死んでもいいと、確かにセックスしている最中、私は思っていたのだ。

また便意を催し、ウォシュレットを止めると排便し、またウォシュレットを使っては排便を五セットほど繰り返すと、私は這々《ほうほう》の体でトイレを出てまたスマホにかじりつく。やっぱり蓮二は充電52%で家にいる。他に女ができたのか、それともコロナ禍で外出することを快く思っていない私に対する体裁としてやっているのか分からない。最近家にいることが多いと思っていたけれど、それもこれも全部ゴースト機能を使っていたからだったのだろうか。とにかく、理由はともあれ、彼は私を欺いているに違いなかった。

「ねえ蓮二。私ちょっと吹っ切れたかも。コロナのこと気にし過ぎてたなって、改めて蓮二にも色々強要してたなって、申し訳なく思ってる。一回ちゃんと話したいから、家に来ない？」

不安と緊張と怒りで震える指でそう打つとメッセージを入れる。既読はつかず、私はスマホを手放しぼんやりと天井を見つめる。そうだ、蓮二が来るかもしれないから、部屋を片付けないと、と起き上がり部屋中のゴミをコンビニ袋に投げ込んでいく。ベッドの布団を剝ぐと、激辛柿の種の小袋の切れ端や、干からびたコンタクトレンズ、激辛おかきから落ちたのであろう七味らしき赤い粉がぽろぽろと出てきた。

二人じゃ狭すぎるからもう少し大きいの買わない？　でもベッドこれ以上大きいのにしたらこの部屋いっぱいいっぱいになっちゃうよ、セミダブルってシングルと二十センチくらいしか変わらなくない？　え、二十センチって大きくない？　かつて裸のまま蓮二と交わした会話が思い出される。あの時、蓮二は私が求めていた「じゃあ一緒に暮らそうか」という言葉を口にしなかった。そもそも蓮二は私と本気で付き合っていなかったのだろうか。でも、このテレビ。このテレビは蓮二が「テレビ買えば大画面でハメ撮り動画見れるよね」と提案し「半分お金出すから大きめのテレビ買わない？　ネットフリックス・アンド・チルしようよ」とまで言ったから買ったのだ。あの時抱いていた、いずれ二人で住むんだしという思いは、二人の間に共有されてはいなかったのだろうか。私一人で盛り上がっていただけだったのだろうか。スマホが震えて慌てて手に取ると母親からのＬＩＮＥで、思わず舌打ちが出る。

「連絡がないので心配しています。忙しいのは分かりますがたまには連絡してくださいね。コロナ禍で不安な日々を過ごしていることと思いますが、何か困っていることはありませんか？　こっちはそちらより物流が安定しているでしょうし、何か必要なものがあれば言ってくださいね。あなたには持病があるので、人よりも心配なことが多いと思います。会社は在宅を継続してくれていますか？　会社に行く時も、時差通勤などを使ってできるだけ満員電車を避けた方がいいと思います。体を大事にして、早寝早起き、バランスの良い食事を心がけてくださいね。とにかく短くてもいいので連絡ください。社会人としても、大人としても、人からの連絡に返事をできないのはどうかと思いますよ」

　母親という生き物の嫌なところが全て詰まったＬＩＮＥだ。うるせえ死ね！　画面に向かって怒鳴りつけ、「ご連絡遅くなってしまい大変申し訳ありません。こちらも既に物流の滞りは解消されており、特に問題はありません。在宅メインで仕事をし、外出時はマスク、十分おきに手指を消毒し、毎日三食どころか五食のバランスの取れた食事（最近はビオの小麦粉を使用したパンと、雑穀米を好んで食べております）を心がけています。真っ当な社会人、大人として世のため人のため善行に努めるべく、精進してまいりたいと思っております」と音速で打って送信し、昔遼に送るために買ったくだらないスタンプの中から切腹アニメーションを選んで五回送信する。腹切り血潮からの首切り血潮だ。そのまま蓮二とのトークを見返すけれどまだ既読はついていない。ゼンリーを起動させると、52％でやっぱり自宅にいる。昼から延々52％なんてあり得ねえんだよ触んなくても充電減るの考えりゃわかんだろ！　画面に向かって怒鳴りつける。スマホを放り出してゴミをかき集め、ローテーブル周辺に溜まっていた缶もまとめて袋に詰め込んでいく。ゴミを集めてしまうと廊下のキッチン前に袋を放り、掃除機をかける。途中で掃除機がゴミいっぱいマークをつけて停止したことに怒りの雄叫びを上げながら忙しなく掃除機を分解してゴミをゴミ袋に捨て、掃除機の後はラグと布団にコロコロをかける。ふわふわのラグがあったらローテーブルでご飯食べる時地べたに座れるじゃん、と私が喘息持ちのため絨毯やカーペットの類を敬遠していると知りながら、蓮二が提案したから買ったものだ。蓮二は本当に、私を愛していたのだろうか。私たちは、一体どんな関係を求めていたのだろう。考えれば考えるほど分からなくなっていく。漠然と、いつかは結婚、と思っていた。でも漠然とだった。彼との未来を、現実的に想像したことはなかった。私は一体蓮二と、どんな関係を目指して恋愛をしていたのだろう。いや、あれは恋愛だったのだろうか。思い出そうとしても、蘇るのは激辛なものを食べて喘いでいる私たちと、セックスをして喘いでいる私たちだけだった。私たちは一体、何をしていたのだろう。

真顔のままコロコロをかけ続け大量の埃と髪の毛をゲットして、粘着紙を大量に破いて捨てた。玄関に溜まったゴミ袋は缶の袋を含めて六袋。意地でも一回で捨て切ってやると心に決め、鍵だけをポケットに突っ込んで玄関にきたところで絶叫する。後ずさった拍子に開きかけの洗面所のドアの取手に腰をぶつけてさらにヒッと声を上げる。

でかいゴキブリが玄関の脇の梁《はり》に止まっていた。どうしようどうしようどうしよう殺虫剤はどこにあっただろう。そうだ、去年の夏も今年の夏も見ていなかったからすっかり気が緩んで洗面所の下に放り込んでしまったのだ。奴らは私たちが警戒心を解いた時に、ある日突然「俺ああんたよりずっと前からここに住んでんだよ」と言わんばかりの我が物顔で現れる。だから嫌なんだ！　何の前触れもなく、本当に何年も前からそこに止まっていたかのように、普通にいる。ゴキブリはじっとしているが、洗面所に行ったら僅かな隙とは言え目を離すことになる。もし見失った場合、私は怖くてもうゴミ袋を触れる気がしない。ぐるぐると考えが巡る頭は今にも爆発しそうでほとんど無思考のまま私はその場で手を伸ばしてコンロの上に載せっぱなしにしていたキムチチャーハンを作ったフライパンを摑み、雄叫びを上げゴキブリに振り下ろす。パラパラと残っていたご飯粒が落ち、チョロロっと音がしそうな様子で逃げ出したゴキブリに再び悲鳴を上げるがこうなったらもう逃げるわけにはいかなかった。廊下に向かって壁を走るゴキブリに再び二十八センチのフライパンを振り下ろす。ヒットしてほっとしたのも束の間、フライパンが壁に少しめり込んでしまったことと、潰れて壁と一体化したゴキブリから何かベージュのおがくずのようなものが飛び出していることに気付いて再び悲鳴を上げフライパンを放り投げる。悲鳴は泣き声に変わり、私はその場に立ち尽くしたままひとしきり泣いた後洗面所で顔を洗った。気を取り直してゴキブリの生々しさを緩和するためサングラスとマスクをつけ割り箸を使い奴をゴミ袋に放り込むと口をしっかりと閉じる。仲間がいるかもしれないから、殺虫剤をゴミ袋周辺にしっかり撒いた後、ゴミを捨てに行った。ゴキブリを発見した後に行くにはメンタル的に最もきつい場所だったけれど、いっぺんに六袋ゴミを捨てるとさすがに気持ちがスッキリした。

殺虫剤を撒いたあたりに除菌スプレーをかけてキッチンペーパーで拭き取ると、フライパンの下部がぶつかって滑らかなカーブの凹みができてしまった壁を見つめる。ゴキブリのシミを拭き取るが、マルチ洗剤を吹きかけても、醬油を染み込ませたようなシミは完全には取れなかった。ゴキブリの残り汁と暮らすなんてオツだな。そう思って、自嘲的に笑った。蓮二からの連絡はこない。未だ52%で自宅だ。ローテーブルを拭いたついでに、テレビや窓枠、フローリングにこびりついた汚れや埃なんかも拭き取る。もし蓮二がここに来てセックスをしたらシャワーを浴びるかもしれないと思い、洗面所とトイレとお風呂もせっせと掃除をする。あらかた綺麗になってしまうと逆に気になって、キッチンのコンロやシンクなんかも洗剤で拭き取る。ついでにと、冷蔵庫の中も「ピーピー」という開けっ放しの警告音を聞きながら掃除した。排水溝の髪の毛を取ったり水垢を拭いたり茶色いヘドロのようなものをこそげ落とすのも全て蓮二をここに呼ぶためで、ここに蓮二を呼ぶのはセックスのためだ。つまりこの家は、性的欲求によって綺麗になったと言える。家中が綺麗になっても、蓮二からの連絡はなかった。ゼンリーは52%自宅。五分おきにゼンリーを落とし再起動するものの、パーセンテージも場所も変わらない。どこかで、このほとんど会わない関係を保っていたのはゼンリーだったのだと気づく。会っていなくても、声を聞かなくても、この人は私の恋人で、コロナが収まれば私たちは元どおり。そんな気持ちにさせてくれていたのは、ゼンリーだった。私たちは互いの場所を充電パーセンテージをどこに向かっているかを知っている。だから大丈夫。そんな風に思っていたのだ。

とてつもなく辛いものが食べたかった。キムチチャーハンはどこに消えたのかと思ったけれど、気がつくともう十二時近かった。今日最初の食事が昼だったのだから、これが三食目だと割り切ってUber Eatsを起動させる。この時間に対応しているお店は少なく、今にも配送不可になりそうな不安から適当な韓国料理屋に決め、ラッポッキとヤンニョムケジャン、スンドゥブを即決で注文する。配送料手数料全て含めて5081円。Uber Eatsを頼むのは一ヶ月ぶりだ。一人の夕飯に五千円超えとはなかなか思い切ったことをした。ケチな自分が思い切ったことをしたことを褒めたかった。でも同時に、自分の思い切ったことがUber Eatsで、その総額が五千円ぽっちであることが情けなかった。何よりこうして合計金額を確認してその安さにがっかりする自分が一番がっかりだった。生まれてからずっと、私はそうだった。できる限り学校をずる休みしたかったし、家に居たかったし、友達とか全然いらなかったし、贅沢や遊びまくることをどこかで「悪いこと」と感じていた。そしてそんな保守的とも言えない小心なだけの自分に対する漠然とした怒りとも言えない「呆れ」と馴れ合いのようなベタベタした関係を築いてきた。

お届け予定時間は00：15だったけれど、注文から二十分が経っても料理を準備中の画面から動かない。配達人が近くにいないのか、それとも店が混んでいるのか分からないけれど、キャンセルできない状況で待たされるのは本当に理不尽だと思うし、「いつ配達が来るか分からない虚しさと空腹」と戦うのはほとんど悲劇と言っても過言ではない。結局ピックアップからこちらに向かってきたのが00：20で、到着したのが00：40だった。腹が立っていたけれど、この時間のピンポンはまるで彼氏の来訪を告げる音のようで、無駄に心が昂った。本当に無駄だった。

流れるような動きでパックを開け、ヤンニョムケジャンにプルダックソースを垂らしてかぶりつく。しかし考えてみれば蟹用のハサミがない。甲羅の部分は良いが、脚の部分をどうやって食べようと手をヤンニョムでベタベタにさせたまま考える。一応脚の節々にへし折った痕はあるが、折り方があまりにおざなりでこれでは中の身を食べられない。ペンチしかない。色々考えた結果そう結論が出ると、手を拭って引き出しを漁りペンチを取り出した。どうせそんなに身も入っていないだろうけど、脚の身を食べない手はないのだから仕方ない。深夜にプラスチック容器に入った蟹の脚を折って小さな身を啜ったり爪で掻き出したりしていることが虚しくて仕方なくなった頃、スマホが震え、ベタベタの手の親指だけティッシュで拭って指紋認証をする。蓮二からの「近くにいるから、そっち行くね」というメッセージを見て焦る。一体彼はどこにいるのだろう。もう終電もなくなる頃じゃないだろうか。タクシーで来れない距離ではないけど、わざわざ私と話すためにタクシーに乗ってくるだろうか。あるいはこの言い方だともう既に最寄駅に到着している可能性もある。会社にいた、あるいは都心で飲んでいて、帰りに寄ったという可能性が高そうだ。慌ててキッチンのハンドソープでワシワシと手を洗う。慌ただしく手をタオルに擦り付けると、ひとまずビジュアル的にペンチが物騒過ぎることに気付いてキッチンのシンクに放り込む。そもそも今どこにいるんだと、ベタベタしているスマホを取り上げてゼンリーを開くと、やっぱり52%で家にいる。そうだった彼は隠蔽工作をしているから本当にどこにいるかは分からないのだ。舌打ちすると、まだ開けていなかったスンドゥブとラッポッキを冷蔵庫の奥に詰める。自分を見下ろし完璧にスウェットであることに気づき、エロくはないけれど見ようによってはエロくも見える半袖とショートパンツのパジャマに着替え、自分の口の蟹臭さをどうにかするため洗面所で大量のリステリンで口をゆすぐ。部屋に戻ると皿にあけてバキバキに脚を折っていた蟹の凄惨さに気づき、急いで容器に戻す。ピーンポーン、ピーンポーン、とエントランスからのインターホンが鳴って、こんなに慌てているのに「合鍵を持っているのにどうして使わないでインターホンを使うのか」と悲しみに暮れている自分に動揺する。「はい」と短く答えて解錠すると、ローテーブルに置かれた無残なケジャンとスマホを見比べて、私はスマホを手に取った。

久しぶり。三週間ぶりに会った蓮二は、前とさほど変わった様子はない。去年の誕生日に私がプレゼントした牛革のトートバッグを持っているところを見ると、仕事に行っていたのかもしれない。出社するたび満員電車や意識の薄い彼の同僚たちに感染させられるのではと心配する私を安心させるために、ゼンリーを自宅に固定していたのかもしれない。ああ全く、私の強いていたことは、母親が私に強いていたことと同じではないか。本当は誰も抑圧するつもりなんかなかった。私は持病持ちだし、蓮二も風邪の時によく喉をやられるタイプだから、心配していただけだった。自分たちが感染源となり何の罪もない人たちを殺してしまう結果になることも怖かった。なんていう偽善を盾にして、私は万力の如き同調圧力で、自分と同じだけのことができない人たちを押しつぶし、殺してやりたいと思っていたのだ。

「なんか、魚臭い？」

部屋に入った途端蓮二はそう言って、テーブルの上のケジャンを見つけると何これと訝しげに聞いた。

「ヤンニョムケジャン」

「ヤンニョムケジャン食べてたの？　こんな時間に？」

笑って言う蓮二を見て、私は安心する。

「今日昼に起きたから、これが夕飯」

「そっか。今日は休業だったの？」

うんと答えながら、蓮二は今日出社していたのか、何かの打ち合わせがあったのか聞きたくて仕方ない。家にいなかったことは知っている、ゼンリーをゴーストにしていることも知っている、でもそれを責め立てる勇気はなかった。

「あ、ごめん。手洗うの忘れてた」

ソファから立ち上がろうとする蓮二を押しとどめて胸元に手を当てたままキスをする。いいの？　とキスをされながら聞く蓮二に、いいのとキスをしながら言って、手を滑らせて彼のジャケットを脱がせる。

「ずっと蓮二としたかった」

蓮二は戸惑いを見せる。まるで私を詐欺師と思っているかのような目をしている。

「一度、ちゃんと話したいと思って来たんだけど」

「一回、してからじゃだめ？」

蓮二のワイシャツの上から両乳首を探り当て爪の先で軽く刺激しながら、五分前まで蟹にかぶり付き、少ねえなと悪態をつきながら身を啜っていた女とは思えない性的な女を演じる。でも、と何か言いたげな蓮二の口を口で塞ぎ、彼に跨ると完全着衣のまま性器を性器に擦り付ける。硬くなっていた。

「ベッドいこ」

歩いて二歩のベッドに連れて行くと、ワイシャツのボタンを外し、左手で右乳首、舌で左乳首、右手でズボンの上から性器を撫でる。蓮二は声を漏らして私のパジャマのボタンを二つ外すとブラの中に手を入れる。釣竿に手応えを感じた時のように、スロットのリーチ目が出た時のように、激しい興奮が全身を支配する。あの全てを超えるようなセックスがまた手に入る。そう思うだけで濡れてくるのが分かった。ズボンの上から亀頭を中心に刺激していると、蓮二は体に力を入れてため息と喘ぎ声を断続的に漏らす。ベルトに手をかけ金具とボタンを外す。チャックを下ろすと、ボクサーパンツから亀頭がはみ出し、その先が濡れているのが見えて胸が高鳴る。指先で尿道付近をくるくると刺激すると喘ぎ声が漏れた。掌を擦り付けるようにして亀頭を刺激した瞬間、ヴーッ、ヴーッ、と不快な音がして私も蓮二もびくんと震える。電話？　蓮二が顔を上げて音のする方を探す。何が起こったのか気付いた私は「仕事の電話だから」と動転してずさんな嘘をついてしまう。

「ちょっと待って」

私を押し除けて、蓮二は上半身を起こしズボンがずり落ちないようチャックを上げながら立ち上がる。「これ……」と彼はＤＶＤプレーヤーにかけていた手拭いをどけ、その裏に立てかけていたスマホを持ち上げる。画面には、さっきの私のメッセージに激怒した母親の名前が表示されているだろう。こんな時間に私に電話をかけてくるのは、付き合っている人か激怒した母親しかいない。蓮二が操作をして、すぐにピコンと録画終了の音がした。

「何これ」

「違うの」

「何が」

「違う。ちゃんと説明しようと思ってた」

「え、これ、配信とかしてないよね？」

「してない。そんなことしないよ」

「どうしてこんなことするの。芽衣と距離ができて、ずっとちゃんと話し合いたいって思ってたところに芽衣から会いたいって言われて、これからの二人のことについてようやく向き合って話せると思って来たんだよ。それなのに芽衣は俺とのセックスを録画したかっただけなの？　こんなの、おかしくない？」

「違うの。ちゃんと話そうと思ってた。でも、今はとにかくセックスをしないと平静を保てないと思ったの」

「セックスはまだしも、どうして録画？」

　蓮二の怒りはもっともだ。私だってセックスを勝手に撮られたりしたら、怒るどころではすまない。どんなに好きな相手だったとしても警察に行くことを考えるだろう。心身衰弱状態だったとはいえ自分のしてしまったことに対する信じられなさでわなわなしていると、蓮二は私に背後を見せないよう気を付けているのか不自然な体勢のまま私のスマホをテレビ台に置き、ズボンのボタンを閉めワイシャツのボタンも閉めていく。蓮二の視線の動きで、彼が他に隠しカメラがないか探しているのが分かった。私のセックスが、遠のいていく。このままではセックスが、限界が消えてしまうかもしれない。

「待って蓮二。ちゃんと話そう。私もこのままじゃ駄目だと思ったの。馬鹿みたいにコロナ気にしてばっかりじゃ生きていけないし、やっぱり私の生活には蓮二が必要なの」

ワイシャツの裾までしっかりとベルトを締めたズボンの中にしまった蓮二は、とにかく今の動画を消してくれと私にスマホを差し出す。言われた通りアルバムを開き蓮二に画面を見せたまま「削除」をタップする。

「Googleフォトにも同期されてるんじゃない？　開いてみて」

言われた通り開くと現在同期中と出ていて、それも画面を見せたまま「削除」を押した。

「これまでの動画も全部消してくれない？」

「今までの動画を全部？　あれは二人の了承があって撮られたものだし、個人の楽しみとしてのみ使うものだし、肖像権は私にも半分あるよ」

「恋人同士のそういう動画は、どっちかが消したいと思ったら完全に抹消するべきだよ。絶対にいつかトラブルになる」

「そんな覚悟で蓮二はハメ撮りをしてたの？　限界を目指してた男が、自分のセックス動画の流出を怖がるの？」

「分かるよね、俺たちは前みたいな信頼関係を築いてないんだよ。現に芽衣は隠し撮り、いや、盗撮をして俺の信頼を裏切った。二人で楽しんでたあの時とは訳が違う。ねえ芽衣、自分がしたこと分かってる？」

分かってる！　金切り声が虚しく響く。でも私はどうしても新しい動画が欲しかった、蓮二の潮吹き動画が欲しかった。それはもはや犯罪者の欲望だ。全ての犯罪者にそうせざるを得ない必然性があったのだと、私は世間からゴキブリのように排除されていく卑劣な性犯罪者たちの思いを知る。そんな卑劣な犯罪を犯す奴死ねばいいと人類の八割くらいが思うような性犯罪者たちに、激しい共感を抱く。そうせざるを得なかったし、それくらいは許されるような気がしていたのだ。これまでたくさん、一緒に動画撮影を楽しんできた相手だ、一緒に見返し、次はこんなアングルで撮ろうかときゃっきゃと楽しんできた私たちだ、目隠しや拘束プレイだってしてきた、尿道にもアナルにも適した大きさのものを突っ込んできた仲だ、盗撮くらい、したって罪にはならないのではないか。そう思ってしまうのは致し方ないところだってあると言えないだろうか。という犯罪者の思考回路になっている自分を自覚する。

「蓮二、どうしてゴースト機能を使ってるの」

話を逸らされた苛立ちを滲ませ、蓮二は「監視されてるのが怖かったからだよ。ずっと芽衣に手は洗ったかマスクはしてたかどこで何をしてたか気にされてて、おかしくなりそうだった。離れてても、俺が外に出ることを嘆いて非難する芽衣の声が聞こえてきそうだった。監視から解放されたかった。それだけだよ」と言葉の強さとは裏腹に私を宥めるような口調で言った。

「もう蓮二に何も強要しないし、監視もしない。何も把握してなくていいから、蓮二と付き合ってたい」

「セックスしてたい、じゃないの？　芽衣は本当に俺のことが好きだった？　趣味が近くて話が合う、激辛好き、セックスの相性がいい、芽衣の好きは、そういうことに裏付けされてるだけじゃない？」

「他に何があるの？　趣味が近いこと、食の好みが近いこと、セックスの相性がいいこと、どれも好きになる要素だよね？　それ以外に、なに？　魂を愛するみたいなことが本来の恋愛だって言うの？」

「そんなこと言わないよ。でも芽衣から俺を思いやる気持ちとか、尊重してくれてると感じたことは一度もない。芽衣は自分に近いから俺を認めていて、コロナ問題が勃発して自分に近くなくなったから、俺を批判するようになった。コロナに関する意見の食い違いは、その芽衣の自己中心的な資質を浮き彫りにした。それに、自分に近い大人しい人間を好きになったのは、自分からかけ離れた存在だった元彼にうんざりしてた反動もあったんじゃない？」

何も答えられずにいると、しばらくの沈黙の後蓮二はジャケットを羽織り、今日はもう帰るねと呟いてトートバッグを手に取った。待って、と言いながら、自分にもう弾がないことに私は勘付いている。そして弾がない心細さに、涙が流れた。

「お願い、私は蓮二がいないと駄目なの。本当に生きてる価値のない人間だよ。蓮二しかいない。蓮二がいなきゃ、蓮二とのセックスがなきゃ、仕事も無駄、生活も無駄、私自身も無駄。全部蓮二とのセックスがあったから意味があった」

「俺がいなきゃ価値がないなら、俺がいたとしても価値はないし、俺がいないと駄目なら、俺がいたって駄目だよ。芽衣は自分の存在価値を信じられないから、俺とか俺とのセックスに依存してその辺を有耶無耶《うやむや》にしてるだけだよ。動画の件、本当に頼んだよ。ちゃんと削除して。削除して落ち着いたら、話し合おう。次は外で」

踵《きびす》を返して玄関に向かうその蓮二の背中が、緊張しているのが分かった。私に背後から刺される心配をしているのかもしれない。靴を履くときにあなたが使うその靴べらも、あなたのために買ったんだ。私はいつまで経っても、ダサくて貧乏くさい思考の奴隷なのだろうか。洗ってカゴに置いてある、さっきゴキブリを潰したフライパンを、再び振りかぶって蓮二の頭に振り下ろす自分が〝カウンターアタック　オブ　コックローチ〟、というテロップと共に頭に浮かぶ。

待って、待って待って。ドアが閉まる音がした瞬間そう叫んで立ち上がっていた。これまで二人で撮ってきた動画の数々が脳裏に蘇る。あれを失って、私は絶対に生きていけない。でも何故、私は別れの危機を実感している今、セックスのことしか思い出さないのだろう。サンダルに足を突っ込んでドアを開け走るけれど、エレベーター前にもう蓮二の姿はなくて、非常階段を三階から一階まで人生史上最高速度で駆け下りる。蓮二、と声が漏れる。重たい非常ドアをノブを摑んで押し開け外に出る。それでも私はもう、蓮二を繫ぎ止められないことを知っている。泣いて縋《すが》ったところで彼は気持ちを変えないどころか、より私への嫌悪を強めるだけだ。正面玄関に回ると、蓮二の後ろ姿が目に入る。駅ではなく大通りに向かっているから、きっとタクシーに乗るのだろう。いいよな休業とかと無縁な安定した企業にお勤めのサラリーマンは！　こんな時にも私のモノローグには卑俗さが発揮される。大声で名前を呼びでもしたら、蓮二は走って逃げるかもしれないと思い、ぺたぺたと走って追いかけると、「待って」と小さく息切れした声で呼び止める。パジャマにサンダル姿の私を見てぎょっとした様子の蓮二は、「どうしたの」と呟く。どうして私はこんなにも愚かなくせに、自分の愚かさを自覚してしまうのだろう。泣いて抱きついて足にまとわりついて蹴られて捨てられればまだ、気持ちは楽だったのではないだろうか。

「感情に任せて出てきたけど、もう自分にできることがないことは分かってる」

涙が溢れてアスファルトをぽたぽた濡らす。

「蓮二が好きだった」

まだちらほらと人通りがある大通りで、蓮二は私の肩を抱き人目から守ると、ボタン閉めて、と私の開いた胸元を押さえた。蓮二に外されたボタンを、私は嗚咽《おえつ》しながら自分で嵌める。

「蓮二とのセックスは、全てを与えてくれた。全てを忘れさせてくれて、全てを肯定して、否定してくれた」

「全てを与えてくれるセックスも、人も、存在しないよ。芽衣はセックスをシェルターにしてただけだよ。ただのその場しのぎだよ」

ちゃんと帰って、ちゃんと寝て、落ち着いたら連絡して。そう続けてタクシーを探す素振りを見せた彼に、「鍵貸して」と呟く。

「持たずに出てきちゃった」

彼はバッグの中からキーケースを取り出し、金具から外した鍵を手渡した。まるでカップルのお別れのシーンだ。そう思って泣きながら、じゃあねと言うと蓮二の手を控えめに握って、離した。蓮二が停めたタクシーに乗り込みバタン、というドアの閉まる音を背後に感じながらとぼとぼと歩き、パジャマでマンションに入ると、エントランスですれ違った男にぎょっとされた。部屋に戻ると、強烈に蟹臭くて思わず鼻で笑う。鍵をテーブルに放って手を鼻まで持ってくると、手も少し蟹臭かった。口も蟹臭かっただろうなと思いながら、冷蔵庫の中の容器を取り出し二つを重ねてレンジに詰め込み温める。

手をベタベタにして蟹に吸い付き、手がベタベタなままプルダックソースを追加したラッポッキと追いコチュジャンをしたスンドゥブを食べた。さすがに残るだろうと思っていたけれど、気づくと全部食べ切っていた。あちこちがひりひりして、どくどくしていた。キッチンで手を洗うと、振り返ってゴキブリのシミを見つめる。ゴキブリは人に見つかれば駆除される運命にある。どんなに命の平等が叫ばれても、ゴキブリは別枠だ。汚くて、気持ち悪いからだ。汚くて気持ち悪いものは駆除される運命にある。私は本当はゴキブリで、人間の皮を被り汚さと気持ち悪さを隠しているが、見つかったらジ・エンド、正気を失って叫び声を上げる奴らに死ぬまで追われ叩きのめされる。壁がへこむほどの憎しみを籠められ、潰される。でも彼らはしぶとい。虐殺の長い歴史、競うように殺虫剤が開発されても、彼らは絶滅の危機には晒されなかった。そのおぞましき生は、汚さと気持ち悪さの助けを借りながら、継承されていくのだ。

部屋に戻ると、スマホでドライブにアクセスし画面共有をしてテレビで渋谷のラブホで撮ったハメ撮り動画を流した。ぼんやりとそれを眺めながら、外付けDVDプレーヤーを取り出しパソコンに繋ぐ。引き出しを漁って、もう随分昔に買ったCDRを見つけると、一個ずつドライブの動画をダウンロードして、CDRに焼き付けていく。定点カメラは全て一時間前後で容量が大きすぎ、一本のダウンロードに数十分もかかって苛立つけれど、急ぐ必要は特にないのだと気づいてのんびりと動画を眺めながら作業を進める。

「こっちからも撮ってみる？」

「そっちから？　うまく固定できるかな？」

「わかんないけど、布団で角度つけてみよっか」

テレビの中の私たちは、正常位で結合したままああかなこうかなと言いながらカメラを自分たちの結合部を後ろから撮るためスマホを固定している。これに立てかけるのは？　と私がベッド上のパネルから蓮二の長財布を取って渡すと、蓮二は長財布に立てかけた形でスマホの録画を開始させた。この時の動画は、意外にうまく撮れていたはずだ。アップで映った性器が性器の中を行ったりきたりするだけの動画を、あれほど食い入るように見入ってしまうのは何故だろう。その時ふと思う。蓮二とのセックスとは、生や死や世界を凌駕するようなものではなく、エンターテイメントだったのではないだろうか。人を惹きつけある一定の水準まで満足させる極上のエンターテイメント。私たちの恋愛は終わったかもしれないが、エンターテイメントは終わっていない。私たちのセックスはこうして動画として存在し続ける限り、私を興奮させ楽しませ満足させるのだから。全ての動画をＣＤＲに焼いたら、一回のプレイごとに動画を編集してみよう。定点カメラと、手持ちのハメ撮りやフェラシーンと、置きスマホ動画をそれぞれ時系列で並べ、既製のＡＶのように編集するのだ。そして、良いシーンを一本に入れ込んだオムニバス動画も作成しよう。蓮二との関係が終わったとしても、セックスがもう生じないとしても、エンターテイメントは終わらない。

七割程度の動画をＣＤＲに焼いたところで、朝七時のアラームが鳴った。一晩で三回オナニーをした私は久しぶりに顔を洗い歯磨きをすると、冷蔵庫を漁って賞味期限が一週間過ぎているちくわをプルダックソースに浸して食べ、ひどく清々しい気持ちで会社に電話を掛け、「昨晩から何となく体が怠くて、咳とか鼻水とかはないんですけど、熱を測ったら37・7℃あって」と部長に伝え、「このご時世だし、大事をとって休んでください、有給扱いにしておくからね」と言ってもらうと電話を切り、意気揚々と動画編集作業を再開した。テレビで流れる動画と、PCで流れる動画を交互に見ながら、サイドテーブルの引き出しに手を伸ばす。

このクンニは下から撮るべきだったと後悔しながら、ローションをクリトリスに塗りたくるとウーマナイザーのスイッチを入れる。購入当時は吸引力に驚き、嘘っぽいレビューにあるようなすぐにイってしまう現象に驚いたけれど、購入から一年が経つ今、少し力が弱まってきた気がする。この刺激に慣れただけかもしれないけれど、本物のクンニと比べるとやっぱり物足りない。立て続けに三度オナニーした性器は敏感になっていて、蓮二と立て続けに二度、三度とセックスした時のひりつくような余韻を思い出す。ローションで密着したシリコンの中でクリトリスが吸引され、そこにレベル三まで強さを上げた振動が追い討ちをかけてくる。入れて、と言う私を無視して蓮二はクンニを続ける。ウーマナイザーに足りていないのは加熱機能ではないだろうか。ここ数年挿入系のアダルトグッズに付帯し始めたこの機能を、ウーマナイザーに搭載すれば、より本物のクンニに近づくはずだ。ドイツ製の高級ウーマナイザーを見つめ、私はオナニーが終わったらこのメーカーに加熱機能を搭載するべきだというメールを書こうと考える。ドイツならきっと英語でも大丈夫だろう。

ウーマナイザーを右手で固定し、左の指で性器に触れると、ローションと愛液でだくだくになっていた。動画の中の蓮二がクリトリスを舐めながら指を入れるのに合わせて、私も少しずつ指を挿入していく。動画の中の私から数秒遅れて、私はイッた。心臓がバクバクしていて、脱力感に身を委ねその場に横になる。このまま死んでもいい。セックスをシェルターにしてるだけだよという蓮二の言葉はごもっともで、私はセックスがあることで傷付かずに済んだし生き延びることができた。そして、これから動画を編集し、より完成度の高いシェルターを作り上げるのだ。ひりひりしている私の性器だけが生きているようだった。私はもうとっくに、死んでいるのかもしれない。いや、私が生きていたことなど一度もなかったのかもしれない。シェルターに閉じこもり人目に触れることがなくなったとしたら、私は生きていると言えるのだろうか。一体何をもって生と言うのか、何をもって死と言うのか、もうさっぱり分からなかった。でも引きこもってオナニーを繰り返す存在が、どれだけ気持ち悪くおぞましかろうが、誰の目にも触れない以上誰の迷惑にもならず、誰かにコロナ感染させられることも感染させることもなく、誰かに批判されることではない。ホルマリン漬けの脳味噌が見る夢の中で何が起ころうが、それが誰かに批判されることではないのと同じことだ。

初出

いずれも「新潮」に掲載

ストロングゼロ 2019年1月号
デバッガー 2019年8月号
コンスキエンティア 2020年1月号
「アンコンシャス」から改題
アンソーシャル ディスタンス 2020年6月号
テクノブレイク 2021年1月号

金原ひとみ　かねはら・ひとみ

1983年生れ。2003年、『蛇にピアス』で第27回すばる文学賞を受賞。2004年、同作で第130回芥川龍之介賞を受賞。2010年、『トリップ・トラップ』で第27回織田作之助賞を受賞。2012年、『マザーズ』で第22回Bunkamuraドゥマゴ文学賞を受賞。2020年、『アタラクシア』で第5回渡辺淳一文学賞を受賞。その他の著書に『アッシュベイビー』『AMEBIC』『ハイドラ』『マリアージュ・マリアージュ』『持たざる者』『軽薄』『クラウドガール』『パリの砂漠、東京の蜃気楼』など。

アンソーシャル ディスタンス

発行　2021年 5 月25日
3 刷　2021年11月25日

著者　金原《かねはら》ひとみ

発行者　佐藤隆信

発行所　株式会社新潮社
〒162-8711 東京都新宿区矢来町71
電話　編集部 03-3266-5411
　　　読者係 03-3266-5111
https://www.shinchosha.co.jp

装幀　新潮社装幀室

印刷所　大日本印刷株式会社

製本所　加藤製本株式会社

乱丁・落丁本は、ご面倒ですが小社読者係宛にお送りください。
送料小社負担にてお取替えいたします。
価格はカバーに表示してあります。

ISBN978-4-10-304535-9 C0093